Personne ne te croira...

MARY MANNING

Traduit de l'anglais (Royaume-Uni)
par Hélène Tordo

City
Témoignage

Publié par The O'Brien Press Ltd., Dublin, Irlande, en 2015
sous le titre *Nobody Will Believe You*

Couverture : Shutterstock / Studio City
ISBN : 978-2-8246-0847-1
Code Hachette : 59 2628 0

Collection dirigée par Christian English et Frédéric Thibaud
Catalogues et manuscrits : city-editions.com

Dépôt légal : Octobre 2016
Imprimé en France par France Quercy - Mercuès - N° 61091/

*À Karl, qui a voyagé avec moi dans
les plus obscurs lacs de mon âme pour planter
les graines de l'amour, et à chacun de mes enfants,
dont la force et l'intelligence m'ont donné
le courage d'aller de l'avant.*

Avant-propos

Là, je n'en suis qu'à la moitié de ma rédaction. Dans ma réflexion, j'en suis peut-être au-delà, mais à nouveau c'est soudain devenu trop difficile. Je suis sentimentale et je ne cesse de craquer. Il est possible qu'une réalité soit en train de prendre forme. Je veux dire que ce que j'écris va constituer, dans quelques mois, un véritable livre qui pourra garnir les rayonnages des librairies. Quelqu'un le prendra et pourra en feuilleter les pages. N'importe qui.

J'ai peur d'être jugée. J'ai cette angoisse que les gens que je pourrais croiser penseront que j'aurais pu faire mieux. Ils pourraient estimer que j'aurais dû trouver des moyens d'arrêter ce violeur il y a des années. La honte est aussi vive, aujourd'hui, que ce maudit après-midi de novembre, lorsque je n'étais qu'une enfant.

Il y a autre chose : j'éprouve toujours de la culpabilité. Oui, j'ai l'impression que ce livre est une manière de le trahir, lui. La nuit, je vois son visage, j'entends sa voix dans ma tête et je peux jurer que son esprit est là, avec moi. Est-il blessé, en colère ou est-il en train de me défier de poursuivre mon histoire, dans l'espoir que je finirai par me sentir différente d'une manière ou d'une autre ?

Prologue

Ma passion pour les chaussures vient probablement de l'énorme collection, ravissante et chère, de ma mère. Il y avait une paire en particulier que j'adorais : un modèle argenté, avec un talon assez bas et le dessus qui brillait comme des diamants au soleil. Je pris l'habitude de me glisser dans sa chambre pour essayer ces chaussures encore et encore, espérant invariablement que, peut-être, cette fois-là, elles m'iraient.

Mais elles étaient toujours trop grandes pour moi.

Il y a une dizaine d'années, je retrouvai le designer de ces chaussures – des chaussures magnifiques – qui étaient vendues dans tout le pays. À présent, je possède ma propre collection, importante, ravissante et chère. Les modèles sont de véritables œuvres d'art, de toutes les couleurs et de modèles originaux. Dans certains cas, le motif orne aussi la semelle, ce qui me donne l'impression de les abîmer lorsque je marche avec. D'ailleurs, pour être honnête, elles ne sont pas forcément confortables et je ne les conseillerais pas pour aller faire les courses ou quoi que ce soit qui nécessite de marcher longtemps.

Quand même ! Ces chaussures sont extraordinaires ! Elles sont rapidement devenues ma nouvelle motivation pour aller faire du shopping. Je pourrais les acheter sur le Net, mais je ne suis pas très habile avec les ordinateurs, ce qui est sans doute une excellente chose, parce que je ne peux admettre à quel point je dépenserais de l'argent si je me mettais à acheter des articles en me contentant de quelques clics de souris.

Les chaussures conservent une grande signification pour moi. Lorsque je les porte, je me sens bien. En fait, ce n'est pas juste que je me sens bien, c'est que je me sens forte. C'est peut-être un peu étrange, mais la vérité, c'est que, lorsque j'enfile une paire de chaussures farfelues, peu confortables, clinquantes avec des talons vertigineux, cela m'aide à me sentir ancrée, ce qui explique pourquoi j'ai choisi de porter ma paire préférée aux funérailles de Sean.

Sean est – était – mon beau-père. Il a épousé ma mère lorsque j'avais dix ans.

Les chaussures que j'ai portées à son enterrement sont ornées de petits lapins. Oh ! sauf si l'on ne se tient pas tout à côté de moi et qu'on regarde mes pieds, on ne les voit pas forcément. En fait, je suis la seule à savoir qu'elles sont couvertes de petits lapins et d'étoiles noires. Je suppose que je pourrais les décrire comme des bottines victoriennes. Cela vous paraît logique ? Elles doivent être lacées, bien qu'il n'y ait que cinq œillets et que les lacets soient formés du même matériau que les chaussures. Quoi qu'il en soit, ce n'est pas pour les lapins que je les portais ce jour-là. Je les portais parce ces chaussures sont bordées de rose vif et que, pour moi en tout cas, le rose est la couleur de l'amour. Choisir de porter ces chaussures, c'était une manière de me protéger.

Les funérailles ne sont jamais agréables.

Ces chaussures m'ont permis de rester moi-même. Je n'allais pas m'excuser pour quoi que ce soit, mais je ne voulais pas non plus faire de mal. Le rose est une couleur d'amour, et je voulais…, j'avais besoin d'amour, ce jour-là, pour tous ceux qui étaient présents, mais surtout pour moi-même.

Je portais un long manteau noir, qui, par contraste, faisait briller mes chaussures tout en me fournissant une couche de protection supplémentaire, d'instinct de préservation. Nous portions un manteau parce qu'il faisait froid et humide, et, ce matin-là, j'utilisais le mien pour me protéger des éventuels voyeurs et, oui, de la famille de Sean. Je n'étais pas sûre de la manière dont ils allaient me recevoir. Outre le manteau et les chaussures, j'avais dans la poche un ange. Je n'allais pas prendre de risque. C'était un article en argent avec un tout petit cabochon en améthyste violette au centre : mon ange gardien auquel je demandais de me protéger, moi et *ma* famille. De temps à autre, je le prenais discrètement dans ma main, dans ma poche, tandis que le prêtre parlait sans cesse.

Je voulais avoir l'air bien. Quelle est la femme qui ne le veut pas ? Mais les choses allaient bien au-delà. Ce que je veux dire, c'est que je ne voulais pas me trahir, montrer mes cicatrices internes. Je voulais paraître bien et ne pas avoir l'air d'une victime, surtout pas d'une femme qui avait été violée à plusieurs reprises par l'homme qui était mort, cet homme, mon beau-père, qui était aussi le père de cinq de mes enfants.

1

C'était en 1972, j'avais une belle vie, vraiment belle. À l'époque, je n'en avais pas conscience, mais, avec le recul, je peux dire que ma vie était merveilleuse. Je n'étais qu'une petite fille dont les seules difficultés tenaient à la stupide minijupe blanche que je devais porter tous les samedis matin pour jouer au tennis.

Nous, c'est-à-dire mes parents, mon petit frère Rikki et moi, vivions dans un mobile-home. Ce qui devait être provisoire. Papa, mécanicien de son métier, s'occupait d'un garage apprécié avec une boutique qui vendait des voitures et de l'essence sur la route de Drogheda, à Ardee, dans le nord de l'Irlande. Son père, mon grand-père Paul, lui avait légué un grand terrain, ce qui avait permis à papa de construire notre nouvelle maison tout à côté de son garage. Mes parents travaillaient beaucoup, et les affaires marchaient bien. Mon père envisageait même d'ouvrir un petit restaurant juste à côté.

Cela fait vraiment longtemps et peut-être que tellement de choses sont arrivées qu'il m'est difficile de me souvenir des détails précis. Je dois fouiller ma mémoire en essayant de retrouver les meilleurs moments. Au bout d'un temps, j'arrive à voir les maçons dans ma tête, qui sont en train de faire sortir la maison de la terre, brique après brique. Papa, coiffé de son vieux béret, surveille les travaux depuis le toit du garage. Je l'appelle, il me sourit tout en me recommandant de m'éloigner pour ne pas prendre quelque chose sur la tête. Au cas où il pourrait m'avoir blessée, il me sourit encore.

Mon frère et moi, nous passons beaucoup de temps avec nos grands-parents paternels pendant la construction de la maison. Ils habitent en bas de la rue, enfin, au bout d'une allée en bas de la rue, dans une petite maison qui n'a que quatre pièces. Le plus souvent, ils se tiennent dans la cuisine-salle à manger. J'aimais tout particulièrement le jardin de derrière, chez ma grand-mère, parce que cela revenait à pénétrer dans une jungle sauvage et magique. Mamie comprenait la puissance des plantes, leurs vertus curatives et, lorsque nous partions en promenade, là où je voyais des touffes de mauvaises herbes et de fleurs, elle voyait des médicaments.

Nous allions souvent nous promener et, tout en marchant, elle scrutait sans relâche les marais et les alentours. Avec elle, c'était comme d'aller faire des courses. Elle pouvait se mettre à parler de l'école ou d'un truc de ce genre, pour brusquement pousser des cris de joie en se penchant et en sortant un sac en plastique de sa tenue du dimanche, tandis que je faisais de mon mieux pour déceler la source de son enthousiasme. Je m'émerveillais de la voir penchée sur un arbuste des plus ordinaires, prélevant délicatement ce dont elle avait besoin. Lorsque je lui demandais pourquoi elle n'en prenait pas davantage, puisque c'était gratuit et que cela n'appartenait à personne, elle expliquait qu'elle veillait à ce que la plante puisse prospérer de manière à ce qu'elle soit encore là la prochaine fois que nous viendrions.

Un jour, nous nous arrêtâmes devant ce buisson d'églantine pendant ce qui me parut des heures, mais qui ne dura probablement que vingt minutes environ. Soigneusement, elle cueillit suffisamment de baies pour nous deux afin de préparer du sirop de cynorrhodons tout en laissant assez de fruits pour les oiseaux ou tout autre amateur. En vérifiant qu'elle en avait laissé assez, elle déclara :

— La nature fournit assez pour tout et tout le monde, tant que nous ne sommes pas trop gourmands.

Lorsque nous allions jusqu'aux marais, nous devions prendre des précautions : il nous fallait nous munir d'indispensables bottes en caoutchouc et veiller à ne pas poser le pied dans les places molles et humides qui risquaient d'aspirer nos chaussures. Cela me fascinait. Combien de fois ma grand-mère m'arracha-t-elle à la boue tandis que je luttais pour conserver ma botte ? Malgré le nombre de fois où je me retrouvai ainsi embourbée, cela n'eut jamais l'air de l'agacer. Moi, j'étais toujours un peu inquiète, mais, tant qu'elle restait à mes côtés, je me sentais en sécurité. Elle parvenait toujours à récupérer ma botte. Toujours. Lorsque les voitures nous dépassaient, elle secouait la tête et soupirait pour montrer qu'elle trouvait dommage que les automobilistes ignorent quelles merveilles s'étendaient à quelques mètres de la route.

Elle avait installé son atelier dans la remise. Il y avait des rangées de vieux bocaux à confiture remplis de toutes sortes de dons de la nature : des plantes séchées, des baies, des groseilles à maquereau, des framboises et toutes sortes de choses que je ne connaissais pas. Les herbes étaient suspendues au toit pour sécher avant d'être soigneusement rangées dans les bocaux avec leur nom sur les étiquettes. À mes yeux naïfs, son jardin n'était pas assez organisé, et les fleurs sauvages aux couleurs vives voisinaient avec les chardons épineux et les feuilles d'oseille. Malgré tout, elle connaissait l'origine et l'identité de toutes les espèces, de tout ce qui poussait là, et elle adorait m'en faire faire le tour en me montrant les différentes plantes et en soulignant leurs vertus. Si j'avais l'air distraite, elle me faisait toucher une feuille ou une tige en me demandant de la sentir et de répéter son nom. Aujourd'hui, je comprends qu'elle espérait transmettre son savoir :

— Regarde ça ! disait-elle.

Je regardais dûment tandis qu'elle décrivait les bénéfices de la plante après qu'elle avait été bouillie et associée à une autre plante qui, à mes yeux, avait l'air exactement identique. Là où je ne voyais que des mauvaises herbes, elle admirait des pousses qui avaient l'air plus précieuses que de la poussière d'or.

Aujourd'hui encore, lorsque j'aperçois une touffe de lavande dans mon propre jardin ou que j'en hume l'odeur, je suis aussitôt transportée en arrière, dans la maison de ma grand-mère : c'est l'odeur que j'associe le plus à elle. Ses plantes guérissaient toute une liste d'affections, depuis les simples rhumes jusqu'aux mystérieuses éruptions, ainsi que les affreux boutons rouges ou les verrues entêtées. J'imagine que, pour elle, c'était une sorte de thérapie que de récolter les plantes, de les faire sécher ou de les mettre en conserve, d'étiqueter les bocaux et de réfléchir à la manière de les employer le plus efficacement possible. Malheureusement, je sais qu'elle ne s'autorisait pas à en profiter beaucoup parce qu'elle souffrait, en fait, d'un sentiment de culpabilité implacable qui lui laissait penser que, d'une certaine manière, elle s'adonnait à une activité que l'Église désapprouvait. Pour lutter contre ce mal potentiel auquel elle risquait de prendre part, elle allait à la messe non pas une fois par jour mais deux fois, le matin et le soir. Je pense qu'elle avait la sensation que la messe la purgeait des éventuels péchés qu'elle pouvait, en toute innocence, commettre dans sa remise.

Elle éprouvait un authentique amour pour la nature. Un jour, elle m'annonça avec une certaine excitation qu'elle voulait me montrer quelque chose de merveilleux. Dieu sait à quoi je m'attendais ! Elle me conduisit le long de l'allée jusqu'à un tas de feuilles brunes qu'elle repoussa avant de reculer pour surveiller ma réaction. Le moment était grave, mais je ne vis qu'une minuscule pousse avec deux tiges squelettiques.

— C'est un châtaignier ! s'exclama-t-elle dans un souffle.

J'ignorais ce qu'elle voulait que je dise ou fasse ; alors, je me contentai de copier son enthousiasme. Elle parut considérer ma réaction comme une récompense pour tous les efforts de l'année qu'elle avait placés dans son jardin.

Par ailleurs, ma grand-mère n'était pas spécialement coquette. Pour aller à la messe, elle appliquait quelques touches d'un vieux rouge à lèvres, enfilait son plus beau chapeau et son plus beau manteau sur sa robe usée et ses bas qui gardaient toujours des traces de terre du jardin. Le dimanche, lorsque mes parents travaillaient à la boutique, elle venait nous chercher, Rikki et moi, pour nous emmener à l'église. La messe nous ennuyait, mais j'aimais la longue promenade du retour jusqu'à la maisonnette de grand-mère, où nous retrouvions notre grand-père à sa place habituelle, devant la table de la cuisine, plongé dans le journal du dimanche.

C'était un homme à l'allure sévère, mais je savais qu'il m'aimait bien. Je me précipitais vers lui, et il me posait des questions sur la messe et sur ce que j'avais appris ce jour-là. Comme je ne prêtais jamais beaucoup d'attention aux chants et aux psaumes, je m'attachais à en inventer en veillant à respecter la morale. En dépit de son côté bougon, il souriait devant mes efforts pour le régaler de la leçon du matin. Malgré mon jeune âge, je comprenais qu'il n'était pas aussi grincheux qu'il voulait bien le montrer. Il faisait mine d'être entièrement absorbé par son journal, de ne pas m'accorder trop d'attention, mais je savais qu'il observait le moindre de mes mouvements et je devinais le sourire qu'il tentait de réprimer. Lorsque j'avais épuisé les distractions de la messe du matin, il m'interrogeait sur l'école, et je veillais à toujours lui réserver quelque nouvelle. Un dimanche matin, je récitai fièrement ma dernière réussite scolaire, la table de deux, béatement inconsciente de mes nombreuses erreurs, et ravie de le voir éclater de rire.

Mes grands-parents n'avaient guère de choses en commun. Le vieux Paul, comme nous l'appelions, aimait boire un coup, et ses horaires étaient parfois irréguliers (de temps en temps, il ne rentrait pas avant le petit matin). Lorsqu'elle était vraiment fâchée contre lui, vraiment *fâchée*, ma grand-mère se retirait dans son jardin et s'asseyait sous l'arbre. Une fois, elle me raconta que, quand elle était plus jeune, le vieux Paul avait la réputation d'allumer ses cigarettes avec des billets de cinq livres, et elle déclara :

— Il avait de l'argent à gaspiller au pub, mais je n'avais même pas une miche de pain à mettre sur la table !

La seule chose qui ne me plaisait pas lorsque je leur rendais visite, c'était la soupe de poulet, au point que je me souviens encore de son odeur. Pendant des heures, ma grand-mère faisait bouillir des os et des petits morceaux de poulet, cou compris. Elle en versait des louches dans mon assiette, et j'avais la nausée rien qu'à voir le liquide beigeasse, avec les petits morceaux de viande recouverts d'horribles flaques de graisse. Toutes les semaines, je jetais un coup d'œil à la cocotte en espérant y découvrir une version améliorée, mais la soupe était toujours la même. J'essayais d'imaginer une manière de m'en débarrasser sans en avaler une goutte, par exemple en la jetant dans le gros poêle de la cuisine, mais je devinais que cela éteindrait le feu. Je savais aussi que, si je la renversais par inadvertance sur le sol, ma grand-mère remplirait aussitôt mon assiette en prélevant encore de la soupe dans cette énorme cocotte qui semblait ne jamais se vider. Toutefois, si nous finissions notre soupe, nous avions droit à deux récompenses, dont l'une en bon argent sonnant et trébuchant. Le vieux Paul savait que je détestais ça et il me promettait une belle pièce de dix pence toute brillante si je mangeais ma part. La seconde récompense était la purée de grand-mère. Voilà une chose que j'adorais. Ses pommes de terre étaient toujours parfaitement écrasées, juste comme je les aimais, avec des petits morceaux d'oignon et beaucoup de beurre et de lait. Il était bien difficile de finir cette soupe, mais je voulais de la purée et j'avais besoin de la pièce. Paradoxalement, mon frère et moi utilisions cette récompense durement gagnée pour acheter des bonbons afin de nous débarrasser du goût de la soupe. Hélas, une soupe encore pire n'allait pas tarder à nous être servie, d'un vert morve, avec une texture aqueuse. Bien entendu, Rikki et moi, nous en eûmes horreur sur-le-champ, mais nous nous forçâmes à la manger pour lui faire plaisir. Bien plus tard, nous découvrîmes que l'ingrédient principal était les orties du jardin. Ma grand-mère croyait que les orties étaient un gage de santé et de longue vie.

Certains jours, je devais chanter pour avoir à manger – littéralement ! Je faisais partie de la chorale de l'école, et grand-mère me suppliait souvent d'exécuter son hymne préféré : *Morning Has Broken*. Je chantais plutôt juste, mais je manquais de confiance en moi, même si ma grand-mère affirmait semaine après semaine que j'avais une très belle voix.

Grand-mère me fit également découvrir les sites historiques de la région. Tous les deux mois environ, nous allions à « l'église qui saute » de Kildemock. Ce célèbre monument me décevait chaque fois parce que je ne le vis jamais sauter, pas une seule fois. La légende raconte qu'un méchant homme était enterré dans le cimetière de l'église et que, comme il s'agissait d'une terre consacrée, l'église voulait se débarrasser de son corps et qu'ainsi les murs se déplaçaient afin de l'expulser du territoire sacré. Moi, je ne lui trouvais absolument rien de remarquable, d'autant que tout ce qu'il restait de l'église était un mur et un tas de pierres. Pourquoi lui avait-on donné le nom d'église, et a fortiori d'église qui sautait ? Lorsque nous nous éloignions des ruines, je ne cessais de jeter des coups d'œil en arrière en espérant déceler un mouvement, mais cela n'arriva jamais. Peut-être que ma grand-mère espérait également la voir sauter, ce qui expliquerait pourquoi nous nous y rendions si souvent.

Mon autre grand-mère habitait en dehors de la ville. Elle possédait un grand jardin qui était toujours parfaitement entretenu, sans un seul brin d'herbe de travers. D'ailleurs, chaque chose était à sa place, point barre. Elle n'était pas aussi chaleureuse que ma grand-mère paternelle. D'ailleurs, ma mère ne fut jamais proche de sa propre mère, sauf vers la fin de sa vie, et cette grand-mère m'avait toujours frappée comme étant une femme sévère. Mon grand-père maternel était un homme discret, de petite taille. C'était une famille nombreuse, avec beaucoup de parents, mais je n'ai jamais eu l'impression qu'ils étaient proches ou qu'ils entretenaient des liens. Ce n'est toutefois peut-être qu'une idée, à cause de ce qui se passa par la suite.

2

Avant son mariage, maman travaillait à la poste. C'est peut-être là qu'il l'a rencontrée, ou peut-être à un bal. Je n'en suis pas très sûre. En revanche, ce que je sais, c'est que, lorsqu'ils se présentèrent devant l'autel, en 1963, j'étais déjà en route. J'ai encore des photos de cette journée, et ils ont l'air vraiment heureux tandis qu'ils sourient et rient face à l'appareil. Par la suite, ma mère affirma qu'elle ne l'avait épousé que parce qu'elle était enceinte. Ce qui explique beaucoup de choses.

Lorsque je vins au monde, ils vivaient en Angleterre, près de la sœur de papa, dans le Dorset. Nous n'y demeurâmes pas longtemps. Dix mois après ma naissance, nous étions de retour à Ardee, en Irlande, pour l'arrivée de mon frère Rikki. Je n'ai jamais réalisé que nous étions plutôt à l'aise. À l'époque, vers 1965, la plupart des gens ne pouvaient s'offrir une voiture alors que ma mère avait la sienne. Rikki et moi suivions des cours de tennis, de piano et de danse irlandaise, et nous pensions certainement que c'était ce que les autres enfants faisaient aussi. En raison de ce qui allait se passer dans un avenir plus si lointain, j'ai du mal à me souvenir des petits détails ordinaires qui font partie intégrante de l'enfance. Fort heureusement, il en reste quelques vestiges qui flottent encore dans mon esprit. Par exemple, ma mère aimait regarder *The Late Late Show* et les émissions sur la nature de David Attenborough. En grandissant, je baignai dans la musique de Neil Diamond, Willie Nelson et Kris Kristofferson. Chez mes grands-parents, nous regardions le feuilleton *Some Mothers Do 'Ave 'Em*. Et, comme toutes les familles d'Irlande, nous assistions à la messe tous les dimanches.

Ma mère était une femme plutôt séduisante qui aimait s'habiller. À un moment, elle a même fait un peu de mannequinat. À ses moments perdus, elle cuisinait merveilleusement bien et nous concoctait de délicieux repas. Mon père était un homme d'affaires prospère, un notable de la ville, qui envisageait d'agrandir sa station-service et d'ouvrir un restaurant. Ils étaient tous deux très sociables avec leurs clients et ils ne lésinaient pas sur les heures de travail. Leur vie sociale s'organisait autour du club de golf, où ils frayaient avec les autres entrepreneurs prospères de la ville, et ils faisaient avec le club de nombreux séjours en Irlande, en Angleterre, voire en Espagne. L'alcool faisait partie de la vie quotidienne : du gin-tonic au déjeuner ou aux dîners dansants, aux réceptions et aux bals de fin d'année.

Je ne me souviens d'aucune querelle ou d'avoir eu l'impression que mon père et ma mère n'étaient pas satisfaits de leur existence. Ils se souciaient tous deux de bâtir leur affaire et de s'assurer que ni Rikki ni moi ne manquions de rien. Le visiteur le plus fréquent de la maison était May, la tante de maman, la sœur de son père. Je n'ai jamais vraiment apprécié cette femme. Grande et corpulente, avec des cheveux blonds ondulés, elle me donnait l'impression de tout décider chaque fois qu'elle venait. J'avais la sensation qu'elle dominait ma mère. Au cours de ses visites, Rikki et moi devions quitter la pièce. En fait, lorsque May venait, maman n'était plus disponible pour nous. May ne conduisait pas et elle exigeait qu'on l'emmène à des endroits pour qu'on revienne la chercher plus tard. Pendant une période, elle eut un fiancé et, s'ils s'écrivirent des années, ils ne se marièrent pas. J'ignore pourquoi.

May habitait à environ six kilomètres en dehors de la ville, dans une maison jumelée située sur la route principale (ou ce qui était alors la route principale) d'Ardee et Stabannon. Nous ne lui rendions pas souvent visite. D'après mes réminiscences, sa maison n'était pas particulièrement bien rangée ou même propre. Elle dégageait une curieuse odeur de moisi et il y faisait toujours froid. À l'arrière, il y avait un grand jardin de dix à douze mille mètres carrés. Grand-mère aurait adoré avoir tant de place ! Mais May n'avait pas l'air intéressée, et la seule chose qui y poussait, c'était de l'herbe. Des années plus tard, après sa mort, quand je suis venue aider à vider sa maison, nous avons eu la surprise de tomber sur des sacs et des sacs de bouteilles de gin et de whisky vides.

Lorsque nous y emménageâmes, fin juillet 1973, la nouvelle maison n'était pas entièrement terminée. La raison de ce déménagement précipité était que notre caravane avait brûlé jusqu'à la dernière miette. Et elle avait brûlé parce que Rikki et moi étions restés seuls dedans, assis devant le feu de charbon (ou peut-être était-ce un foyer à gaz). Aujourd'hui, il me paraît étrange de penser qu'il y avait un poêle dans la caravane. Rikki avait six ans, et moi, presque huit, et il était assez agité. Il tenait la balayette et ne cessait de me dire qu'il allait y mettre le feu. J'eus beau lui dire qu'il ne devait pas, il la glissa dans les flammes et, bien entendu, elle prit feu. Comme s'il ne s'attendait pas à ce que cela se produise réellement, pris de panique, il jeta la brosse sous les rideaux, sans doute en croyant qu'elle disparaîtrait comme par magie. Quelques secondes plus tard, les rideaux brûlaient, ainsi que tout le reste. Papa bondit par la porte et nous emmena tous les deux à l'extérieur avant de se ruer dans la caravane pour récupérer des papiers importants.

Lorsqu'il revint vers nous, il s'écroula. Ma mère était en train de travailler à la station-service, à quelques centaines de mètres de là. Elle a dû arriver en courant, mais je ne me souviens pas d'avoir vu qui que ce soit en particulier. Il y eut des cris et des hurlements et, soudain, des tas de gens firent leur apparition. On aurait dit un essaim d'abeilles. Au milieu des allées et venues, de la bousculade générale, on alla chercher des seaux d'eau en formant rapidement une file pour lutter contre les flammes qui envahissaient la caravane. Alors que je suis là, assise à écrire cette scène, je vois encore les flammes s'élever haut dans le ciel. La chaleur était terrible. Quelqu'un appela les pompiers et une ambulance, qui ne mirent pas longtemps à venir. Les pompiers éteignirent le brasier pendant que les ambulanciers s'occupaient de mon père. On nous avait écartés, et ni Rikki ni moi ne pûmes vraiment voir ce qui se passait. À un moment, ma grand-mère vint nous chercher. Ensuite, mon père fut installé sur un brancard, et ma mère grimpa à l'arrière de l'ambulance avec lui. Je voulais l'accompagner, mais on ne m'y autorisa pas. Quelqu'un, sans doute grand-mère, m'entraîna tandis que les portières de la voiture se refermaient. Il fut conduit à l'hôpital de Notre-Dame de Lourdes, à Drogheda.

À partir de là, mes souvenirs deviennent plus confus. Sans doute le traumatisme, car je n'arrive pas à expliquer autrement que je n'aie pas plus de souvenirs de ce jour.

Les examens de routine révélèrent que papa souffrait d'un cancer. Je sais qu'il revint pendant un bref laps de temps après l'avoir appris, mais je ne me souviens pas de sa présence dans la nouvelle maison. Ils le ramenèrent pour l'opérer, mais, au bloc, sur la table d'opération, les médecins s'aperçurent qu'il était « gangrené » au-delà de tout espoir. Tout ce que Rikki et moi apprîmes est que, un mois environ après l'incendie, nous trouvâmes May assise à la table de notre cuisine, à notre retour de l'école. Je me raidis aussitôt : c'était quelque chose dans l'expression de son visage ou le fait qu'elle ait eu l'air de nous attendre. Eh bien, nous n'eûmes pas à nous poser de questions bien longtemps parce que, sans prendre aucune précaution, May s'écria que notre père était mort. C'était le 26 septembre 1973, le jour de la mort de mon enfance.

Je sais que May n'avait guère d'expérience quant à la manière d'annoncer d'aussi horribles nouvelles à de jeunes enfants, mais je me demande aujourd'hui pourquoi ce n'est pas maman ou ma grand-mère qui s'en sont chargées. Le fait que je n'aime pas May n'a sans doute pas arrangé la brutalité et l'effroi contenus dans ses mots. À tort ou à raison, je fus ensuite dans l'impossibilité absolue de l'aimer après ces paroles, comme si l'enfant que j'étais la blâmait en partie pour la mort de mon père.

Les funérailles furent parmi les plus importantes d'Ardee. Le fait que mon père ait été si jeune, d'une famille très connue et ait été l'un des hommes d'affaires les plus riches de la ville attira les gens par centaines. La messe eut lieu dans l'église d'Ardee, et il fut enseveli dans le cimetière de Ballapousta. Je n'ai guère de souvenirs de ce jour-là non plus. Maman portait une robe noire et un grand chapeau noir avec une voilette, mais comme elle arborait souvent des chapeaux différents ou des turbans, cela ne me paraissait pas bizarre. Je me souviens quand même d'avoir été troublée à la morgue. Il ne restait plus que ma mère, Rikki et moi, et les autres se dirigeaient déjà vers l'église. Je savais que papa se trouvait dans le cercueil, mais j'étais encore trop petite pour le voir, et cela me fit douter de sa mort.

Peut-être s'était-il simplement endormi et se réveillerait-il avant qu'ils ne referment le couvercle. Puis, ma mère me souleva afin que je puisse lui donner un dernier baiser. Il avait l'air si étrange. Était-ce vraiment lui ? J'étais perturbée, mais je posai un baiser d'adieu sur sa joue. Elle était glacée. Je ne m'y attendais pas.

Aujourd'hui, je suis étonnée de n'avoir que de vagues souvenirs d'un événement aussi considérable, mais mes émotions sont toujours aussi vives, et le chagrin et la tristesse n'ont pas fléchi au fil des années. Certains affirment que les enfants ne sont pas touchés par la mort et que le sentiment de perte n'appartient qu'aux adultes. Ils ont tort.

Ma grand-mère ne cessa de pleurer tandis que nous accompagnions le cercueil au cimetière. Maman était certainement bouleversée, mais je ne sais pas si je me souviens qu'elle ait pleuré, ou si c'est simplement ce à quoi on s'attend à l'enterrement d'un jeune mari et père. Mes camarades de classe étaient peut-être là, ce qui aurait été dans l'ordre des choses. Après le service, les gens vinrent chez nous boire du thé et manger des sandwiches. Dans la cuisine, les voisins préparaient des litres et des litres de thé et de café. Il y avait des tasses et des soucoupes en porcelaine avec un motif de fleurs, et les gens entièrement vêtus de noir allaient d'une pièce à l'autre avec leur tasse.

Après ça, rien ne fut plus jamais pareil, et pas seulement pour moi. Maman passait beaucoup de temps à travailler à la station-service et n'était pas souvent là, alors que sa tante May venait de plus en plus souvent pour aider aux repas et au ménage. Grand-mère continua à m'emmener en promenade, mais je pense qu'elle ne parvint jamais à surmonter la perte de son plus jeune fils. Ce n'était plus cette personne enjouée qui courait d'une touffe de plantes à l'autre. À présent, elle était pratiquement toujours triste. Pendant des siècles après la mort de papa, le vieux Paul garda son brassard noir. Leur fils qui vivait en Nouvelle-Zélande supplia grand-mère de venir lui rendre visite, et leur fille en Australie leur envoya même les billets d'avion pour venir, mais elle refusa en disant qu'elle ne voulait pas me laisser seule avec Rikki.

Je passais la plus grande partie de mon temps avec Finn, le berger alsacien de mon père. Nous demeurions assis sur le porche pendant des heures, les yeux rivés sur la rue, à attendre – je le comprends désormais – que mon père revienne. C'est avec le chien que je pleurais, avec lui que je parlais de papa. Tous les vendredis, grand-mère nous apportait du poisson pour le dîner. Finn était si excité de la voir arriver qu'il risquait de la faire tomber chaque fois. C'était le grand moment de notre semaine.

De temps en temps, je l'entraînais dans le verger du couvent, où j'allais ramasser les pommes tombées. Lorsqu'une nonne se montrait, Finn aboyait et se ruait vers elle, et la pauvre attrapait ses jupes et courait se réfugier à l'intérieur sans perdre une seconde. Je ne pouvais pas m'empêcher de rire : c'est vraiment une chose curieuse que de voir une nonne courir.

J'ai dû retourner à l'école après l'inhumation de papa, mais je ne me souviens de rien. Je ne me souviens pas plus du Noël de cette année-là : peut-être ne l'avons-nous pas fêté. Maman s'occupait de la station, même si elle avait des employés. En revanche, papa avait été le seul mécanicien et, au garage, les affaires avaient dû s'arrêter net.

Assise ici maintenant, tout ce que je vois dans ma tête, ce sont ces flammes qui traversent le toit de la caravane. J'ignorais tout ce qui partait en fumée ce jour-là.

3

Avant la mort de papa, maman avait déjà une liaison. Il s'agissait d'un fermier de Carlow qui travaillait un peu partout en Irlande comme grutier. Il avait séjourné deux ou trois fois à Ardee, dans une chambre d'hôtes, et il avait fait le plein à notre station-service. C'est comme ça qu'ils se sont rencontrés. Des années plus tard, je découvris que papa s'en était douté et qu'il avait suivi maman un week-end pour voir où elle se rendait. Hélas, je n'appris jamais ce qui se passa ensuite. Naturellement, Rikki et moi n'étions au courant de rien, si ce n'est que, pendant les mois qui suivirent la mort de papa, nous ne la voyions pratiquement jamais. C'est donc May et grand-mère qui se chargeaient de la maison et de nous. Personne ne parlait des fréquents voyages de maman et je suis sûre que grand-mère n'en savait pas plus que nous, d'autant qu'elle souffrait de la perte de son fils ; c'est la raison pour laquelle le vieux Paul et elles ne nous disaient rien à ce sujet. D'un autre côté, May était sans doute au courant du moindre détail.

Vous pouvez donc imaginer notre surprise lorsque, environ un an après la mort de papa, maman se présenta à la maison avec un nouvel époux à sa remorque. Comme souvent, c'était May qui nous surveillait. Nous reçûmes l'ordre de ne pas nous salir, ce qui signifiait que, comme je portais des socquettes blanches, je devais rester à l'intérieur. Je pense que maman était partie pendant au moins une semaine parce que je me souviens d'avoir été très enthousiaste et impatiente de son retour. Je n'arrêtais pas de regarder par la fenêtre pour *les* voir arriver : May nous avait dit qu'elle venait avec un ami.

Enfin, nous entendîmes la porte de derrière s'ouvrir, et maman entra dans le salon suivie d'un homme qui avait des yeux bleus perçants, un visage brun et buriné, et des cheveux gris. Elle souriait et avait l'air plus heureuse que je ne l'avais vue depuis longtemps.

— Voici Sean, dit-elle. Comme nous venons de nous marier, il va venir vivre avec nous.

Juste comme ça. Elle ne nous montra pas son alliance et ne nous dit rien d'autre. Rikki et moi dîmes bonjour à Sean, et il nous répondit aussi simplement.

Je m'appuyai contre le dossier du canapé pour montrer à Sean que j'étais capable de me tenir sur les mains, mais, comme le dossier supportait tout mon poids, il était clair que je n'étais pas si bonne. Il dit qu'il avait un tour pour Rikki. Il posa un petit aimant sur le radiateur du petit salon et lui dit d'attendre quelques minutes. Puis, il demanda à Rikki de retirer l'aimant et, ce faisant, mon frère se brûla la main et se mit à pleurer.

Sean avait l'air plus vieux que ma mère de trente ans, mais c'était parce qu'il avait la peau tannée d'avoir travaillé pendant de si longues heures en plein air. En fait, il avait deux ou trois ans de moins qu'elle. Nous regardâmes leur photographie de mariage. Maman portait un tailleur vert, et les invités n'avaient pas l'air nombreux. Aujourd'hui, je continue de me sentir blessée parce qu'elle n'avait pas voulu ses enfants près d'elle. C'était un grand jour, et cela me donne l'impression que nous n'existions pas. En tant que mère, je ne pourrais jamais imaginer exclure mes propres enfants du jour de mon mariage ; cela n'a aucun sens.

Tante May resta pour dîner. Ce fut un repas délicieux.

Dès le départ, Sean sembla m'accorder beaucoup d'attention. Ce soir-là, il apprécia de me voir me tenir sur les mains. Il me faisait des compliments sur mes robes, la couleur auburn de mes cheveux. Il n'était pas loquace, mais, de temps en temps, il faisait l'effort de me poser des questions sur l'école. À présent, je réalise combien cela devait être difficile pour mon frère de huit ans. Sean l'ignorait totalement. Quoi que Rikki dise ou fasse, il n'obtenait jamais un seul mot en retour ou une réaction du mari de maman. Au moins, nous nous soutenions. L'un était le meilleur ami de l'autre et inversement – pendant un moment, à tout le moins.

J'avais confiance en Sean. Pourquoi cela n'aurait-il pas été ainsi ? C'était un adulte, et j'étais une timide fillette de dix ans qui ne connaissait rien de la vie. Toutefois, il y avait quelque chose qui n'allait pas, et ce sentiment devenait de plus en plus fort. En regardant en arrière, j'essaie de déchiffrer les différentes étapes de ce qui s'est passé.

Il ne cessait de me toucher. D'abord, je n'en pensai rien, mais cela commença à m'ennuyer. Lorsque nous regardions la télé, je devais m'asseoir à côté de lui sur le canapé, et Rikki s'asseyait à côté de moi. Au fil des semaines, Rikki ne venait plus. Sean me caressait le genou et, avec le temps, sa main remontait de plus en plus haut. Il me demandait de m'asseoir sur ses genoux et me touchait la main d'une manière que je trouvais différente et étrange.

Les choses empirèrent lorsque ma mère tomba malade. À cette époque, ils étaient mariés depuis près d'un an. Maman était tout le temps fatiguée et elle avait besoin de se reposer tous les jours. Quand je lui demandai ce qui n'allait pas, elle dit que cela avait quelque chose à voir avec son sang. Elle devait même se faire des piqûres. Tout était très confus, jusqu'au jour où un berceau fit son apparition dans la chambre. Quand je lui demandai ce qu'il faisait là, elle répondit que c'était pour le bébé.

Je fus effrayée, mais je n'aurais pas pu expliquer pourquoi. L'atmosphère, dans la maison, devint plus sombre. C'est la meilleure manière dont je peux le décrire. Les visiteurs étaient de moins en moins nombreux, et, désormais, la porte du garage de mon père demeurait fermée. Je voyais très peu mes grands-parents paternels. Ma grand-mère cessa de venir à la maison, et nous ne fûmes conduits chez elle qu'une ou deux fois.

Maman était souvent en colère, peut-être parce qu'elle avait vraiment été malade pendant la grossesse. Elle avait un rhésus négatif qui était différent de celui du bébé. Autant que je me souvienne, tante May mourut à cette époque. Je ne pense pas que nous allâmes à ses funérailles ; en tout cas, je ne m'en souviens pas. En fait, il semblait que tout changeait, et j'avais l'impression de ne plus rien contrôler.

Sean se mit à toucher ma poitrine malgré le fait qu'elle était encore plate. Et il me prenait la main pour la poser sur le bas de son ventre. Je ne comprenais pas pourquoi.

J'étais enthousiaste à la perspective du nouveau bébé et, à l'école, je lui fabriquai une petite couverture. Elle était bleu et blanc, et sœur Bridget m'aidait. La plupart des nonnes étaient aigries ou d'humeur maussade, mais sœur Bridget était différente. Pendant que nous travaillions sur la couverture, elle bavardait même avec moi ! Elle me demanda comment les choses se passaient à la maison, peut-être parce qu'elle avait constaté un déclin dans mon apparence ou dans mon comportement ; elle avait peut-être entendu parler du nouvel homme de la maison, ou quelque chose au sujet de ma mère qui buvait. Pour ma part, je n'avais pas conscience que ma mère était souvent ivre, et je n'aurais jamais imaginé confier mes soucis au sujet de mon beau-père à une maîtresse, ne serait-ce que parce que je n'aurais pas su comment formuler mon malaise grandissant.

Il y avait eu un curieux épisode troublant lorsqu'il était entré dans la salle de bains alors que j'y étais. On ne pouvait pas verrouiller la porte et, après qu'il m'eut serrée et frottée de haut en bas, je me mis à faire ma toilette le plus rapidement possible.

Maman buvait du sherry. C'est l'odeur qui émanait de son haleine, une odeur douceâtre et écœurante. Je me souviens lorsqu'elle était inhabituellement aimable et contente. Elle me parlait, me pressait de questions sur l'école et ma journée. C'était agréable et je n'osais m'interroger plus avant. Lorsqu'elle ne buvait pas, il fallait éteindre la télévision à une heure précise, mais, quand elle s'endormait en début de soirée, Rikki et moi, nous nous gavions de séries comme *The Brady Bunch*, *The Osmonds* et *The Monkees*. Entre les complications de sa grossesse et le fait qu'elle buvait de plus en plus, elle était pratiquement toujours fatiguée. Elle ne jouait plus au golf et ne partait plus en week-end.

Lorsqu'elle alla accoucher, son mari m'entraîna dans leur lit. J'étais terrifiée et je voulais m'en aller, mais j'étais aussi déroutée. Que se passait-il ? J'étais toute menue et je portais ma chemise de nuit Douce Nuit. Il m'étreignit pendant des heures. C'est tout ce dont je me souviens. Cela n'avait pas de sens. Pourquoi voulait-il me serrer dans ses bras dans le lit ? Il m'ordonna de ne rien dire à ma mère et veilla à ce que Rikki ne voie ni n'entende rien.

Je me mis à détester mon apparence. Je détestais mes cheveux auburn qu'il continuait à admirer. Lorsque je me regardais dans le miroir, je ne voyais que de la laideur. Quand j'y songe à présent, je devine qu'il était en train de mettre en place son emprise. Pendant un temps, il venait dans ma chambre me dire bonsoir alors que j'étais déjà au lit, le tout avec beaucoup de caresses et d'étreintes intenses. En dépit de mon innocence, je sentais qu'il devait y avoir quelque chose de troublant à ce sujet.

Je me souviens des visites au zoo, des cornets de glace et des bonbons. Parfois, il nous emmenait sur le circuit de Mondello Park, sans doute son idée du paradis puisqu'il avait une telle passion pour les voitures.

Il était obsédé par sa pipe et exécutait tout un rituel pour la nettoyer. Personne n'avait le droit de la toucher, personne sauf moi. J'étais l'élue en laquelle il avait confiance pour nettoyer la pipe à sa place. Je suppose que c'était sa manière de me montrer qu'il me trouvait fiable, une manière subtile de m'inciter à avoir encore plus confiance en lui. Oui, je lui faisais confiance. Pourquoi pas ? Je ne savais rien du mal. Pas encore.

Lorsque maman sortit de la maternité, elle souffrait de dépression post-partum (je l'ignorais alors) et elle se mit à boire de plus en plus. Je crois que l'un des médecins lui conseilla de boire de la Guinness pour retrouver plus rapidement ses forces. Il n'avait pas dû comprendre qu'elle était sur la voie de l'alcoolisme.

James, le bébé, avait de l'asthme, et il fallut l'emmener à l'hôpital de Notre-Dame de Lourdes, où il fut placé sous nébuliseur. Nous ne savions pas encore que cela se reproduirait chaque fois qu'il aurait une crise. Maman en était très perturbée. Elle pleurait pendant des heures et gémissait :

— Mon Dieu, que vais-je devenir s'il meurt ?

Cela me terrifiait, et j'étais aussi prise de panique à l'idée de sa mort. Mon père était mort ; alors, je comprenais que c'était quelque chose qui se produisait assez couramment. C'était une véritable possibilité.

Comme toutes les femmes, elle emportait son sac partout, mais il en émanait un étrange cliquetis que je n'arrivais pas à identifier. Maintenant, je sais que c'était celui des bouteilles de vodka.

Hormis le fait que le bébé fût malade, lorsque maman le ramena à la maison, nous passâmes une période assez agréable. Sean avait l'air content et il prenait le bébé dans ses bras. Il faisait de grosses journées et il partait tôt le matin, parfois pour plusieurs jours. Évidemment, quand il n'était pas à la maison, ma mère buvait comme un trou ! Rapidement, ce fut moi qui m'occupai essentiellement du bébé. C'est moi qui lui donnais son biberon et qui changeais ses couches, ce qui explique probablement qu'il devint l'amour de ma vie. J'aimais vraiment m'en occuper. D'une certaine manière, ce petit être était mon meilleur allié dans la mesure où Sean ne me touchait jamais lorsque je prenais soin de James.

Nous ne prenions plus nos dîners en famille. Rikki et moi ne mangions que lorsque ma mère et Sean avaient terminé. La seule fois où nous mangeâmes ensemble, ce fut le jour de Noël. Nous ne faisions rien en famille, même pas regarder la télévision.

Un jour, nous allâmes rendre visite à la mère de Sean dans la ferme familiale à Carlow. Son père était mort quand il avait huit ou neuf ans, et c'est lui, en tant qu'aîné de la famille, qui avait repris l'exploitation. Sa mère fut horrible. Elle lui reprochait peut-être d'avoir épousé une femme avec déjà deux enfants. Elle fit toute une histoire à propos de James, son véritable petit-fils, mais Rikki et moi n'étions pas les bienvenus. Nous étions trop jeunes pour comprendre que c'était parce que nous n'avions pas de liens de sang. J'emmenai James en promenade. À notre retour, elle roucoula avec le bébé. Sans m'adresser le moindre regard, elle lui demandait s'il avait aimé la promenade. Pour Noël, elle envoya des cadeaux uniquement pour le petit James. En ce qui la concernait, Rikki et moi n'existions pas.

Je ne pouvais pas le savoir, mais Sean me formait. Il utilisait ma mère comme un instrument pour nous rapprocher tous les deux. Par exemple, si elle me critiquait ou se plaignait de quelque chose que j'avais fait, il me conseillait de l'ignorer. Si elle me traitait d'idiote, il attendait que nous soyons seuls pour me dire de ne pas l'écouter. En outre, il me donnait de l'argent de poche en précisant bien qu'il prendrait soin de moi et que je ne devais pas perdre de temps à demander quoi que ce soit à maman.

Il se lança ainsi dans ce jeu, comme si nous étions les meilleurs copains du monde, ou il restait dehors et allumait son briquet à la fenêtre. Cela signifiait que je devais sortir pour aller le rejoindre. Alors, il me demandait :

— Est-ce que tout va bien là-dedans ? Est-elle saoule ou est-elle sobre ?

Nous gloussions ensemble, et j'étais contente qu'il soit là à partager le poids que faisait peser le comportement de ma mère sur moi. Je croyais vraiment qu'il se souciait de moi et de mon bien-être.

Bien entendu, je ne pouvais pas deviner qu'il y aurait un prix à payer.

Je chantai dans le spectacle de Noël à l'école. La majeure partie des élèves de dernière année participaient parce que ce serait la dernière fois avant que nous quittions l'école élémentaire pour le secondaire. Pour ma part, j'avais appris que je redoublerais et que j'allais perdre tous mes amis. Ma grand-mère m'avait toujours dit que j'avais une jolie voix, et là, j'avais la chance de monter sur scène. Je voulais absolument que maman vienne me voir parce qu'elle ne m'avait jamais vraiment entendue chanter auparavant. Ce soir-là, je vis que toutes les familles étaient assises dans la grande salle, mais il n'y avait aucun signe de la mienne. Je ne sais comment, je surmontai ma déception et j'interprétai ma chanson.

C'est Sean qui vint me chercher. Quand je lui demandai pourquoi ils n'avaient pas assisté au spectacle, il m'expliqua que James, qui avait alors six mois, était malade et qu'ils ne pouvaient pas le laisser. Que pouvais-je répondre ? Puis, il déclara qu'il devait aller jeter un coup d'œil aux bêtes avant de rentrer. Il nous conduisit jusqu'à la maison de May.

May était morte, mais elle avait légué sa maison à ma mère, et Sean gardait son troupeau dans le champ autour. Je haïssais la maison encore plus qu'autrefois. Elle me donnait des frissons et elle sentait mauvais. Nous sortîmes de la voiture, et Sean entra. Moi, j'étais trop effrayée et je restai devant la porte. Il revint vers moi et essaya de m'embrasser, mais j'avais la nausée. Il annonça ensuite qu'il voulait me montrer quelque chose dans la cuisine, et je le suivis. Dans la cuisine, il y avait une grande table bien solide. Il me souleva et me déposa dessus, les jambes pendues au bord. Puis, il me dit qu'il voulait voir ma culotte.

— Pourquoi ? dis-je, surprise.

— Je veux juste la voir.

Je pensai qu'il voulait vérifier qu'elle était propre. Il passa la main sous mon uniforme d'école et retira ma culotte avant de me repousser sur la table. Je tentai de le repousser à mon tour.

— Qu'est-ce que tu fais ? Arrête, arrête !

Rien à faire. Il me dit de me taire et qu'il allait me montrer ce qu'il voulait faire. Je ne comprenais toujours pas. Jusqu'alors, pour moi, les pénis servaient à faire pipi. Je n'avais vu que celui de James, lorsque je changeais ses couches, et il était minuscule et avait une drôle d'allure. Il y avait une ampoule au-dessus de ma tête. Elle était nue, sans abat-jour. Je ne la quittai pas des yeux pendant qu'il écartait mes jambes. Il me tira vers lui pour que son corps soit au même niveau que le mien, appuya une main sur ma poitrine et me pénétra. La douleur fut atroce. Je le suppliai d'arrêter, mais il n'en tint pas compte et continua à pousser. La douleur empira et je me mis à pleurer.

— Tu me fais mal !

Les larmes roulaient sur mon visage.

— Juste un peu. Juste encore un peu, ne cessait-il de dire.

Je voulus me dégager, mais j'étais incapable de soulever la main qu'il appuyait si fort sur ma poitrine. La douleur devint si terrible que je pense que je perdis connaissance parce que, ce dont je me souviens ensuite, c'est le sang sur ma jambe. Je ne comprenais pas comment il était arrivé là et je me pris à penser : *Peut-être qu'il m'a tuée.* Puis, je vomis à terre. Il me rendit ma culotte et me dit de ne jamais en parler à personne. En chemin, il s'arrêta pour m'acheter des bonbons. Il me terrifiait.

Heureusement, ce jour-là, je n'avais aucun moyen de savoir que la même chose se reproduirait pendant les dix années qui allaient suivre : mon beau-père me violerait plus d'une fois par semaine, toutes les semaines. À partir de ce moment, je cessai de penser à lui comme à Sean. À partir de ce moment, ce fut McDarby, mon beau-père, mon violeur. Le lendemain, à l'école, je souffrais encore le martyre. La peur m'empêcha de parler. Je savais que ce que McDarby faisait était mal, mais j'étais déjà en train de commencer à culpabiliser en me disant que je n'aurais jamais dû sortir de la voiture.

4

Après l'arrivée de McDarby, la maison devint différente. Oui, il y avait quelque chose de différent dans la maison. Je veux dire que je sentais sans cesse une ombre ou une présence juste devant la porte de ma chambre. Cela ne m'effrayait pas. Je l'acceptais sans me poser de questions en sachant qu'elle ne me ferait aucun mal. Lorsque j'empruntais le couloir, je sentais parfois quelque chose me frôler, comme une petite brise au beau milieu de la maison. De plus, il y avait des pièces qui restaient glacées par tous les temps, notamment la chambre de ma mère. Enfin, il y avait les cris de McDarby au milieu de la nuit :

— Stop, stop, stop !

La première fois que cela se produisit, je crus avoir imaginé ses hurlements. Apparemment, on l'avait tiré du lit et jeté à terre. Lorsque ma mère avait bu, elle racontait que cela ne pouvait être que papa. Qui ou quoi que ce fût, McDarby était ainsi tiré du lit de manière régulière. Maman fit bénir la maison à plusieurs reprises par le prêtre de la paroisse, mais cela ne changea rien.

Lorsque James eut environ un an, je commençai à découvrir des bouteilles vides un peu partout dans toute la maison. Je les flairais, et l'odeur puissante me donnait la nausée. Toutefois, je ne faisais pas encore le lien entre les bouteilles et le fait que ma mère buvait régulièrement.

Je n'ai plus jamais écouté des chanteurs comme Johnny Cash, Willie Nelson ou Neil Diamond. Lorsqu'elle était ivre, elle était soit incroyablement sentimentale, soit incroyablement en colère, et la musique hurlait à travers toutes les pièces. Elle m'accueillait quand je rentrais de l'école et, tandis que Johnny ou Willie chantaient, elle les accompagnait d'une voix pâteuse en claquant des doigts à contretemps.

Lorsqu'elle était trop saoule, le dîner n'était pas prêt. Une preuve de la gravité désespérée de la situation était quand, à mon retour, je trouvais la machine à laver au beau milieu de la cuisine. Lorsqu'on ne l'utilisait pas, on glissait la machine sous le plan de travail ; quand elle était sortie et que maman n'était pas dans le coin, cela signifiait qu'elle avait commencé à boire tôt, qu'elle avait voulu lancer une machine, mais s'était retrouvée trop saoule pour aller jusqu'au bout de sa tâche et qu'elle était retournée se coucher. Le plus drôle, c'est que je finis par haïr la machine à laver avant d'apprendre à haïr ma mère parce qu'elle buvait. Je suppose qu'il était plus facile de haïr la machine.

J'avais l'impression que ma vie marchait sur la tête. Je redoublai la dernière année d'élémentaire et je me fis de nouveaux amis. Bien sûr, cela n'arrangeait rien que mes nouveaux camarades de classe aient à présent un an de moins que moi. J'avais été placée à côté d'une fille de gens du voyage qui avait une odeur. Je sais que ce n'était pas sa faute, mais les enfants peuvent être vraiment méchants. Personne ne l'aimait à cause de son odeur et rares étaient ceux qui m'appréciaient davantage. Elle me transmit des poux et je dus supporter les shampoings avec ce truc affreux qui pue. En plus de tout, McDarby me demandait de l'aider avec les vaches et les veaux, et je finis par attraper la teigne. Sur le crâne, j'avais une partie chauve et je devais utiliser une pommade à l'odeur forte. Inutile de dire que cela ne m'aida pas à me faire des amis. La fille des gens du voyage et moi, nous ne parlions pas beaucoup, mais je suis sûre que nous savions à quel point chacune se sentait mal et solitaire.

Un soir, Rikki et moi, nous allâmes chez grand-mère. Je ne me souviens pas où étaient maman et McDarby, si ce n'est que mes grands-parents nous gardaient. Lorsque l'heure fut venue, grand-mère nous proposa de nous mettre en pyjama et, comme le temps passait, elle décida de nous mettre au lit. Ce n'était pas prévu, mais cela ne nous inquiéta pas. J'ignore quelle heure il était, mais il devait être assez tard parce que nous dormions lorsque les hurlements d'une dispute monumentale me réveillèrent. Ma mère criait que nous devions nous lever tandis que grand-mère suppliait qu'elle nous laisse dormir. C'était horrible. Lorsqu'on nous poussa jusqu'à la voiture, toujours en pyjama, ma grand-mère pleurait. Dieu seul sait ce qu'ils s'étaient dit avant que les cris ne nous réveillent. Lorsqu'elle était saoule, ma mère était agressive et bruyante. Quant à McDarby, ce n'était pas son genre de faire une scène.

Après ça, nous ne vîmes plus guère nos grands-parents, bien que le vieux Paul fît de son mieux pour Rikki et moi. Il détestait McDarby et il détestait l'idée même qu'il vivait dans la maison de son fils et s'occupait des affaires de son fils. Le pire, c'était que mon grand-père se mit aussi à boire de plus en plus et que, lorsqu'il prétendait que McDarby était un vrai salaud, personne ne le prenait au sérieux. Franchement, je ne sais pas à quel point mes grands-parents savaient ce qui se passait. Tout cc que je sais, c'est que je ne leur ai jamais rien dit. Mon grand-père avait peut-être remarqué des changements en moi et il se doutait peut-être de ce que je subissais ; quoi qu'il en soit, cela l'incita à venir marcher de long en large devant la maison en brandissant une pancarte qui disait MES PETITS-ENFANTS SONT MALTRAITÉS ! Il dut cesser parce qu'on l'accusait de « troubler l'ordre public ». Je pars du principe que c'est ma mère qui fit appel à la police, parce que ce n'était pas le style de McDarby. À partir de ce moment, nous n'eûmes plus le droit de le voir ou de lui parler, et il n'eut pas le droit de s'approcher de la station-service.

On nous dit de faire comme s'il n'existait pas, notamment lorsque nous le croisions en ville. Pas longtemps après ça, il fut embauché pour faire traverser les écoliers. Je l'apercevais dans son long pardessus blanc avec son panneau STOP devant l'école. Nous n'avions pas le droit de nous parler, mais je lui lançais alors un petit sourire et un signe discret de la main. Parfois, il essayait de me parler, mais j'avais trop peur pour m'arrêter. J'avais besoin d'avoir des yeux derrière la tête. Les deux ou trois fois où ma mère me surprit à lui adresser la parole, elle me sermonna et elle me gifla. Pour mon propre bien, je n'avais pas le choix.

En y repensant, aujourd'hui que je suis adulte, je me rends compte à quel point il devait être blessé et combien il avait essayé de se battre pour nous. Il a dû se sentir si mal compris et si vulnérable. J'imagine qu'il buvait parce qu'il était désespéré de ne rien pouvoir faire pour nous. Pour ça, je lui en suis reconnaissante, mais je comprends aussi que chaque soûlerie le rendait encore plus vulnérable. En ville, les gens racontaient qu'il n'était qu'un poivrot qui n'était pas capable d'accepter la mort de son fils. C'était là ce qu'il y avait de plus cruel dans une petite ville. Je pense que chaque communauté possède son loser et que, pendant de nombreuses années, à Ardee, c'était exactement ce qu'était le vieux Paul. Il était le perdant, celui qui avait tort face à ma mère et son nouveau mari qui bénéficiaient du respect de tous les notables du coin.

Contrairement à mon grand-père, ils avaient de l'allure, une grande maison, une station-service et une boutique florissantes, et ma mère conduisait une Jaguar flambant neuve.

J'ai eu quand même la chance de passer un peu de temps avec lui juste avant sa mort. J'avais treize ou quatorze ans, à l'époque. Il avait tellement changé que c'en était choquant. Dans un coin de la chambre, il y avait une chaise percée parce qu'il n'était plus capable de faire le court trajet jusqu'aux toilettes. Après toutes ces années passées à charrier du charbon, il avait autrefois une corpulence imposante, mais il était devenu si menu ! Presque la moitié de l'homme qu'il était. Quand il était plus jeune, il était réputé pour sa force et son énergie, mais, là, ses chaussures rangées à côté de son lit sur le sol ne risquaient plus de quitter leur place. Je m'approchai du lit et je le regardai sans bien savoir que faire ou dire. Grand-mère me conseilla de lui chatouiller les pieds, ce que je fis, et je fus ravie lorsque la maison résonna de son rire. Il me tendit alors la main et la serra fort en essayant, en vain, de me dire quelque chose. Nous échangeâmes un regard, et j'eus l'impression qu'il savait exactement ce que j'étais en train d'endurer. Ce fut la dernière fois que je le vis.

Mes jours s'écoulaient les uns après les autres, sans que rien ne vienne les différencier, sauf le fait que les choses allaient de mal en pis. Outre tout ce qui se passait, McDarby nous serrait les cordons de la bourse. Pour Rikki et moi, il n'y avait pas beaucoup d'argent. Nous portions les mêmes vêtements et les mêmes chaussures pendant des siècles.

Pendant un moment, Rikki dut même porter ses bottes en caoutchouc en plein été parce que ses chaussures étaient parties en morceaux. En fait, McDarby paraissait tirer beaucoup de plaisir à tourmenter Rikki d'une manière particulièrement perverse, par exemple en retirant les ampoules de sa chambre pour qu'il reste dans le noir. Si Rikki branchait une lampe, McDarby attendait que mon frère aille lire dans sa chambre et retirait le fusible directement sur le tableau.

En plein hiver, nous n'avions pas de chauffage parce qu'ils ne remplissaient pas la cuve à fuel (parce qu'elle buvait, maman ne souffrait pas du froid). La maison n'était plus un lieu confortable, et les jours de fête n'existaient plus que dans notre imagination. McDarby ne manquait certainement pas d'argent, parce que chaque fois qu'un nouvel outil ou un nouveau gadget faisait son apparition, il s'en achetait un et allait régulièrement au circuit de Mondello, où il n'arrêtait pas d'acheter des voitures de collection.

De son côté, maman dépensait tout ce dont elle disposait dans l'alcool. Elle avait aussi cessé de faire la cuisine. Notre monde semblait tourner uniquement autour de ce qu'il voulait. Je le haïssais et je la haïssais aussi.

Lorsqu'elle buvait, elle pleurnichait sans fin ou piquait des colères colossales. Nous en étions pour des heures et des heures de crises de larmes. Il n'y avait pas de moyen terme, et, malgré la musique à fond, absolument rien de festif. Ses accès de rage étaient terrifiants. Lorsque Rikki avait environ douze ans, elle l'envoya un jour acheter une bouteille de sherry. En revenant à la maison, il fit tomber la bouteille et dut avouer sa faute. Elle devint dingue, il n'y a pas d'autres mots. Elle força mon frère à retourner à la boutique pour acheter une autre bouteille.

Franchement, je n'arrivais pas à décider ce qui était pire entre le fait que McDarby contrôlait le moindre aspect de notre vie ou les délires alcoolisés de ma mère. Au bout d'un moment, il m'aidait à la calmer et à la mettre au lit, mais ce n'était pas parce qu'il prenait soin de sa femme : une fois qu'elle était couchée, absente pour le monde entier, il pouvait faire de moi ce qu'il voulait. Il avait mis au point une méthode pour me convoquer en allumant encore son briquet devant la fenêtre du living. Les premières fois, c'était pour que je me faufile dehors et que je le prévienne de l'état de maman, mais, par la suite, c'était pour une raison très différente. La lueur du briquet à la fenêtre voulait dire que je devais me débrouiller pour me rendre à côté, dans le garage de mon père où McDarby avait entassé toutes ses saletés, pour être violée. Après, il me donnait de l'argent de poche, achetant mon corps et mon silence.

Naturellement, cela m'incita à faire en sorte que ma mère reste sobre. Lorsqu'elle était là, il ne pouvait rien me faire ou, en tout cas, ce n'était pas si facile. Au risque de déclencher sa fureur, je m'embarquais dans une campagne pour vider les bouteilles que je dénichais çà et là dans la maison. Une fois, par curiosité, je glissai la langue dans le col d'une bouteille pour voir quel goût cela avait. J'ignore de quel alcool il s'agissait, mais le bout de ma langue fut aussitôt anesthésié. Je n'arrivais pas à comprendre comment ou pourquoi elle buvait autant de ce truc affreux. J'en arrivais même au point de demander à certaines boutiques de ne pas lui vendre d'alcool.

La période de Noël était devenue un véritable cauchemar. Ma mère s'assurait de disposer de suffisamment de stock pour qu'elle n'ait plus aucune limite. Le réveillon était un désastre. Comme tout le monde, nous achetions davantage de nourriture à cette époque de fête, mais, chaque année, elle se débrouillait pour brûler un plat parce qu'elle était ivre. Une année, la dinde termina dans la poubelle. Je me souviens du deuxième Noël après l'arrivée de McDarby. Le matin du 25, nous nous retrouvâmes seuls, Rikki et moi, dans le petit salon, et ils ne se levèrent pas avant midi. J'avais demandé une poupée et une machine à écrire, mais il n'y avait qu'une machine à écrire sur le canapé, un modèle bleu avec des touches trop hautes.

Les choses prirent un tel tour que nous dûmes cacher les couteaux parce que, quand elle avait bu, elle était de plus en plus violente et elle était capable de s'attaquer physiquement à n'importe lequel d'entre nous. Je lui disais par la suite ce qu'elle avait fait. C'était toujours pareil. Le lendemain, je lui décrivais à quel point elle s'était montrée méchante et violente, et elle manifestait des remords, disant qu'elle était désolée et qu'elle promettait de changer, mais, quelques heures plus tard, elle était de nouveau saoule et en train de nous asséner des insultes d'une voix stridente.

Pendant un temps, lorsqu'elle avait bu, elle appelait la garde nationale. Elle annonçait qu'elle avait besoin d'aide et, effectivement, ils vinrent à plusieurs reprises. Je suppose qu'ils étaient obligés de venir vérifier ses allégations. J'allais répondre à la porte, je les conduisais à l'intérieur pour leur montrer qu'elle était KO sur le sol. Ce qui m'étonne, c'est que je ne me souviens pas qu'ils m'aient demandé si nous allions bien. Notre mère était inconsciente et j'étais toute seule avec mes deux jeunes frères, dont un tout petit. Lorsqu'elle perdait son sang-froid, elle nous faisait vraiment peur.

Je la haïssais.

Je le haïssais.

Je me haïssais.

Je n'arrivais pas à l'empêcher de me violer, et c'est ce qui me perturbait le plus. Il était beaucoup trop fort pour moi. Parce que, physiquement, je ne pouvais pas l'arrêter, je me mis à me réfugier en moi-même et à rejeter la faute sur moi.

Vint un moment où j'étais tellement désespérée que j'essayai d'en parler à ma mère, même si je n'avais pas bien réfléchi à ce que j'allais dire. Un soir, j'étais en train de regarder une émission à la télévision (je ne sais plus laquelle) et une fille déclara qu'elle avait été *violée*. Elle était couverte de sang, ses vêtements étaient déchirés et son visage était plein de boue. Elle avait l'air vraiment terrifiée. Soudain, je réalisai que c'était ce qui m'arrivait. Voilà que je disposais d'un mot pour ça : « viol ». Je n'avais que quatorze ans et je me dis qu'il me suffisait d'imiter la fille de l'émission pour arriver à expliquer ce qui se passait. Je me rendis dans le jardin de derrière et je me mis de la boue sur le visage avant de me frotter contre les épineux. J'avais besoin de rendre mes stigmates visibles, comme la fille de l'émission. En sang, le visage couvert de boue, je déchirai mon tee-shirt et j'ébouriffai mes cheveux. Au dernier moment, je me rappelai que la fille avait l'air hors d'haleine et dans tous ses états.

Je suppose que ma mère n'était pas trop saoule, parce que, sinon, je ne serais jamais allée jusqu'au bout.

Enfin prête à jouer mon rôle, je me précipitai dans le salon. Le feu était allumé et elle était assise sur le canapé. Je m'agitais dans tous les sens, lui disant, entre de profondes inspirations, que je venais d'être violée. Je pensais que McDarby ne pourrait plus me toucher ; je ne voyais pas plus loin que ça. Elle avait déjà bu, mais elle était encore assez cohérente, et sa réaction fut accablante. Elle me regarda d'un air dégoûté et maugréa quelque chose comme :

— Qui t'a violée ? Regarde-toi donc ! Tu as l'air d'une clocharde !

Je lui répondis que je ne savais pas qui m'avait violée parce qu'il faisait trop sombre pour que je distingue son visage. Elle perdit totalement son sang-froid et se mit à hurler :

— Dégage, espèce de menteuse !

Brusquement terrifiée par ce que j'avais fait, je me réfugiai dans ma chambre. Qu'est-ce que j'avais eu en tête ? Je n'aurais pas dû dire quoi que ce soit. Il m'avait dit de ne pas en parler, que personne ne me croirait. Il avait raison. Dans la salle de bain, je me lavai le visage en me demandant encore et encore : *Mais qu'ai-je donc fait ? Mon Dieu, qu'ai-je donc fait ?*

Il n'y eut aucune conséquence. J'eus la chance que McDarby ne rentre pas ce soir-là et je suis sûre qu'elle ne se soucia jamais de lui en parler. Même si elle l'avait fait, il aurait simplement complimenté mon imagination débordante.

Je continuai donc à chercher les bouteilles de vodka pour les vider tandis qu'elle continuait à hurler des insanités jusqu'à sombrer dans le sommeil. Rien (ou si peu) n'était fait pour le ménage, et personne ne faisait la cuisine. Pour être honnête, c'était mieux ainsi. Lorsqu'elle essayait de faire à manger, elle oubliait les casseroles qui brûlaient sur la gazinière pendant qu'elle chantait à perdre haleine sur ses disques ou allait se coucher pour cuver.

Dans son lit, elle commençait parfois à chanter une autre chanson – « Mary, Mary, aide-moi ! Mary, Mary ! » –, et ce, pendant des heures. Je l'avais aidée à se coucher, je l'avais bordée et, un quart d'heure plus tard, elle se mettait à m'appeler, encore et encore. Il fallait aussi que je l'aide à aller jusqu'aux toilettes avant de la ramener dans son lit.

Lorsque je n'étais pas à l'école, James était désormais entièrement sous ma responsabilité et, d'une certaine manière, elle aussi. Je ne pourrais pas compter le nombre de fois où elle fit une chute ou se brûla parce qu'elle était ivre. Souvent, en rentrant de l'école, je la trouvais avec un bandage sur la jambe ou le bras parce qu'elle avait eu ce genre d'accident plus tôt dans la journée.

Quand j'y repense, je crois que je ne me débrouillais pas bien. Je faisais de mon mieux. Je m'assurais que James avait à manger et je vidais les bouteilles de vodka. De son côté, Rikki filait souvent chez grand-mère pour manger là-bas en paix. Je n'appris pas à faire la cuisine avant que James atteigne trois ou quatre ans, et, avant ça, si maman était dans son coma et que McDarby était absent, je faisais des haricots à la sauce tomate en conserve sur des toasts ou je me glissais chez grand-mère. À cause de ma mère, ce n'était pas aussi agréable qu'autrefois ; je ne pouvais pas me détendre une seule seconde dans la mesure où j'étais terrifiée à l'idée qu'elle puisse se réveiller ou que McDarby rentre plus tôt.

Dans la maison, le désordre devint indescriptible. Entre l'école et James, j'avais de quoi faire à plein temps, et pas une minute pour passer l'aspirateur ou faire la poussière.

Ma mère était alors totalement intoxiquée et elle était incapable de passer une journée sans boire. La plupart du temps, elle marchait en trébuchant, s'accrochant aux portes et aux meubles pour rester debout. Elle avait du mal à articuler, mais le pire était qu'elle continuait à conduire sa Jaguar. J'avais horreur de monter en voiture avec elle et je sais qu'elle eut plusieurs accidents. J'ai vidé plus de bouteilles que ce dont je veux me rappeler, mais, parfois, il était plus facile de la laisser boire. Lorsque James avait environ cinq ans, elle l'emmena au centre commercial de Dundalk, où elle l'oublia. Quand elle rentra seule à la maison, nous lui demandâmes avec inquiétude où il était, mais elle était trop saoule pour s'en souvenir. Pour finir, la police frappa à la porte pour nous ramener sain et sauf l'enfant qu'ils avaient trouvé en train d'errer.

Quand j'avais quatorze ans, ma mère fut admise à l'hôpital John of God pour une cure de désintoxication. Sa violence avait atteint des niveaux hallucinants, au point qu'elle s'attaquait désormais à McDarby tout en continuant à terroriser ses enfants. Au bout de cinq jours, elle signa une décharge et parut boire moins pendant les jours suivants, mais elle reprit bientôt ses habitudes. Pour moi, son absence de cinq jours avait été particulièrement pénible. J'avais dû manquer l'école pour m'occuper de James. Maman n'était pas là ; Rikki était à l'école. McDarby me viola par l'arrière. J'eus tellement mal que je souhaitai mourir.

McDarby devenait de plus en plus violent avec moi. Il se mit à me frapper parce que je le menaçais de raconter ce qu'il me faisait. Cela veut sans doute dire que j'avais encore de la force. Le briquet s'allumait à la fenêtre et, si ma mère était encore éveillée, je me disputais avec elle pour qu'elle ne s'endorme pas. Lorsqu'il faisait froid, j'aurais tout fait pour rester dans le living auprès du feu ; dehors, il gelait, comme il gelait dans le garage. Si ma mère était en pleine ivresse, je n'avais aucune voie de sortie. Je ne pouvais pas lui échapper.

Parfois, il m'arrivait de fermer la porte entre le salon et la cuisine, de manière à ne pas voir la lueur du briquet. Mais je n'oubliais jamais sa présence. Maman pouvait être encore debout, mais il trouvait un moyen de me faire savoir qu'il m'attendait. Il poussait la porte et me lançait un regard froid et dur. Il n'avait pas besoin de prononcer un seul mot. Un frisson glacial me traversait et, pour finir, j'allais le rejoindre, exactement comme il s'y attendait.

J'ai essayé de fuguer à plusieurs reprises, mais on me retrouvait toujours. Quand j'allais me cacher chez grand-mère, on envoyait Rikki me chercher. Une fois, je me suis cachée dans le confessionnal de l'église, un lieu aussi froid et peu confortable que la maison. C'était toujours Rikki qu'on envoyait me chercher et, s'il se sentait horriblement coupable, il était trop jeune pour avoir le choix.

McDarby était de plus en plus agressif. J'étais en première année de collège et il faisait tout pour m'empêcher d'avoir des amis. Chaque soir, il venait me « border » en me disant qu'il m'aimait. Il insistait pour m'embrasser et me toucher. Je suppose qu'il avait peur que je le dénonce et il ne voulait pas que je m'éloigne. Ainsi, chaque fois que je demandais quelque chose, c'était toujours : « Non, non ! » Je n'avais pas le droit de voir des amis après l'école ; non ! je devais rentrer directement ; non ! je ne pouvais pas aller en discothèque. En général, je ne me souciais même pas de terminer ma phrase et il ne savait même pas à quoi il disait non. Maman ne m'était d'aucune aide. C'est comme si elle lui avait cédé toute responsabilité. Ceci étant dit, un jour où j'avais demandé à me rendre à un bal de l'école, qui était parfaitement supervisé, elle lui demanda pourquoi il me l'avait interdit.

— Elle risque de s'attirer des ennuis.

Voilà ce qu'il déclara.

J'adorais regarder *Top of the Pops* et j'étais fan des Bay City Rollers. J'avais même une paire de chaussures à semelles compensées (encore des chaussures !). Lorsque je lui désobéissais, il m'interdisait de regarder l'émission. J'étais parfois récompensée pour mon obéissance par un peu d'argent de poche ou un peu de liberté, comme regarder mes émissions préférées ou aller en vélo jusque chez mes amies.

Un jour, j'obtins l'autorisation d'assister au bal de l'école. C'était merveilleux d'être capable d'oublier pendant un moment tous mes problèmes et, bien sûr, personne autour de moi ne pouvait deviner ce qui m'arrivait. Je voulais juste m'amuser et j'étais bien trop effrayée pour dire la vérité à qui que ce soit. Après une soirée agréable, mon amie et moi, nous décidâmes d'aller manger des frites avant de rentrer. Lorsque l'arrivai devant la maison, il était vingt-deux heures trente. J'étais sur le point d'ouvrir la porte de derrière quand McDarby apparut dans l'obscurité. Il m'attendait sur le seuil du garage.

— Avec qui as-tu dansé ? dit-il avec une expression sévère et un regard glacial.

Je voyais la tension dans ses mâchoires.

Il enchaîna les questions.

— Pourquoi rentres-tu si tard ? Avec qui étais-tu en train de traîner, salope ?

Je ne savais même pas ce qu'il voulait dire. J'étais morte de peur, exactement comme il le voulait, mais j'étais aussi déterminée à l'affronter.

— Je suis allée chercher des frites !

La réaction ne se fit pas attendre : il me frappa au visage et se mit à faire ce qu'il faisait toujours. Lorsqu'il eut terminé, je repris plus ou moins mes esprits et rentrai dans la maison. Maman était en train de dormir, ivre. Je me dirigeai droit vers ma chambre et, en dépit de la souffrance que j'éprouvais, je parvins à m'endormir.

Le lendemain matin, j'avais un œil gonflé et marbré de noir et de violet. Comme je devais aller à l'école, ma mère se servit de ses produits de maquillage pour dissimuler les bleus. En fait, elle était fâchée contre lui et exigea de savoir pourquoi il avait déchiré mes vêtements et jeté mes produits de maquillage. Tout ce que je possédais, un peu d'ombre à paupières et un eye-liner noir, avait disparu dans la poubelle, avec mes hauts préférés qu'il s'était donné la peine de découper avec des ciseaux. Pourquoi diable faisait-il de telles choses ? J'avais déjà si peu de vêtements, étant donné qu'il ne voulait pas me donner assez d'argent pour en acheter des neufs. Son comportement n'avait aucun sens pour moi.

Il était également plus violent sur le plan émotionnel. Finis les compliments qui s'opposaient aux critiques de ma mère ! Au fil des années, il me répéta souvent combien j'étais laide et stupide.

— Qui voudrait donc de toi ? disait-il fréquemment.

Le malheur, c'est que ses paroles étaient incidemment confirmées par le fait que maman m'avait déjà annoncé que Rikki était plus intelligent que moi. En conséquence, je perdis complètement confiance en moi et je me pris à croire que, en dépit de tous mes efforts, je ne pourrais jamais faire mieux.

De temps à autre, il continuait à me complimenter sur mes cheveux auburn, une chose que je pouvais affronter. Mais je voulais tellement échapper à son regard qu'un jour, je les coupai à ras en me blessant par inadvertance le cuir chevelu à plusieurs reprises. Il me fallut porter une casquette pour cacher les cicatrices, une petite victoire, car il ne parla plus de mes cheveux.

Lorsque j'eus quinze ans, McDarby m'expliqua ce qui se passait le jour où je découvris que je saignais régulièrement. La contribution de ma mère consista à me parler du paquet de protections hygiéniques du placard de la salle de bains. Quant à lui, il expliqua que j'avais mes règles et qu'elles reviendraient tous les mois.

5

Ni ma mère ni mon beau-père n'appréciaient mon ami Dessie pour la simple raison qu'il vivait dans un HLM ou, comme ils le disaient, qu'il était « de là-bas ». Malgré ça, je le voyais au moins deux fois par semaine lorsque nous allions à l'école le matin ou en rentrant le soir. C'était une amitié confortable. Parfois, nous marchions côte à côte sans parler, parce que nous n'en ressentions pas le besoin. Sinon, nous bavardions à propos de tout ce qui avait pu se passer à l'école ce jour-là.

Beaucoup de gens étaient conscients que Dessie était quelqu'un de débrouillard. Moi, je piquais pour lui des paquets de cigarettes et des barres de chocolat dans notre boutique dès qu'il me le demandait.

Un matin, alors que nous allions à l'école, il s'exclama :

— Dis donc, tu deviens sacrément grosse, non ?

Je ne répondis rien.

J'avais seize ans, et mes règles n'avaient pas encore adopté un rythme régulier. On était en mai et je ne me sentais pas bien. J'avais le ventre de plus en plus rond, aussi dur que la pierre, et j'avais des nausées, notamment le matin. Maman me conseilla d'aller voir notre médecin de famille, le Dr Birkette, qui vivait en face de chez nous. Il tâta mon ventre dur et me recommanda de manger du son. Lorsque les choses n'allèrent pas mieux, il me prit rendez-vous avec un autre médecin, le Dr Neary, dont le cabinet était à Drogheda. Maman nous y conduisit. Pendant qu'elle patientait dans la salle d'attente, le médecin m'examina et m'annonça que j'étais enceinte de vingt-huit semaines. Quand je lui demandai comment il pouvait en être sûr, il répondit :

— Écoute ça !

Je ne percevais qu'un bruit sourd et régulier, et je lui lançai un regard interrogateur. Alors, il m'expliqua que c'était le battement du cœur de mon bébé. Il me demanda si quelqu'un était venu avec moi.

— Ma mère.

— Tu vas le lui dire ou tu veux que ce soit moi qui le fasse ?

Pas question que je le laisse lui parler de quoi que ce soit. Elle était déjà ivre, pendant le trajet d'une vingtaine de kilomètres depuis Ardee, et, comme elle transportait toujours une bouteille de Smirnoff dans son sac, elle avait dû boire pendant que j'étais avec le médecin. Par conséquent, je me dis qu'il valait mieux que je voie dans quel état elle était et que je choisisse le bon moment.

— Bon, alors, il sait ce qui ne va pas ? me demanda-t-elle.

Je ne répondis pas. Je préférais que nous soyons sorties du cabinet de consultation avant de lui parler de quoi que ce soit – sans savoir comment j'allais le lui dire.

McDarby avait déjà diagnostiqué le problème. Quelques jours plus tôt, en rentrant de l'école, je l'avais trouvé dans le garage et j'étais démoralisée au point de lui demander s'il comprenait ce qui n'allait pas avec moi. Avec un rictus, il m'avait rétorqué :

— Et toi, qu'est-ce que tu crois qui ne va pas ?

Lorsque j'avais montré mon ventre gonflé, alors que je mangeais très peu, il m'avait dit que j'étais enceinte et avait ajouté :

— Je t'avais dit que je te mettrais enceinte lorsque tu aurais seize ans.

À l'époque, je ne suis pas sûre de l'avoir cru ; d'ailleurs, j'avais oublié qu'il avait dit ça. Mon ventre de plus en plus gros me faisait peur. Je savais que je ne mangeais pas suffisamment pour expliquer cette prise de poids.

Dans la rue, nous nous dirigeâmes vers la voiture. Je marchai sur le bord du trottoir en faisant un pas sur deux sur la chaussée, comme si je boitais. Mon esprit aussi boitait. *Est-ce que je dis que je suis enceinte ou que je vais avoir un bébé ?*

— Pour l'amour du ciel, essaie de marcher normalement et dis-moi ce que le docteur t'a dit !

Lorsque mon pied rata une nouvelle fois le rebord, je lâchai :

— Je suis enceinte. Il a dit que cela faisait vingt-huit semaines.

Je continuai mon chemin comme si tout était normal, mais, au fond de moi, j'étais terrorisée. Comment était-il possible qu'un bébé soit en train de grandir en moi ? *Je suis trop menue ! Est-ce qu'il va commencer à me dévorer de l'intérieur ?*

— Qui est le père ? aboya-t-elle.

Je n'avais pas envisagé qu'elle me poserait cette question. Merde, qu'est-ce je pouvais bien lui répondre ? Je ne pouvais pas lui dire que c'était son mari, non ? Elle ne m'aurait pas crue, alors que je le croyais, lui, lorsqu'il me disait qu'il me tuerait si je parlais. Dans la mesure où je rentrais à la maison tous les soirs, il était naturel qu'elle en déduise que je n'avais pas de petit copain. Comme je ne savais que répondre, je ne dis rien. Elle continua à hurler jusqu'à la maison, mais elle finit par me laisser tranquille (grâce aux effets de la Smirnoff).

C'était l'année de mon brevet de fin de collège. Pour aller en cours, je portais des pulls amples, mais je tombais souvent dans les pommes. En fait, c'est surtout ce dont je me souviens des examens, je veux dire le fait de m'évanouir et le professeur chargé de la surveillance qui allait me chercher un verre d'eau. Je crois qu'aucun prof ni camarade ne devina jamais que j'étais enceinte.

Pour finir, sur une idée de McDarby, je racontai à ma mère que le père était un garçon que je n'avais vu qu'une ou deux fois.

Sans relâche, il me prévenait qu'il me tuerait si j'en parlais à qui que ce soit. J'étais complètement isolée. Il y veillait. Je ne sortais pratiquement jamais. Personne ne s'aperçut de mon ventre rond parce que je me cachais le plus souvent possible, de honte et de crainte. Je passais des heures chaque jour postée devant la fenêtre de ma chambre, un pied sur le genou de l'autre jambe, comme un flamant, à regarder les passants de la grande rue. Je voyais tout. Ma chambre était située sur le devant de la maison et donnait directement sur la rue principale. Quand je n'étais pas en train d'observer les gens, je dessinais des boîtes à l'intérieur d'autres boîtes, pendant des heures et des heures.

McDarby continua de me violer pendant que ma mère râlait en disant qu'elle avait tellement honte de moi. Même en imagination, cette grossesse ne fut pas heureuse. On déplaça le petit lit de James dans ma chambre et, la plupart du temps, je passais les nuits éveillée à me demander ce qui allait bien pouvoir m'arriver. Lorsque je vis le sang jaillir, je ne compris pas tout de suite ce qui se passait et je me dis qu'un monstre ou une sorte d'extraterrestre était en moi. J'avais tellement peur. Il ne m'était jamais venu à l'esprit de consulter des livres sur la manière dont on accouche. Pas question d'aller jusqu'à la bibliothèque. J'étais terrifiée et malheureuse. Rikki n'apprit que j'étais enceinte que quatre semaines avant l'arrivée du bébé. À l'époque, aucun de nous deux n'en parla, ni demanda comment cela s'était produit, et j'étais heureuse qu'il ne sache rien de ma situation avec notre beau-père. Plus tard, il me dit qu'il soupçonnait que quelque chose ne tournait pas rond et qu'il voulait en parler à la police, mais il se sentait aussi piégé que moi.

Je passai plusieurs visites chez le médecin de Drogheda parce que McDarby préférait que personne ne sache que j'étais enceinte. Le 26 octobre, je me réveillai avec une douleur lancinante dans le bas du dos. Lorsque j'en parlai à ma mère, elle m'annonça que c'était un « signe » et me dit de préparer mon sac pour la maternité. Elle me conduisit à l'hôpital et ne resta que le temps de signer les papiers d'admission. Lorsque je fus installée dans la salle de travail, elle s'en retourna à la maison. McDarby informa Rikki que j'allais « en voir de toutes les couleurs » !

Ce qui fut vrai. J'étais menue, et le bébé était gros, plus de quatre kilos. Ils me donnèrent du gaz, de l'oxygène et les anesthésiques de l'époque. J'avais l'impression d'être déchirée en deux. En fait, c'est à peu près ce qui se passa et, ensuite, j'eus besoin de beaucoup de points. Le simple fait d'aller aux toilettes était une véritable agonie, et il suffisait que je fasse quelques pas pour avoir des vertiges. Ils me gardèrent douze jours parce que j'avais contracté une infection. Je n'eus que la visite de maman et de Rikki. Elle, elle était généralement saoule. Lorsqu'elle constata à quel point j'étais mal, elle déclara :

— S'il t'arrive quelque chose, ne compte pas sur moi pour prendre soin de ce bâtard !

J'étais trop malade pour réagir.

Je lui donnai le nom d'Oisín Ruardhí, parce que j'avais remarqué un type qui passait devant la maison pour aller en ville. Comme j'avais passé tout le temps de ma grossesse devant la fenêtre de ma chambre à regarder le monde, cet homme m'était devenu très familier. Un jour, j'avais demandé à Rikki s'il le connaissait, et mon frère m'avait répondu qu'il s'appelait Oisín. C'est ma mère qui avait ajouté le nom de Ruardhí, mais, avec le temps, je l'appelai simplement Rory. Il y avait une religieuse qui travaillait à l'hôpital et, quand elle vit à quel point j'étais malade, elle me conseilla de faire baptiser le bébé. C'est maman et Rikki qui furent la marraine et le parrain.

Lorsqu'ils me tendirent le bébé, je n'eus d'autre réaction que de me sentir comme anesthésiée. J'étais une adolescente de dix-sept ans qui venait de passer son brevet à peine quatre mois plus tôt. Je trouvais cela tellement bizarre d'avoir un bébé. Je sais que j'étais un peu distante avec lui. À cause des points, cela me faisait souffrir de le soulever, et j'avais si peu d'énergie en raison de mon infection. Lorsque l'hôpital finit par me dire que je pouvais sortir, c'était un dimanche matin. J'appelai Ardee, et ma mère vint nous chercher. Je me souviens que c'était un dimanche parce que, dès son arrivée, elle m'entraîna à toute vitesse vers la voiture en s'écriant qu'elle ne voulait pas que les gens d'Ardee nous voient au moment où ils sortiraient de la messe. Elle était tellement parano que, avant notre arrivée, elle se gara et patienta un moment juste pour s'assurer que nous ne risquions pas de croiser les derniers fidèles. Ce n'était pas de l'exagération quand elle disait qu'elle avait honte de moi. Cependant, elle avait dû en parler à Mme O'Brien, qui vivait dans le quartier, parce que cette femme envoya un cadeau pour Rory. Ce fut le seul que nous reçûmes.

C'est à partir de cet instant que je me retrouvai véritablement prise au piège. Il fallait que je demande à

McDarby tout ce dont j'avais besoin pour le bébé. Autant que je me souvienne, je ne touchais pas d'allocations familiales et, de ce fait, j'étais totalement dépendante de lui pour chaque couche et chaque boîte de lait. C'était, bien sûr, une manière qu'il avait de me garder sous son contrôle. Combien de fois m'avait-il menacée de me tuer si j'en parlais à qui que ce soit ? Il était de plus en plus brutal. Pour être honnête, j'ai du mal à décrire l'emprise qu'il avait sur moi et à quel point il me terrorisait. Depuis l'âge de dix ans, j'avais été formée à son bon vouloir, d'abord avec des mots gentils et des caresses, puis avec les viols, les coups et les menaces. Il pouvait littéralement faire tout ce qu'il voulait ; je n'avais aucun moyen de l'arrêter.

Lorsque l'infirmière de secteur vint nous rendre visite pour voir Rory, on la fit entrer dans le salon. Le reste de la maison était dans un état lamentable, mais on gardait cette pièce propre et normale pour les visites, ce qui explique probablement pourquoi elle ne posa pas tant de questions, se contentant de me rappeler de venir au dispensaire pour les vaccins de Rory. En fait, elle a peut-être pensé que j'avais de la chance de vivre dans une maison si agréable.

Après la naissance de Rory, j'eus la visite d'une amie. C'était extrêmement rare. Une ou deux amies venaient autrefois me voir, mais comme McDarby ne nous laissait jamais seules, elles cessèrent de venir. Je ne saurais vous dire à quel point j'étais seule. Il avait réussi à m'isoler totalement. Alors que nous regardions Rory qui dormait dans la poussette de James, mon amie ne cessa de me demander qui était le père. Elle n'ignorait pas que je n'avais pas de copain et que je quittais rarement la maison. Je ne savais que lui dire. En me penchant pour rajuster la couverture autour du bébé, je chuchotai que c'était McDarby le père.

Je ne pus me résoudre à la regarder en face ; je l'entendis juste s'exclamer à voix basse :

— Mon Dieu !

Je lui demandai de n'en parler à personne, pour ma sécurité. Elle promit qu'elle n'en soufflerait mot, et je pense qu'elle tint sa promesse, bien que je ne me souvienne pas de l'avoir revue.

Lorsque j'allais faire vacciner Rory, je profitais de la sortie pour filer rapidement chez grand-mère, mais elle refusait de me regarder dans les yeux. Je ne comprenais pas pourquoi. Je lui avais rendu visite une ou deux fois quand j'étais enceinte, mais cela n'avait pas été du tout agréable. Qu'avais-je fait de mal ? Lorsque je revins avec Rory dans la poussette, nos liens étaient encore plus distendus. C'est quelque chose qui m'a travaillée des années plus tard, et, en écrivant ce livre, j'y ai repensé. La semaine dernière, je parlais d'elle avec Rikki, et mon frère m'a avoué qu'il avait effectivement dit à grand-mère que Rory était le fils de McDarby. Je n'arrivais pas à en croire mes oreilles. Il m'a expliqué qu'il savait que c'était le bébé de McDarby et qu'il avait envisagé d'alerter la police, mais qu'il s'était ravisé pour se confier à un autre adulte. Quand il en avait parlé à grand-mère, elle avait déclaré qu'elle pourrait tuer McDarby, mais, évidemment, il n'y avait rien à faire. Je suppose que je me disais qu'elle ne voulait plus me voir parce que j'étais enceinte alors que je n'étais pas mariée, d'autant qu'elle était une fervente catholique. Ce n'est que des années plus tard que je mesurai ce que l'Église faisait peser sur les mères célibataires. Depuis cette conversation avec Rikki, plus de trente ans plus tard, je comprends désormais qu'elle ne supportait pas de me voir parce qu'elle ne pouvait pas m'aider et que cela avait dû la faire souffrir. Pourquoi ne lui en ai-je pas tout simplement parlé ?

La réaction de ma grand-mère s'ajoutait à tout le reste. Je suppose que, parce que j'étais une jeune mère inexpérimentée, qui continuait à être violée et battue par son tortionnaire, parce que ma mère ne cessait de m'insulter et de se comporter comme si elle n'éprouvait pour moi que de la haine, le manque de chaleur de grand-mère fut la goutte d'eau qui fit déborder le vase, et je décidai de fuguer. Depuis que ma mère avait découvert récemment que McDarby l'avait trompée avec une femme qu'elle connaissait – et qui avait eu un bébé –, la tension régnait en permanence. Bien entendu, ma mère voyait ça comme si son pauvre mari avait été séduit. La maison était un champ de bataille, et je vivais – ou survivais – sur le fil du rasoir, dans un état permanent d'inquiétude et de terreur.

Alors, un soir, je couchai Rory dans son petit lit et je mis quelques vêtements à moi dans un sac. Tout le monde dormait. Je jetai le sac par la fenêtre de ma chambre et, aussi silencieusement que je le pus, j'enjambai la fenêtre. Je refermai délicatement les battants derrière moi et je patientai deux minutes afin de vérifier que je n'avais réveillé personne. Je n'avais aucune idée de l'endroit où aller. Par le passé, chaque fois que je fuguais, Rikki devait me retrouver et me ramener à la maison. Pour son propre bien, il était particulièrement minutieux dans ses recherches et rendait visite à certains de mes camarades de classe ou il allait chez grand-mère et partout où il pensait que je pouvais m'être réfugiée. Lorsqu'il me retrouvait, ce qui était toujours le cas, il arborait une expression de soulagement mêlée de tristesse, car il avait horreur de devoir me ramener à McDarby.

Je n'avais pas plus de plan que d'argent. Tout ce que je savais, c'est qu'il fallait que je m'échappe. Alors, je me mis à courir et je courus aussi longtemps que possible, jusqu'à l'autre côté de la ville, deux kilomètres plus loin. Dans ma tête, je ne pouvais penser qu'à une seule chose : m'éloigner aussi vite et aussi loin que possible. Lorsque je m'arrêtai pour reprendre mon souffle, c'est là que la panique me saisit. Et si Rory se réveillait ? Et s'il se mettait à pleurer et réveillait McDarby ? Mon beau-père comprendrait sur-le-champ que je m'étais enfuie. Heureusement, il n'y avait personne. La ville était aussi tranquille que la maison l'était quand je l'avais quittée. Je ne me souviens pas de l'heure, mais tout ce que je sais, c'est que j'étais en route pour la liberté et que, soudain, je me retrouvai figée par la peur que me faisait McDarby et ce qu'il pourrait faire lorsqu'il découvrirait ma fuite. C'était trop pour moi, d'autant que je me sentais coupable de faire défaut à Rory s'il se réveillait. À tort ou à raison, je fis demi-tour et je rentrai à la maison en me disant que je voulais seulement vérifier que le bébé allait bien.

Lorsque je grimpai sur l'appui de fenêtre, tout était calme et, à mon grand soulagement, Rory dormait. Tandis que je baissais les yeux vers lui, le cœur battant encore la chamade, j'entendis un bruit derrière ma porte. Aussi vite que je le pus, je filai dans mon lit et ramenai les couvertures sur moi. La porte s'ouvrit sur mon beau-père qui demanda :

— Que faisais-tu ?

Je ne bougeai pas, espérant qu'il se dirait que je dormais, mais il se rua dans la chambre et m'arracha les couvertures. Lorsqu'il découvrit que j'étais habillée, je n'eus plus aucune chance.

— Où étais-tu ? Avec qui ?

Il n'avait pas élevé la voix, ce qui faisait que sa question ressemblait davantage à un grognement, mais sa colère était telle que je la sentais dans toute la pièce autour de moi. J'avais si peur que je fus incapable d'articuler un seul mot et je me contentai de hocher la tête. Soudain, je n'avais qu'une envie, dormir, sans doute à cause du choc qui suivit ce que j'avais fait ou tenté de faire.

Il se mit à me tripoter brutalement. Je le suppliai d'arrêter en lui disant qu'il risquait de réveiller le bébé, mais cela ne fit qu'augmenter sa cruauté. Encore et encore, il répétait « Où étais-tu ? » tout en m'arrachant mon pantalon avant de me repousser sur le lit, poussant mes jambes contre ma poitrine pour que je ne puisse pas bouger. Je crus que j'allais vomir de terreur et de douleur.

Je fis de mon mieux pour ne pas faire de bruit afin de ne pas réveiller Rory tandis que McDarby me pénétrait le plus vite et le plus profond possible. Lorsqu'il eut terminé, il siffla :

— N'essaie plus jamais de filer !

Il retourna dans le lit de ma mère en m'abandonnant à mes douleurs atroces.

Au cours des jours et des nuits suivantes, j'eus des crampes, et mon ventre me fit de plus en plus souffrir. Incapable de trouver le sommeil, je ne cessai de me tourner et de me retourner en me disant que j'avais attrapé un virus quelconque. Une nuit, je me rendis aux toilettes. Mon urine était brune, mais cela ne ressemblait pas à du sang, juste un liquide brun. La douleur m'élançait de plus en plus, mais je ne voyais pas à qui m'adresser. Je n'avais pas autant souffert depuis que j'avais accouché de Rory, quelques mois plus tôt. Je ne comprenais pas ce qui se passait. Je ne pouvais pas en parler à ma mère parce qu'elle ne me serait d'aucun secours, et, si je faisais trop de bruit la nuit, il se réveillerait et viendrait me violer ou me frapper. Je finis par me dire que j'étais en train de mourir. La douleur était telle que cela paraissait logique. McDarby avait dû abîmer quelque chose à l'intérieur de moi et, après cinq années de violences, j'allais mourir. D'ailleurs, mourir était tout ce que j'espérais ; je me mis même à prier mon père de me laisser mourir cette nuit-là, bien que je n'aie pas senti sa présence depuis un moment. La mort semblait constituer ma seule porte de sortie.

Je dus aller aux toilettes, ce que je fis le plus discrètement possible. Pratiquement pliée en deux par la douleur, j'eus la sensation que quelque chose bougeait à l'intérieur de moi ; j'avais l'impression qu'à chaque vague de souffrance, cette chose changeait de forme. À ma grande horreur, j'eus la sensation qu'une boule voulait sortir de moi. Lorsque je regardai, je vis une forme évoquant une tête qui sortait de moi tandis que le sang coulait entre mes jambes. J'avais des vertiges et je crus que j'allais m'évanouir. Je retournai dans mon lit, portée par la terreur de réveiller McDarby ou ma mère. J'étais sûre que tout ce qu'il y avait à l'intérieur de moi était en train de tomber. Tout ce que j'arrivai à me dire, c'est qu'il y avait sans doute eu un bébé là-dedans en même temps que Rory et que les médecins et les infirmières ne l'avaient pas vu.

Jamais, à aucun moment, je n'imaginai que j'aie pu être enceinte à nouveau et que je faisais une fausse couche.

Tandis que mon corps succombait sous la douleur, je ne savais que faire. Je me demandais si je devais repousser cette chose à l'intérieur de moi. J'ignore pendant combien d'heures je demeurai allongée ainsi, couverte de sueur de la tête aux pieds. Des coups de marteau résonnaient dans ma tête, et mon cœur battait à tout rompre. Quelle que fût cette chose, elle voulait sortir de moi en emportant Dieu sait quoi. C'était comme si des litres et des litres de liquide s'échappaient de moi. J'avais envie de mourir. Mourir, mourir, mourir.

Mais il fallait que je réprime mes hurlements pour ne pas réveiller Rory. Si je le réveillais, il se mettrait à pleurer et il risquerait de les réveiller, eux.

Je ramenai mes genoux contre mon ventre en essayant de garder la chose à l'intérieur de moi, mais, évidemment, c'était impossible. Au bout d'un très long moment, je sentis une grosse boule couler entre mes jambes. Trop terrifiée pour regarder ce que c'était, je la repoussai maladroitement du pied aussi loin que je le pus. Ensuite, je me recroquevillai le plus haut possible dans mon lit à une place. J'avais l'impression que la chose était énorme. Les draps et le matelas étaient trempés, mais cela m'était égal. J'étais au-delà de tout épuisement. Ailleurs. Lorsque je fixai le plafond, je jure que je le vis s'ouvrir en deux pour laisser passer un fin rayon de lumière. La chambre s'éclaira et j'eus la sensation de flotter et d'être emportée au loin. La douleur était toujours aussi intense, mais j'étais déjà loin.

Le lendemain matin, lorsque Rory se réveilla en réclamant que je le prenne, je ne pus faire un seul geste. Je n'avais plus aucune énergie et je pensais que j'étais incapable de me lever, sans parler de relever Rory de son lit. McDarby apparut à la porte en demandant pourquoi je ne m'occupais pas du bébé. Je lui répondis qu'il y avait quelque chose qui était sorti de moi et que c'était là, au pied du lit. Il descendit les couvertures et découvrit que j'étais couverte de sang et de caillots. Ma jolie chemise de nuit rose était fichue. McDarby observa un moment ce qui était sorti de moi avant de sortir pour revenir avec un grand sac en papier.

— Mets ça là-dedans et apporte-le dans le garage. Ne la laisse pas voir ça !

Je dus me forcer à me lever, regarder le linge taché et le sang, la chose qui avait une main translucide, parfaitement formée. Les doigts étaient presque transparents, comme du papier calque. L'estomac noué, je pensais que *c'*était mort.

Je n'arrivai qu'à me mouvoir très lentement. Il me fallut un certain temps pour retirer ma chemise de nuit, que j'enveloppai autour de l'être minuscule. Des points dansaient devant mes yeux. Lorsque je parvins enfin à sortir de mon lit, je tombai à genoux, et la pièce se mit de nouveau à tournoyer. Quand j'y pense à présent, Dieu seul sait comment j'arrivai à me relever et à mettre la chose dans le sac en papier. Je suis sûre que j'ai dû enfiler des vêtements avant de quitter ma chambre et d'entamer la longue marche dans le couloir.

Avec ses grandes baies, la cuisine était la pièce la plus lumineuse de la maison. Ce matin-là, je la trouvai sombre et pleine d'ombres sinistres. D'ailleurs, alors que je me traînais dans le vestibule, je ressentis la présence d'une ombre qui marchait à mes côtés, celle dont je sentais toujours la présence devant ma chambre. Je souffrais encore énormément. En se rendant à la salle de bains, ma mère me poussa et me hurla au visage :

— Qu'est-ce qui ne va pas avec toi ?

Que pouvais-je lui répondre ? Elle avait déjà filé. En refermant la porte de la cuisine, je compris qu'il fallait que je dégage avant son retour. La porte de derrière n'était qu'à quelques pas déchirants de là. Je tenais le sac en papier et je savais que McDarby était dans le garage et qu'il s'occuperait de tout. Il me fit signe par la fenêtre de me hâter, mais j'étais incapable de réagir. Juste à temps, alors que j'entendis la porte de la cuisine se rouvrir, je réussis à sortir et à refermer derrière moi.

Une fois au garage, je fis un dernier effort pour lui rendre le sac avant de perdre connaissance.

Je repris mes esprits dans le cabinet du médecin. Il me fit une piqûre pendant que mon beau-père lui expliquait qu'il préférait ne pas dire à ma mère que j'avais fait une hémorragie. Le médecin conseilla de m'emmener à l'hôpital, où on me garda pendant quelques jours.

Les conséquences de cet accident furent catastrophiques, car, à partir de ce moment, je renonçai, je débranchai, je perdis toute volonté, je mourus à l'intérieur de moi – peu importe la manière dont vous appelez ça. Je devins une machine. Toutes mes émotions disparurent. Je ne sentais plus la souffrance ni le soulagement ni la culpabilité, la colère ou la tristesse. Je n'éprouvais plus d'amour. La seule partie de moi qui continuait à fonctionner, c'était mon cœur. Je le savais parce que mon sang continuait à couler dans mes veines. Mon cerveau et mon esprit, c'était différent. Je ne me sentais pas concernée par ce qui allait m'arriver, vraiment.

C'est d'ailleurs à cette période que je cessai de prier. Est-ce surprenant ? Mes *Ave Marie* et mes *Notre Père* ne m'avaient jamais aidée. Alors, pourquoi continuer ? J'avais l'impression d'avoir été abandonnée.

La seule solution était donc de me déconnecter. Rien n'avait plus d'importance. McDarby pouvait faire de moi ce qu'il voulait, je m'en fichais. Maman pouvait boire autant qu'elle le voulait, j'avais cessé de m'en préoccuper.

C'est ce qui explique que je n'ai pas vraiment la notion de ce qui s'est passé dans les semaines et les mois qui ont suivi ma fausse couche, sauf que je fus de nouveau enceinte. Pas longtemps après. Je suis incapable de dire si c'est juste après le viol suivant ou après cinquante nouveaux viols. Je ne savais plus qui j'étais. Je mangeais à peine, je dormais à peine et j'étais rarement éveillée.

Je m'occupais de Rory et je le nourrissais, je m'occupais de James et je le nourrissais, je changeais les couches et je les couchais, mais c'était tout. Je n'étais pas une mère qui jouait avec ses enfants. Je n'avais jamais le temps de leur chanter des berceuses ou de leur lire des histoires au moment du coucher. Je faisais de mon mieux, d'autant qu'il fallait aussi que je m'occupe de ma mère, car, aussi incroyable que cela paraisse, elle buvait toujours plus.

Lorsque j'avais l'impression que j'étais trop lasse pour continuer, il n'y avait personne pour prendre soin de moi ; alors, je continuais malgré tout. Cela explique sans doute pourquoi je ne me souviens pas vraiment des funérailles de grand-mère. C'est moi qui l'avais découverte, morte dans sa salle de bains, environ un an après la naissance de Rory. Mais c'est tout ce dont je me souviens.

Cette fois-là, lorsque mon ventre commença à grossir environ douze semaines après ma fausse couche, je savais ce qui se passait. Ma mère essaya sans doute à nouveau de me faire avouer le nom du père, mais je n'avais aucune énergie ni envie d'inventer quoi que ce soit. Au bout d'un moment, elle arrêta de me poser la question. Je passai la grossesse dans un état de terreur en me disant que je risquais de perdre aussi ce bébé, et je dissimulais mon ventre tant que je le pouvais. McDarby était mon seul salut. C'est à lui que je confiai que j'étais de nouveau enceinte en lui demandant ce que je devais dire à ma mère. Il proposa que je parte de la maison et d'Ardee et, à partir de là, il contrôla plus que jamais ma vie. Lorsque je fus enceinte de huit mois, McDarby m'annonça qu'il m'emmenait dans une maison à Castleknock, un quartier de Dublin habité par des gens de la classe moyenne.

— Qu'est-ce que je vais dire à maman ?

C'était tout ce qui m'inquiétait. Elle ne savait pas encore que j'étais enceinte. La menace de McDarby de me tuer si elle découvrait la vérité suffisait à me faire taire. Alors, oui, il m'offrit une solution en m'aidant à m'éloigner d'elle. Il me conseilla de lui dire que j'allais habiter avec mon copain. Lorsqu'elle me demanda pourquoi elle ne l'avait pas rencontré, je déclarai que c'était parce qu'elle buvait. Naturellement, au moment où je lui annonçai mon départ, elle était ivre. C'était du reste McDarby qui m'avait dit de reporter la faute sur son alcoolisme. Il savait parfaitement comment la manipuler. Quant à moi, je fis tout ce qu'il voulait parce que je ne savais pas comment faire autrement. Alors, je suppose qu'il savait exactement comment me manipuler, moi aussi.

Je me souviens d'être montée dans la voiture. Il ne m'avait pas prévenue pour me dire que j'allais partir ce jour-là. James, qui ne supportait pas de me voir disparaître pendant une seconde, se mit à hurler tandis que je fermais la porte. Il me traitait comme si j'étais sa mère et dépendait de moi pour tout. Après, je l'entendis hurler dans ma tête pendant des heures. J'étais déchirée, mais je ne pouvais rien y faire. Je devais aussi abandonner Rory parce que le bébé allait arriver dans quelques semaines, et je n'aurais pas pu m'occuper des deux. Je l'ai laissé derrière moi aussi. Cela peut paraître cruel, mais j'ai eu plus de mal à laisser James, qui avait alors quatre ans, que Rory. Mes sentiments pour ce bébé, le résultat d'une agression, étaient des plus conflictuels.

Je n'avais jamais entendu parler de l'endroit, mais, pour McDarby, c'était surtout commode : Castleknock était sur la route qui relie Dublin à Belfast. Les chauffeurs qui allaient et venaient du Nord s'arrêtaient souvent au garage, et McDarby travaillait dans tout le pays comme opérateur de la plus grosse grue mobile d'Irlande. À l'époque, on en parla même aux actualités. En outre, Castleknock était bien placé parce que, lorsqu'il retournait à Ardee, il lui suffisait de faire le détour par Ashbourne, Slane et Collon. Bien entendu, les belles routes dont nous disposons aujourd'hui n'étaient, à l'époque, que des visions dans l'imagination de quelques personnes.

Je n'eus que deux rendez-vous prénatals au cours du mois précédant l'arrivée du bébé.

6

Ashley naquit le 23 septembre 1983 à l'hôpital de Coombe, à Dublin. On me lâcha devant la maternité et je ne reçus ni visiteurs ni fleurs ou cartes de félicitations. La femme à côté de moi appela sa fille Aisling, ce qui me donna l'idée d'Ashley. Ma fille fut baptisée dans l'église de Castleknock. McDarby demanda à sa sœur et à son mari d'être parrain et marraine. Ce fut une triste petite cérémonie. J'ignore encore ce qu'il a pu raconter à sa sœur, mais j'ai du mal à croire qu'ils n'aient pas trouvé la situation étrange. Que pouvait-elle penser d'autre ? C'était une femme plutôt réservée, qui ouvrait à peine la bouche. Elle jetait des regards brefs au bébé. Aujourd'hui encore, je me demande pourquoi nous nous sommes donné la peine de passer par un baptême. Ce n'est pas comme si nous célébrions quelque chose, non ? Après l'église, il n'y eut ni réception ni rien.

Je détestais Castleknock et je détestais la maison. À mes yeux, elle était trop grande. Il n'y avait que quelques meubles, dont une radio et une télévision, mais l'ensemble avait quelque chose d'inachevé, sans doute parce qu'elle faisait partie d'un lotissement neuf. Je suppose en outre que la plupart de mes voisins travaillaient dans la journée parce que je me sentais souvent seule au monde. Rory était à Ardee. McDarby me l'amenait de temps en temps, mais mon fils préférait la maison d'Ardee, le seul foyer qu'il connaissait. Moi, j'étais trop préoccupée pour éprouver un manque quelconque. Ashley naquit environ un mois après mon installation. Heureusement, c'était un bébé facile qui ne me donnait aucun souci. C'est juste qu'au fil des jours, je réalisai à quel point j'étais piégée. En fait, je m'inquiétais pour Ashley parce qu'elle était si parfaite. Trop parfaite. Je ne lui manifestais aucune affection, mais, surtout, je me sentais si vide, à l'intérieur et à l'extérieur. J'étais tout le temps terrifiée. Je n'avais pas d'argent, pas de téléphone et pas une seule amie dans tout Dublin. L'ombre dont j'avais perçu la présence à la maison était aussi là, à Castleknock, mais, franchement, cela me paraissait désormais simplement normal. Je haïssais mon corps. Je haïssais mes seins. Je leur en voulais peut-être pour ce qui m'était arrivé. Et, bien sûr, quatre mois après la naissance d'Ashley, j'étais de nouveau enceinte.

Je fis un essai avec un cintre en fil de fer, mais cela ne donna pas de résultats – je ne vais pas vous imposer les détails. Aujourd'hui, je réalise que j'aurais été capable de faire la même chose quand j'étais enceinte d'Ashley, si ce n'est que j'étais trop traumatisée par ma récente fausse couche. Iseult est née à l'hôpital de Holles Street, en octobre 1984. Comme pour Ashley, je ne suis allée qu'à deux rendez-vous prénatals. C'est McDarby qui choisissait les hôpitaux, différents chaque fois, afin que l'on ne pose pas de questions. Je choisis le prénom d'après un livre dont ma mère me parlait et où, selon mes souvenirs, il y avait une princesse qui s'appelait Iseult.

Il me rendait visite une nuit sur deux, pour me forcer, mais, à ce stade, je ne m'en souciais plus. Ma mère ne posait pas de questions sur ses allées et venues, d'autant qu'il était obligé de voyager souvent pour son travail. De plus, jusqu'à la mort de sa propre mère, McDarby lui rendait souvent visite. Parfois, il passait même deux jours avec nous. Comme ma mère n'était plus dans le coin, il pouvait faire ce qu'il voulait.

Après la naissance d'Iseult, l'infirmière de secteur proposa que je fréquente un centre appelé Cherish, pour les jeunes filles qui étaient enceintes ou qui avaient un bébé et n'avaient pas de famille ou peu de soutien. Je pense que c'était parce que je venais d'une zone rurale et que je n'étais pas mariée. Ou alors, elle avait perçu mon désespoir. Je n'allais pas lui raconter mon histoire ; c'était impensable. Je me rendis dans le foyer une ou deux fois, et c'est McDarby qui m'y conduisit. Comment aurais-je pu faire autrement ? J'imagine qu'il n'obtempéra que parce qu'il craignait que l'infirmière pose davantage de questions.

À un moment, à Cherish, je fis la connaissance d'une autre fille qui avait besoin d'un logement. Je lui proposai de s'installer avec ses enfants dans la chambre d'amis. Elle avait été jetée dehors par sa famille après avoir eu des enfants d'un homme à la peau noire. Elle ne resta que quelques mois, ce qui n'était pas plus mal parce que l'ambiance était horrible. Les cris et les hurlements perpétuels étaient devenus insupportables. Toutefois, tant qu'elle fut là avec ses enfants, McDarby ne pouvait pas me faire grand-chose. Je ne me souviens pas de lui avoir dit que c'était mon beau-père. Elle a peut-être cru que c'était mon mari. Nous ne parlions de rien. C'était une époque dingue, mais, aujourd'hui, je me demande si je n'étais pas déjà en train de sortir du coma dans lequel je m'étais laissée aller. Cependant, la route était encore bien longue.

Ma vie tournait autour des couches des bébés, des bains des bébés, des biberons des bébés, sans parler de laver les biberons, les préparer et ainsi de suite, sans fin. Ce qui me revient de cette époque, c'est que je commençais à imaginer que les enfants et moi risquions d'être blessés par un intrus. Une terreur que je n'arrivais pas à surmonter. Lorsque Rory vint s'installer avec nous, j'imaginais sans cesse que quelqu'un allait forcer la porte pour pénétrer la nuit dans notre maison. Je pris l'habitude de nous enfermer tous ensemble dans l'une des chambres et de glisser un marteau sous mon oreiller. Je dormais peu. Lorsque l'infirmière de secteur vint nous rendre visite, je fus surprise qu'elle ne se rende pas compte qu'il y avait quelque chose qui n'allait pas chez moi.

Je devins obsédée par la propreté. C'était ma manière – la seule manière – de m'assurer que tout avait *l'air* normal. Je passais la plupart de mes journées à faire le ménage. Le matin, je commençais dans une pièce et je continuais à nettoyer tout, dans les moindres recoins, avant de passer à la pièce suivante. Tous les jours, je nettoyais aussi les fenêtres, les appuis de fenêtre, les étagères, le manteau des cheminées, le sol, les murs, les toilettes et les portes. Je ne m'autorisais jamais à me reposer. Une fois que j'avais utilisé quelque chose, il fallait que je le nettoie et que je le remette à sa place. Par exemple, si je m'accordais une tasse de thé, je devais la laver, l'essuyer et la ranger dès qu'elle était vide. De même, je lavais la pince à sucre avant de la remettre dans son tiroir, et ce, avant même de prendre ma première gorgée de thé. Je comprends que cela me permettait d'exercer un minuscule contrôle sur mon monde. Par ailleurs, j'avais la radio en marche tout le temps afin de m'empêcher de penser tout en me tenant compagnie. En fait, la radio était une compagnie idéale parce qu'elle était la seule chose dans ma vie qui ne me réclamait rien.

Le week-end, je lavais mes flacons de shampoing. Je lavais les rideaux toutes les semaines, de même que les draps, qu'ils aient servi ou non. Je frottais le four et le réfrigérateur toutes les semaines aussi. Si j'apercevais un brin de poussière dans une pièce, je recommençais à zéro. Une fois que les enfants étaient couchés, tous les soirs, je lavais leurs jouets. Je n'avais pas d'aspirateur, uniquement ces vieux balais mécaniques que je poussais dans toute la maison. Tous les soirs.

Lorsque le temps le permettait, je balayais aussi l'extérieur en faisant tout le tour de la maison. Et lorsque je ne faisais pas le ménage ou que je ne m'occupais pas des enfants, je lavais le sol.

À présent, je suis émerveillée par la quantité d'énergie que tout cela devait exiger de moi. Comment arrivais-je à faire face ? Je ne me serais jamais considérée comme quelqu'un d'hyperactif, mais, aujourd'hui, je suis frappée par le fait que, l'une des raisons pour lesquelles je m'occupais tant du ménage est que j'avais peut-être peur de sortir de la maison. Je ne suis pas sûre de pouvoir expliquer pourquoi j'étais si terrifiée. Les seules occasions où je sortais de la maison, c'était pour aller acheter à manger. Le centre commercial de Roselawn avait un supermarché Quinnsworth, mais c'était assez loin. Et comme le lotissement était encore en pleine construction, les trottoirs n'étaient pas vraiment praticables, et je n'avais pas envie de m'y risquer. De mon point de vue, le lotissement était déjà difficile à affronter par-dessus tout le reste. J'avais l'impression d'être une minuscule souris sans défense qui vivait dans cette grande bâtisse dans un gigantesque quartier.

De plus, la maison me manquait. Cela paraît-il étrange ? Ce qui me manquait, c'était le sentiment de familiarité. À Ardee, au moins, je connaissais les rues. Je connaissais la maison, la maison de mon père, sa boutique et son garage. Il y avait l'église, l'allée qui conduisait chez ma grand-mère et les boutiques du coin. Pour être franche, je n'ai jamais vraiment su où était Castleknock par rapport à Ardee ou au reste du pays. Au-delà de tout cela, il y avait le fait que, malgré son mauvais caractère, ma mère demeurait une sorte de tampon entre moi et son mari. Elle pouvait m'abreuver d'insultes, je préférais cela à la violence et aux abus de McDarby. Quand elle était d'attaque, il ne me touchait jamais. De plus, James et Rikki étaient restés là-bas et, lorsqu'ils étaient là, il ne me touchait pas non plus.

Rikki et moi, nous ne parlions jamais de mes enfants et de la manière dont je les avais eus. Nous étions tous deux trop malheureux et trop liés par notre beau-père pour nous rapprocher et nous soutenir. J'ignorais totalement ce que mon frère savait ou ne savait pas, et j'étais bien trop occupée pour m'interroger.

À Castleknock, il n'y avait guère d'obstacles pour l'empêcher d'avoir ce que McDarby voulait. Il n'avait pas grand-chose à faire avec les enfants. Il n'aidait jamais à les laver ou à les nourrir, sans parler de changer les couches. La maison était comme une prison où il était mon geôlier. En fait, il m'ordonna clairement de ne pas quitter les lieux lorsqu'il n'était pas là. Un jour, cependant, je n'avais plus rien à donner à manger à Ashley et à Iseult. Je les habillai et je les installai dans la poussette, ce qui me prit déjà un temps fou (comme toute mère le sait). Je ne me souviens pas vraiment, mais j'étais sans doute à nouveau enceinte. Le trajet à pied jusqu'au centre commercial de Roselawn me prit énormément de temps, plus que je ne le pensais. Je faisais avancer la poussette aussi vite que je le pouvais, au point que je finis par avoir un point de côté, mais je ne pouvais pas m'arrêter pour me reposer. Au supermarché, j'achetai la nourriture et je sortis en l'espace de quelques minutes. À ce stade, j'étais folle d'inquiétude qu'il soit venu et ait trouvé la maison vide. Je ne savais jamais à l'avance quand il viendrait. Il s'amenait chaque fois que l'envie lui en prenait et il fallait que je sois là, c'est tout. En dépit de la douleur au côté et du poids des courses, je rentrai à la vitesse de l'éclair. Lorsque j'arrivai à la maison, il n'était pas là, mais cela ne m'empêcha pas de m'agiter à l'idée qu'il aurait pu passer et qu'il allait revenir pour me punir. Toute cette tension affreuse juste pour acheter à manger pour les enfants ! Je peux vous assurer que je n'ai jamais recommencé.

Le bruit de sa voiture dans l'allée me terrorisait, mais cela me soulageait aussi. C'est assez délicat à expliquer, mais je dois dire que j'étais totalement dépendante de lui. Lorsqu'il venait, cela signifiait que je pouvais aller faire des courses et acheter tout ce dont j'avais besoin pour les enfants. Je vivais dans sa maison et il nous entretenait, les enfants et moi. Alors, j'avais beau redouter le bruit de sa clé dans la serrure, il me permettait en même temps de me détendre parce que cela signifiait que les placards vides allaient – relativement parlant – se remplir. Lorsqu'il nous emmenait faire les courses, il me prévenait de ne pas perdre de temps, annonçant, juste au moment où je sortais de la voiture :

— Tu as quarante minutes !

En général, c'était tout ce qu'il me disait – ça et :

— Il vaudrait mieux que cet endroit soit propre à mon retour.

Nous ne bavardions pas, nous n'échangions rien qui puisse avoir le nom de « conversation ». Chaque fois qu'il venait, je m'efforçais de rester en haut avec les enfants. Il entrait et, par exemple, regardait les nouvelles à la télé, se préparait du café et des sandwiches au corned-beef en silence. Tout ce qui l'intéressait, c'était de dominer mon esprit et de brutaliser mon corps. Lorsqu'il finissait par me parler, c'était pour me dire que personne d'autre ne voudrait jamais de moi parce que j'étais si laide. Et je le croyais : il était la seule autorité dans ma vie, il m'avait dressée depuis mes dix ans, il avait commencé à me violer deux ans plus tard et il m'avait consciencieusement éloignée de mes grands-parents, de mes amis et même de Rikki. Je n'avais personne d'autre dans ma vie, littéralement. Seulement des bébés dont je devais m'occuper.

Je le suppliais régulièrement de m'emmener à la maison, à Ardee, et, quand j'y étais, je faisais de mon mieux pour y rester aussi longtemps que possible. Une ou deux fois, je caressai l'idée de faire une fugue et, une fois, je franchis effectivement la fenêtre et parcourus quelques mètres dans la rue, mais je ne pouvais pas laisser les enfants. Que se passerait-il si l'un se réveillait alors que j'étais partie ? Qui les nourrirait et prendrait soin d'eux ? Il n'y avait personne d'autre pour s'en soucier.

Rikki ne vivait plus à la maison et, quand je rentrais à Ardee, je le voyais à peine. Une fois, il me demanda mon adresse, mais j'avais peur qu'il la donne à ma mère, qui n'était pas censée savoir où j'habitais. Alors, je me contentai de lui dire que c'était à Dublin. Récemment, Rikki et moi avons parlé, et j'ai découvert qu'il avait demandé mon adresse à McDarby, qui lui en avait donné une. Rikki était allé jusqu'à Dublin à ma recherche. Lorsqu'il frappa à la porte, il n'arrivait pas à comprendre que le propriétaire de la maison ne me connaissait pas. De retour à Ardee, il demanda des explications à McDarby, qui lui répondit que j'avais probablement menti au sujet de mon adresse parce que je n'avais pas envie qu'il me rende visite. McDarby empoisonna notre relation et, involontairement, nous nous éloignâmes l'un de l'autre. Pourquoi devions-nous croire cet horrible individu qui ne faisait que mentir à tous ?

Je n'ai jamais cessé d'être terrifiée par mon beau-père, mais j'avais aussi tellement honte. Je pensais que les abus sexuels et les conséquences – les bébés – étaient ma faute, que j'aurais pu faire l'effort de lui résister. Tout ce que je faisais, c'était répéter « Non ! » encore et encore, ce qui ne donnait absolument rien. En réalité, je ne pouvais pas faire grand-chose, sauf veiller à ce que la maison reste impeccable, que les enfants soient nourris et… à ne pas devenir une femme : je ne voulais pas de courbes féminines ou de seins trop gros, et la seule manière d'y parvenir était de ne pas manger. Je sais aujourd'hui que l'anorexie dissimule souvent un être désespéré qui essaie tant bien que mal d'exercer un pouvoir sur lui-même et sur sa vie. Bien sûr, à l'époque, je l'ignorais. Je n'avais qu'une seule idée : que mes enfants ne meurent pas de faim. Je n'étais pas comme ma mère alcoolique qui oubliait ou était incapable de préparer un repas. Toutefois, ce devoir, ou respect, ne s'étendait pas à moi-même ; alors, je me passais de nourriture afin de rester aussi menue que possible, dans l'espoir à peine conscient qu'il me laisserait tranquille.

Cela ne marchait pas.

Dans le brouillard ou la bulle où je vivais, il m'arrivait d'oublier qu'il était la source de tous mes problèmes, parce qu'il était la source de la nourriture des enfants et de toutes les choses indispensables, et qu'il m'avait éloignée de ma mère. En écrivant ceci, je suis déchirée entre l'appeler Sean, mon beau-père, ou McDarby, le violeur.

7

À l'âge de vingt et un an, j'avais déjà traversé trois accouchements douloureux et une fausse couche traumatisante. Je vivais toujours à Castleknock, élevant trois jeunes enfants toute seule : Rory, Ashley et Iseult.

Et j'étais à nouveau enceinte.

Mes souvenirs de cette grossesse sont vagues : je me souviens seulement que j'étais énorme. Je faisais à peine face. Ma vie quotidienne tournait autour de la chambre, où je gardais toujours mon marteau à portée de main, et les allées et venues jusqu'à la cuisine, où j'allais chercher à manger pour les enfants. Quand il faisait assez chaud, je les laissais sortir dans le jardin pendant que j'accrochais le linge avant de retourner très vite à l'intérieur.

Je continuais à craindre qu'un intrus puisse pénétrer par effraction dans la maison. La nuit, j'allais sur la pointe des pieds jusqu'en haut de l'escalier pour vérifier si quelqu'un avait déjà réussi à entrer. Je laissais la lampe du palier allumée toute la nuit. Ce n'était pas que j'avais peur qu'on me blesse ; j'étais pétrifiée à l'idée que quelqu'un puisse faire du mal aux enfants, et je savais que je n'étais pas assez forte pour les protéger. Je me demandais même si McDarby toucherait les filles. En fait, j'allai jusqu'à le lui demander. Il répliqua qu'il ne toucherait jamais à « son propre sang ». Après tout, je n'étais que sa belle-fille, ce qui, pour lui, faisait de moi un gibier honnête.

Une fois, alors qu'il passait la nuit à la maison et que je fus obligée de rester allongée à ses côtés, j'attendis qu'il s'endorme. Lorsque je fus sûre qu'il était profondément endormi, je décidai de le tuer. J'attrapai le marteau et, sans aucune hésitation, je lui en donnai un coup violent sur le front. Il ouvrit aussitôt les yeux. Je le frappai encore, mais il s'empara du marteau et le laissa tomber sur le lit sans me quitter des yeux. Ce fut tout. Il se rendormit. Peut-être ne s'était-il pas tout à fait réveillé et avais-je eu beaucoup de chance. Je me dis que je ne recommencerais pas. Le lendemain, il n'y fit aucune allusion.

Quelque part au fond de moi, je savais qu'il fallait que je fasse quelque chose de concret. J'arrivai à une décision : je ne m'occuperais pas de ce bébé-là. Iseult avait été un bébé difficile et je ne pouvais me résoudre à affronter ça une seconde fois. Une fois de plus, j'avais l'impression de toucher le fond.

C'était en novembre ou en décembre que McDarby m'emmena voir quelqu'un à l'hôpital Coombe à Dublin. Mes souvenirs sont vagues. Il y avait un grand bureau et une femme, une assistante sociale, assise derrière. J'ai peut-être raconté une histoire fantaisiste sur les raisons qui me poussaient à confier cet enfant. Qui sait, je lui ai peut-être même raconté la vérité (j'étais suffisamment désespérée pour ça), mais je n'arrive pas à me rappeler les détails de la conversation.

Je sais que la femme évoqua une maison à Blackrock, où l'on prendrait soin du bébé. C'était un centre pour les bébés non désirés ou les bébés qui, avec le temps, finiraient par être adoptés. Je l'ignorais ; tout ce que je voulais, c'est que ça (le résultat de cette grossesse) me soit enlevé et qu'on en prenne soin jusqu'à ce que je sois capable de le faire moi-même. C'était la seule solution rapide à mon problème immédiat.

Au cours de cette grossesse, je devins énorme. Comme je ne mangeais pas beaucoup, cela me stupéfiait. Plus je grossissais, plus je haïssais mon corps et plus je me haïssais. J'avais du mal à me déplacer, mais, avec trois enfants de moins en bas âge, je n'avais pas le choix. Quand j'y repense aujourd'hui, je ne comprends vraiment pas comment je m'en suis sortie, mais je suppose que c'était parce que je n'avais pas le choix.

Pour Noël 1985, McDarby m'emmena à la maison. Il n'y avait pas de sapin ni de décorations, mais c'était mieux que de rester seule. À part m'occuper des enfants, je passais mon temps à cacher les couteaux et à vider les bouteilles de ma mère. Je pourrais décrire ça comme un Noël en famille typique, mais le fait était que les effets de l'alcool commençaient à avoir raison de ma mère.

Les enfants étaient encore trop jeunes pour s'en rendre compte, mais je voulais leur acheter des cadeaux. Le seul argent dont je disposais était ce qu'il me donnait, mais ma mère m'en donnait parfois un peu. Bien entendu, le fait de faire les courses ne fut jamais un plaisir simple pour moi. Il fallait que je demande qu'on me conduise à Dundalk pour acheter mes cadeaux, ou ce dont j'avais besoin pour les enfants. Quand c'était ma mère qui conduisait, je m'attendais toujours à avoir un accident mortel. Au centre commercial, j'essayais de me concentrer sur mes achats, mais je devais toujours garder un œil sur elle. Je ne voulais pas qu'elle aille acheter à boire. Sans parler des nombreuses visites aux toilettes où elle buvait sa vodka. J'avais horreur d'aller faire du shopping avec elle ; c'était un cauchemar. Comme il fallait que je me dépêche pour qu'elle n'ait pas le temps de boire trop, je n'avais jamais le temps de flâner ou de faire du lèche-vitrine.

J'étais prisonnière, totalement dépendante de ma mère alcoolique et de mon beau-père violeur. Je dépendais d'eux pour l'argent et aussi parce que je n'avais pas le permis de conduire.

Parce qu'elle buvait, ma mère ne se préoccupait guère de savoir comment je vivais. Elle me demanda quand même où j'habitais, mais je dis simplement que c'était à Dublin. J'avais vraiment envie de lui en dire un peu plus, mais les menaces de McDarby pesaient au-dessus de moi. Je ne cessais d'espérer qu'elle arrêterait de boire et deviendrait la sorte de mère qui m'aiderait et s'occuperait de moi. Qui me protégerait. J'avais tellement besoin d'une « vraie » mère, mais elle n'était tout simplement pas disponible pour ça. Elle semblait accepter que j'aie eu d'autres enfants, mais elle était trop ivre et confuse pour faire quoi que ce soit hormis fulminer comme elle en avait l'habitude. Cela peut paraître difficile de croire que nous ne nous sommes jamais simplement assises à la table de la cuisine toutes les deux pour prendre une tasse de thé. Nous ne bavardions jamais et elle ne demanda bien sûr jamais pourquoi je continuais à avoir autant d'enfants. En tant que mère, elle était nulle. J'avais tellement l'habitude de ses insultes et de ses colères que cela ne faisait plus aucune différence. Je me sentais vieille et épuisée.

Le soir du 1er janvier, j'entrai en travail. Il me fallut le réveiller ainsi que ma mère pour leur demander de m'emmener à l'hôpital. McDarby me conduisit jusqu'à celui de Lourdes et me déposa devant le portail sans même attendre pour s'assurer que j'arrivais jusqu'à la porte. Comme toujours, j'étais seule. « Ça » arriva enfin dans la nuit, un garçon de plus de quatre kilos et demi. Pas étonnant que j'aie été si grosse. Une infirmière essaya de me convaincre de lui donner le sein, mais je refusai. Il resta allongé dans son berceau à côté de moi, mais je ne voulais pas le regarder.

Je n'arrêtais pas de dire qu'il fallait que j'aille au Coombe, à Dublin. C'était tout ce que je disais. L'hôpital de Lourdes appela le Coombe pour annoncer mon arrivée et je passai un coup de fil à McDarby pour qu'il vienne me chercher. C'était peut-être le lendemain de la naissance qu'il nous ramena à Dublin. Je m'installai à l'arrière, le bébé dans les bras. McDarby l'avait appelé Andrew. Je l'observais, mais je ne trouvais rien en moi qui me fît me sentir liée à cet enfant. C'était comme si je le regardais à travers une épaisse vitre. Je n'y arrivais plus, c'est tout. Je n'avais plus rien à donner. Seul mon corps était là ; mon esprit était ailleurs. Quand je pense à l'absence de sentiment que j'éprouvais pour le pauvre petit garçon innocent, cela me rend si triste.

Comme d'habitude, McDarby me déposa devant l'hôpital sans s'arrêter. Comme je venais d'une autre maternité, on nous installa dans des chambres séparées dès notre arrivée. Les infirmières insistaient pour que je le nourrisse ; pour finir, c'est moi qui lui donnai son biberon. Un jour ou deux après, une religieuse vint et prit les dispositions pour que je conduise le bébé au centre. McDarby m'y emmena ; il m'interrogea pour savoir pourquoi je faisais ça, et je me contentai de répondre :

— Je n'en peux plus.

Une semaine plus tard, j'étais de retour à Castleknock, mais il fallait que je rende visite au bébé tous les quinze jours. McDarby m'y a toujours conduite en voiture, mais il n'entra jamais. Il ne prit aucunement parti dans ma décision de le confier, et j'ignore ce qu'il pensait. Au centre, on me faisait entrer dans une pièce et on me mettait le bébé dans les bras. Pendant toute la durée de ma visite, je restais assise en silence et je le fixais. Le sentiment maternel n'apparut pas au cours de ces visites, j'eus uniquement de la tristesse. Ce n'était pas la faute d'Andrew. D'une certaine manière, je pense que c'était une tentative de ma part pour résister à mon bourreau et dire : « Plus jamais, je ne peux plus. » Le baptême eut lieu au centre, avec Rikki et moi. Je ne crois pas que nous nous soyons dit grand-chose. Nous étions tous les deux trop perdus, trop malheureux, et nous aurions été bien incapables de décrire ou de partager ce que nous éprouvions. On ne me montra pas où dormait le bébé, et j'ignorais totalement qui s'occupait de lui toute la journée. J'avais l'impression d'être mauvaise et je détestais ça ; je me détestais déjà tellement.

Les visites à Blockrock étaient une tâche supplémentaire en sus de tout ce que j'avais à faire pour prendre soin de mes trois autres tout-petits. Lorsque les semaines se transformèrent en mois, le personnel m'annonça qu'on espérait que je pourrais le reprendre rapidement. On m'expliqua également qu'on lui faisait faire des examens parce qu'on n'arrivait pas à tenir sa tête droite. D'un côté, il n'avait pas un poil, alors que, de l'autre côté de son crâne, il avait des cheveux très blonds.

Le problème était que je ne pouvais tout simplement pas faire face, mais on m'expliqua qu'on ne pouvait pas le garder si je continuais à le voir. Je n'avais pas vraiment réfléchi à ce qui se passerait ensuite. Lorsqu'on me précisa que l'adoption signifierait que je ne le verrais plus, je fus déchirée. Je repoussai la décision aussi longtemps que je le pus. Lorsqu'il eut huit ou neuf mois, le centre déclara qu'il ne pouvait plus le garder. C'est tout. Il fallait que je le prenne avec moi. McDarby me conduisit. Je ne sentais toujours pas de lien, pas d'attachement à cet enfant. Il avait besoin de physiothérapie, ce qui signifiait que je devais continuer à aller à Blackrock une fois par semaine. McDarby nous y conduisait et nous ramenait.

C'était un gros bébé, très fort. Lorsque je le tenais dans mes bras, il ne cessait de gigoter et de me pousser. Je n'avais qu'un petit lit pliant dont il n'avait aucun mal à sortir. Il pleurait souvent, ça, je m'en souviens, et j'ai des visions-éclairs où je vois ses cheveux blonds et son regard toujours fixé sur moi. Aussi incroyable que cela paraisse, je possède aussi deux ou trois photos de lui malgré tout ce que j'ai perdu au fil des années. Ce n'était pas sa faute s'il était arrivé à une période aussi difficile pour moi ou s'il me rappelait tant McDarby.

J'avais tellement honte d'être une mère célibataire. Tous les hôpitaux où je m'étais rendue, tous les gens auxquels j'avais eu affaire m'avaient considérée (du moins, je le pensais) comme une mauvaise personne parce que j'étais enceinte sans avoir de mari. Je me condamnais moi-même. La culpabilité et la honte ne me quittaient pas. J'imaginais les regards concupiscents et les échanges comme : « Bien sûr qu'elle a fini par tomber enceinte, elle. À quoi d'autre t'attendais-tu ? » Andrew était juste un innocent de plus qui payait le prix fort, tout comme son frère et ses sœurs. Tout comme moi.

Les semaines et les mois passaient, mais cela ne changeait pas grand-chose. Toutefois, c'est vers cette époque que je fis de nouveaux essais pour m'enfuir.

Un jour, je fis mes bagages et je décidai tout bonnement que je partais. Je ne savais pas où j'allais ; je savais simplement que je partais. Pour être honnête, je n'aurais pas su comment prendre un autocar. Parce que je ne pouvais pas laisser les enfants seuls, je dus attendre qu'il vienne. Lorsqu'il mit la clé dans la porte, j'allai dans le vestibule, ma valise posée à côté de moi. Il ne pouvait pas la manquer. Il me regarda et je lançai :

— Je pars !

Il ne quitta pas son air suffisant et ne me prit pas au sérieux. Il me barrait le chemin, mais il me mit au défi d'un ton qui renforçait son expression menaçante :

— Va-t'en, alors ! Voilà la porte !

Pour sortir, je devais passer devant lui. Je voulais juste en finir et je pensais qu'il suffisait que je passe devant lui. La porte était ouverte, et le monde semblait m'appeler. Il était le seul obstacle à ma liberté : une métaphore vivante, qui respirait… et qui grondait… Mes pieds étaient collés au sol. J'étais pétrifiée de terreur. J'avais l'impression que mon sang avait gelé dans mes veines. Pourtant, je voulais que mes jambes avancent vers lui. Les larmes jaillirent de mes yeux lorsqu'il se rua sur moi et que son poing m'atteignit en pleine figure. Je m'écroulai à terre devant les enfants qui se mirent à pleurer. Je sanglotai tout au long de la raclée.

Je ne pouvais pas sortir. J'avais essayé, mais c'était impossible : mentalement, émotionnellement et physiquement, j'étais prise au piège.

Environ un an après la naissance d'Andrew, McDarby organisa des « vacances en famille ». J'avais réclamé de rentrer à la maison, à Ardee, mais il avait refusé. Au lieu de ça, il emprunta un mobile-home à un collègue de travail. C'était à Enniscrone, sur la côte ouest, dans le comté de Sligo. C'étaient mes premières vacances, ce qui ne signifie pas que j'eus l'occasion de me détendre. Le mobile-home était beaucoup trop petit pour lui, moi et les quatre enfants : Andrew, un an, Iseult, deux ans, Ashley, trois ans, et Rory, près de cinq ans.

Il nous dictait la manière de passer nos journées. Je regardais les autres familles qui partaient joyeusement pour la plage, mais nous n'avions pas cette liberté. Nous allions bien à la plage, quand il en avait envie, mais il nous y emmenait en voiture alors que la caravane était dans les dunes, tout près de la mer. C'était un trajet de deux minutes que nous n'eûmes jamais l'occasion de parcourir à pied. À la plage, j'avais le droit de laisser les enfants jouer dans le sable pendant qu'il restait dans la voiture à nous surveiller. Il n'y avait pas une minute où je ne sentais pas ses yeux sur moi. Il ne nous parlait pas, et nous ne lui parlions pas. Les enfants et moi, nous n'avions littéralement pas le droit de nous éloigner de ses yeux tout le temps que nous passions là. Lorsque nous n'allions pas à la plage, les enfants jouaient sur le petit carré d'herbe devant la caravane, et j'avais le droit de rester assise sur les marches pour les surveiller. Lorsque je n'étais pas occupée à ça, je devais faire à manger pour tout le monde, laver le linge et les enfants et faire le ménage. Les enfants n'avaient pas peur de McDarby, mais seule Ashley tenta de créer un lien avec lui, réclamant son attention parce qu'elle avait vu quelque chose qui brillait dans le sable, et ne recevant au mieux qu'un hochement sec de la tête.

J'ai le souvenir d'être debout au bord de l'eau et de regarder vers l'horizon en souhaitant de tout mon cœur pouvoir traverser l'océan. Je savais qu'il s'agissait de l'Atlantique et que, de l'autre côté, c'était l'Amérique. Ce fut lors de ces « vacances » qu'une idée commença à germer dans ma tête.

8

Récemment, on m'a demandé si, à l'époque, j'aimais mes enfants. C'est une question à laquelle il m'est difficile de répondre. Je me souciais d'eux, c'est certain ; je les nourrissais et je m'en occupais du mieux que je pouvais. Toutefois, je me haïssais si fort, je haïssais ce que j'étais et je haïssais ma vie. Je haïssais devoir garder des secrets : toute ma vie n'était qu'un énorme secret sale. Je haïssais le fait que je ne pouvais pas l'empêcher de me violer. C'était quelque chose dont je devais me souvenir de temps en temps : je ne pouvais pas l'en empêcher. Je ne pouvais pas l'en empêcher. JE NE POUVAIS PAS L'EN EMPÊCHER.

Je haïssais l'air que je respirais. Et quand McDarby me disait que j'étais laide, je le croyais. Par conséquent, je ne pense pas qu'à ce stade, j'aie été capable d'« aimer » qui que ce soit.

Lorsque j'avais ramené Andrew à Castleknock, la maison avait été mise en vente, et McDarby dut m'en trouver une autre. Il m'installa dans une nouvelle location à Mulhuddart. Elle était moins grande, avec trois petites chambres à l'étage et, au rez-de-chaussée, la cuisine à l'arrière et le living côté façade.

McDarby s'occupa de tout, et je ne me souviens pas vraiment du déménagement ou du quartier, sinon qu'il y avait davantage de maisons autour. Cela me paraissait différent de Castleknock, et il n'y avait pas de boutiques proches. Les enfants étaient un peu plus grands et il était de plus en plus difficile de les garder à l'intérieur toute la journée. Ce n'est pas que je m'en souvienne, mais je suppose que je continuais de passer des heures à faire le ménage. Je sais aussi que je continuais à dormir avec le marteau à côté de mon lit.

Ma voisine était mariée avec un policier de la garde nationale. C'était une jeune femme amicale, bavarde, qui devait être un peu plus vieille que moi, mais nous nous rapprochâmes en échangeant quelques mots par-dessus le mur du jardin lorsque j'allais accrocher le linge. Elle avait un fils du même âge qu'Andrew. Notre amitié dépendait essentiellement d'elle : pour ma part, j'étais trop paranoïaque pour entamer une conversation avec elle ou n'importe qui d'autre. McDarby ne cessait de me rappeler qu'il me tuerait si je racontais la vérité à qui que ce soit, et je le croyais encore. Pour ne pas me faire prendre, je veillais sans doute à aller étendre le linge le plus tôt possible. Cela aurait été trop risqué de bavarder avec elle le soir. En d'autres termes, je ne me sentais pas plus en sécurité à Mulhuddart qu'à Castleknock.

Il y avait cependant une autre raison qui me rendait nerveuse à l'idée de parler à qui que ce soit : j'imaginais que les gens du quartier se posaient des questions à mon sujet. McDarby avait l'air bien plus vieux que moi, et j'étais convaincue que les voisins parlaient dans mon dos. Je faisais toujours attention à habiller correctement les enfants et à bien attacher les cheveux des filles. C'était ma manière de faire comme si tout était normal – ou d'essayer. Je suis sûre que ma nouvelle amie avait compris qu'il y avait quelque chose qui n'allait pas. Tout ce que nous faisions, c'était bavarder de tout et de rien, mais je pense qu'on pouvait deviner que j'étais toujours sur le qui-vive. Par la suite, elle m'avoua qu'elle avait remarqué mes hématomes et qu'elle s'inquiétait vraiment pour moi.

Dès qu'il découvrit combien ma voisine était gentille et bavarde, il se mit à l'insulter, la traitant de traînée et m'ordonnant de ne rien lui dire. Un jour, elle me demanda de sortir avec elle et ses amis. Elle ne se doutait pas que mon oui représentait un très grand pas pour moi. Nous nous retrouvâmes, bien sûr, dans le club de la garde nationale ! Tout au long, j'eus une terrible douleur au ventre. Aujourd'hui, je sais que c'était probablement la peur. Cela me paraissait extrêmement étrange d'être dehors le soir, dans un décor amical, en société, ce qui, pour n'importe qui de mon âge qui n'endurait pas ce que j'endurais, aurait été un événement ordinaire. Rien à raconter. Les gens venaient parler avec ma voisine, et je me sentais un peu débordée. À cause de McDarby, je croyais que j'étais trop laide pour que quiconque s'intéresse à moi, ce qui n'arrangeait pas mon attitude. Franchement, je ne savais que dire ou faire. Cette agréable soirée était si loin de ma vie quotidienne !

Je me souviens cependant que, chaque fois que l'on me présentait à quelqu'un, ma première pensée était de me demander s'il ou elle pouvait m'aider à échapper à McDarby. Peut-être était-ce parce que c'était le club de la police et que j'étais donc certainement entourée de policiers. Cela me surprend à présent, le fait que, quasiment la première fois que je vivais quelque chose qui ressemblait à une vie sociale, tout ce que j'avais en tête, c'était de trouver de l'aide pour m'enfuir.

Je n'ai jamais confié à mon amie que je n'avais pas le droit de sortir, mais je me suis dit que, comme son mari était dans la police, McDarby ne pouvait pas dire grand-chose. J'étais décidée à me montrer courageuse. Je bus deux ou trois verres. J'étais un peu pompette, mais je ne pouvais pas me permettre d'être ivre. Je ne voulais pas parler de ma vie et, en plus, il était de retour à la maison. Comme prévu, quand je rentrai, les enfants étaient couchés et il m'attendait. Il était tard. Je ne me souviens pas de l'heure exacte, mais je sais qu'il était plus tard que ce que j'avais dit. Il ne prononça pas un mot ; il n'y eut pas de dispute ou de cris ; il se contenta de me frapper en silence. Il était assez intelligent pour ne frapper que les endroits de mon corps où personne ne verrait les marques, et il me cognait rarement au visage. À ce stade, j'étais tellement habituée aux coups que je ne lâchai pas une plainte. En fait, j'étais devenue insensible à sa cruauté.

Ce fut la première fois que je sortis avec ma voisine.

La deuxième fois, je rencontrai de nouveaux amis à elle et, je crois, ses cousins qui vivaient à Boston. Un des types me donna son adresse et me dit de passer si jamais j'allais là-bas. Aujourd'hui, je m'en souviens à peine, sinon que l'un d'entre eux était plein d'assurance. Je crois que je leur ai écrit une ou deux fois quand ils sont repartis aux États-Unis.

C'est également l'époque où j'obtins de l'argent. La station-service était louée, et maman m'annonça que j'avais droit à une certaine somme. À sa mort, papa nous avait tout laissé, à Rikki et moi, et maman avait simplement l'usufruit de la maison jusqu'à la fin de sa vie. Elle avait contesté le testament et avait réussi à ce que la maison lui revienne, mais la station devait être divisée entre mon frère et moi. Lorsque le garage fut loué, l'argent fut confié aux notaires, et je reçus mille livres. C'était déjà quelque chose.

En y repensant, je crois qu'à Mulhuddart, je me sentais un peu plus forte. De l'autre côté de la rue, il y avait un jardin d'enfants, et l'infirmière de secteur déclara que ce serait une bonne idée de laisser Rory et les deux filles y aller. C'étaient des enfants si gentils et si calmes ! Je commençai à les laisser jouer dans le jardin de derrière, parfois même sur le devant de la maison, une chose que je n'avais jamais faite à Castleknock. Andrew, c'était une autre histoire. Il était toujours en train d'ouvrir et de vider les placards, toujours en train de ramper, comme n'importe quel enfant de dix-huit mois qui se lance dans l'exploration du monde.

Une chose que je suis contente de dire, c'est que je n'étais pas trop stricte avec les enfants. Je n'étais certainement pas capable de les gifler ou de les traiter de quelque manière que ce soit qui me rappelait ma mère ou leur père. Je suppose que je ne voulais pas qu'ils aient peur de moi ; j'avais suffisamment peur pour tout le monde. Par exemple, même si cela reste flou, je me souviens que les enfants jouaient dans la cuisine. Je filai dans le jardin pour suspendre les vêtements lavés. Je jure que je n'ai été absente que quatre ou cinq minutes ! Quand je revins dans la cuisine, les filles avaient renversé une boîte de lessive sur le sol. Il y en avait *partout*. Ma seule réaction qui fusa, ce fut : « Vilaines ! » et ce fut tout. Je me mis à nettoyer avant de passer à autre chose.

Quoi qu'il en soit, ils étaient gentils. Et je veillai à ce qu'ils n'aient rien à lui dire.

Lorsque les enfants commencèrent à aller à l'école maternelle, ils savaient qu'il était leur père, mais ils ne l'appelaient jamais comme ça. C'était l'un de ces mots que personne ne prononçait jamais chez nous, ce qui était une bonne chose dans la mesure où ils ne pouvaient pas l'appeler « papa » à Ardee. Quand il était dans le coin, je ne prononçais jamais son nom. Les gens disaient que les filles étaient vraiment calmes, et je suis sûre qu'elles le tenaient de moi.

En même temps, je sais que je luttais. J'étais toujours épuisée, à cause du ménage, de la cuisine, du linge, du nettoyage et tout le reste. C'était de plus en plus dur, chaque jour. Le seul moment de repos, c'est quand j'allais (pas souvent) à la maison à Ardee. Ce n'était pas agréable, mais, au moins, j'étais en terrain connu.

9

Dans ma tête, l'Amérique était trop loin pour que McDarby ne m'y rattrape. Ma voisine et moi, nous nous mîmes à faire des projets pour que je m'échappe. Je ne me souviens pas de ce que je lui ai dit, mais je suis sûre que je ne lui aurais pas tout raconté. J'avais trop peur de McDarby et je sais que je n'étais pas prête à dire toute la vérité à quelqu'un. Ce que je lui dis l'incita toutefois à me conseiller de prendre contact avec les services sociaux, mais, là, je n'étais pas prête non plus. Alors, elle les appela et organisa un rendez-vous avec une assistante sociale chez elle. En attendant, j'avais besoin d'un passeport. C'était encore plus compliqué parce que j'étais née en Angleterre, mais que je devais prouver que j'étais irlandaise. Il me fallait alors l'extrait de naissance de mon père, mais aussi son certificat de baptême. Rien n'était jamais facile. Il fallait que je fasse tout ça dans le dos de McDarby, mais je parvins à réunir tous les papiers, et je déposai la demande pour mon premier passeport. À présent, il ne me restait plus qu'à réserver les billets.

Au milieu de tout cela, l'assistante sociale se présenta à Mulhuddart. J'avais besoin d'aide. Nous nous rencontrâmes chez mon amie, au cas où McDarby arriverait. J'étais quand même sur les nerfs, car il serait furieux de me savoir ailleurs, peu importe avec qui je parlais. Je ne pouvais pas l'en empêcher, mais peut-être que quelqu'un d'autre y parviendrait-il ? Est-ce qu'elle trouverait un moyen pour qu'on s'occupe de mes enfants ? Elle s'assit tout au bord de la chaise, sortit son bloc et son stylo, et je lui racontai que mes enfants étaient nés parce que cela faisait des années que mon beau-père me violait et que je ne pouvais plus le supporter. Elle était plus âgée que moi et parut distraite pendant que je lui racontais mon histoire, parce qu'elle consignait des notes et des notes – ses observations – sur son bloc. Tandis que je parlais, je regardais le dessus de sa tête, et elle ne leva jamais les yeux vers moi. Elle ne m'inspirait pas vraiment confiance et il me fallait me forcer pour continuer à lui parler.

Mon absence d'émotion ne révélait pas la terreur que j'éprouvais. Alors que nous étions là, j'avais l'impression de déclencher une tornade sur laquelle je n'avais aucun contrôle. C'était la première fois que je m'adressais à quelqu'un d'officiel. Pour moi, ce fut un calvaire de lui expliquer comment les enfants avaient été conçus et la manière dont je passais mon temps à guetter le bruit de sa voiture dans l'allée. Il avait juré de me tuer si je racontais quoi que ce soit, et j'étais là, en train d'enfreindre ses règles.

Je ne me souciai pas de parler de la fausse couche ou des aspects les plus horribles des viols, mais je sentis qu'elle était déconcertée. À un moment, elle évoqua la possibilité d'un abri pour femmes battues, mais je répondis que je savais qu'il me retrouverait si je restais en Irlande. Je voulais être à l'abri. Je voulais qu'il ne me fasse plus mal. Tout ce dont je me souviens, c'est qu'elle me dit de ne rien faire d'idiot, quoi que cela ait pu signifier. Aujourd'hui encore, cette constatation me laisse perplexe. Le suicide n'était pas une solution ; cela ne constituait pas une issue dans ma situation. Partir pour l'Amérique, c'était une fuite, mais si elle pensait vraiment que je pouvais attenter à ma vie, pourquoi s'est-elle contentée de remonter dans sa voiture pour s'éloigner, me laissant me débrouiller avec McDarby et les enfants ? Je me souviens aussi que, lorsqu'elle me dit cela, elle ne me regardait pas en face. Elle ne parla pas plus d'appeler la police et de leur demander de venir à mon aide. Sa visite ne servit à rien. Et cela me perturbait d'avoir vu qu'elle était restée assise juste au bord de la chaise, comme si elle voulait filer dès que possible. Jamais elle ne se soucia de moi ou des enfants. Combien les choses auraient pu être différentes si elle l'avait fait !

Il n'y eut pas de seconde visite.

Le notaire d'Ardee me donna un peu d'argent pour le garage, que j'utilisai pour acheter mon premier billet d'avion. Tout ce que je savais, c'est que je devais aller à Boston.

Dans ma vie, je n'ai pas beaucoup pleuré. Cela me paraissait une perte de temps, mais je dois dire que je me rattrapai pendant que je comptais les heures avant de quitter l'Irlande. La veille de mon départ, je fis cuire des saucisses pour le dîner des enfants. Je les tournai et retournai bien longtemps après qu'elles eurent brûlé. Et sans cesser de pleurer. Je pleurais aussi tout en les servant aux enfants. Le jour où je suis partie demeure l'un des pires jours de ma vie, et ce n'est sans doute pas que j'en manquais. Ce matin-là, les gosses étaient si calmes ! Ils ne posèrent aucun problème. Ils étaient généralement gentils, mais tout paraissait alors très différent parce que je savais que c'était la fin. Pour ce que j'en savais, c'était probablement la dernière fois que je les voyais. Je leur donnai à manger, je les lavai, les habillai et pris mon temps pour les coiffer et attacher les cheveux des filles en couettes, veillant à ne pas laisser dépasser une seule mèche. Enfin, je les emmenai de l'autre côté de la rue, jusqu'au jardin d'enfants. Mon amie avait prévu d'aller les chercher pour les confier à McDarby, qui devait venir nous rendre visite ce soir-là. Elle avait déjà pris Andrew, qui était trop jeune pour aller au jardin d'enfants. Si McDarby ne se montrait pas, elle avait son numéro de téléphone au travail. Je ressentais une douleur vive à l'estomac. C'était comme si quelqu'un enfonçait une aiguille dans mon ventre et poussait jusqu'à la gorge. Je ne sais pas comment j'ai réussi à leur faire mes adieux en feignant que tout était normal. Les trois enfants s'éloignèrent, et je repassai la porte avant de fondre en larmes, la main sur la bouche pour que personne ne m'entende. Plusieurs années s'écouleraient avant que je ne m'autorise à pleurer à nouveau comme ça. J'avais l'impression que mon cœur était en miettes, autant d'éclats de verre, mais, en même temps, j'avais réussi à me persuader que les enfants seraient bien mieux sans moi. En plein désespoir, je priai à l'intention de ma grand-mère pour qu'elle me donne la force tout en doutant qu'elle puisse avoir envie de m'aider. Je ne valais rien comme être humain ; voilà ce dont j'étais convaincue.

Ce ne fut pas facile. En attendant que l'avion décolle, j'étais terrifiée à l'idée qu'il pouvait apparaître et m'empêcher de partir. Lorsque l'avion quitta le sol, je restai terrifiée à l'idée qu'il pourrait me poursuivre, même si je ne savais absolument pas où j'allais. Tout ce que j'avais, c'était une adresse, mais je ne savais pas si, là-bas, quelqu'un allait m'aider ou non. J'ai dû croire que McDarby avait des superpouvoirs. Ma terreur était absolue. Lorsque je ne pensais pas à lui, je pensais aux enfants. Dieu sait pourquoi, mais j'imaginais qu'ils ne se rendraient pas compte que j'étais partie, sans parler de leur manquer. Honnêtement, je ne pensais pas que j'avais de l'importance pour eux. Cela prouve dans quel état j'étais. Je me souviens que, pour calmer mes nerfs, je bus un ou deux verres pendant le vol.

À l'aéroport de Boston, je commençai à nouveau à paniquer. Que faisais-je là ? Je ne connaissais personne. Je demandai où prendre un taxi et, en serrant le morceau de papier avec l'adresse magique, je pris l'escalier mécanique jusqu'au rez-de-chaussée sans cesser de scruter les alentours. Je n'avais jamais vu que des Irlandais blancs, et voilà que j'étais entourée de gens de toutes sortes de nationalités qui m'étaient complètement étrangers. L'aéroport était gigantesque, au point qu'il me fallait lutter pour conserver mon calme. Je trouvai un bureau de change pour obtenir des dollars et je me dirigeai vers l'extérieur et la longue queue de taxis.

J'avais réussi : j'étais en Amérique.

La maison avait l'air plutôt décrépite, et cela me demanda un nouvel effort de quitter la sécurité du taxi pour aller jusqu'à la porte. Je me demandais encore ce que diable je faisais là. Je ne connaissais pas ces gens, pas plus qu'ils ne me connaissaient. Il y avait un groupe d'amis en train de regarder la télévision en buvant des canettes de Budweiser. Ils avaient tous à peu près mon âge, avec le gars que j'avais rencontré en Irlande, ce qui était déjà positif. Pendant un moment ou deux, je fus éberluée. Tout ce que j'avais traversé pour arriver là (les agressions, la terre, l'adieu à mes enfants, les aéroports bondés, me retrouver absolument seule dans un pays inconnu) tout ça pour ça, pour tomber sur une bande de gens qui buvaient de la bière en regardant la télévision sans se demander réellement d'où je sortais. Comme je ne savais pas comment me comporter, je me contentai de me glisser entre eux sans dire un mot. Je ne pouvais pas comprendre que c'était la norme. Le flux d'amis qui arrivaient d'Irlande ne tarissait pas, d'amis ou d'amis d'amis ou, comme moi, des connaissances. Pour trouver un endroit où rester, il suffisait d'avoir l'accent irlandais.

On m'offrit un verre que j'acceptai en les écoutant parler de ce qu'ils allaient faire ce soir-là. Je ne cessais de sourire et de hocher la tête sans contribuer à la conversation. Pour finir, ils se décidèrent pour un pub appelé le Purple Shamrock, le « Trèfle pourpre », un nom bien irlandais ! Je demandai au garçon ce que je devais faire de ma valise, et il me répondit de la laisser là. Au moins, je savais désormais où j'allais passer la nuit et je pus me détendre un peu.

Je ne me souviens pas de grand-chose à propos du bar, sauf qu'il y avait des rangées et des rangées de boissons colorées. Lorsque le barman me demanda ce que je voulais, je me contentai de montrer la bouteille orange. Il y régnait un bruit assourdissant, ce qui me fit plaisir parce que je ne voulais pas penser à la maison. D'ailleurs, pendant les semaines qui suivirent, je fus constamment entourée par le bruit. Nous sortîmes pratiquement tous les soirs et, quand nous restions dans l'appartement, c'était pour écouter MTV, la chaîne musicale, à plein volume. Cela me convenait. J'ai le vague souvenir d'un ou deux types qui ont essayé de me faire des avances, mais je n'aimais pas ça.

Dans un des pubs, je me mis à bavarder avec un groupe d'Irlandaises qui m'annoncèrent que l'établissement cherchait du personnel. Elles m'incitèrent à parler au patron, et j'obtins le job sur-le-champ parce que j'avais de l'expérience après avoir travaillé à la station-service et à la boutique à Ardee. Elles me parlèrent aussi d'un appartement habité par des tas d'Irlandais qui accepteraient certainement de me prendre. Elles avaient raison. Le loyer était de cinquante dollars par semaine. Ainsi, j'avais désormais un boulot et un endroit où habiter. Un autre garçon me demanda si je voulais acheter une ligne : en pensant qu'il voulait parler d'une sorte de tombola ou d'une marche caritative, je lui demandai pourquoi. En souriant sous le coup de l'incrédulité, il me demanda d'où je venais et, quand je lui répondis, il expliqua qu'il vendait de la cocaïne, une ligne de coke.

Je découvris les joints pendant que je vivais avec les filles. *Quelle cigarette bizarre !* pensai-je d'abord. Je ne savais pas par quel bout l'allumer, mais, une fois que j'eus essayé, j'adorai ça. Je me laissais aller en riant, plus heureuse que tout ce que j'avais ressenti de toute ma vie. Je n'en avais jamais assez, et il leur fallut m'expliquer que les joints se partageaient, sinon, j'aurais tout fumé toute seule.

Un motard, ami d'un ami, me fit découvrir la cocaïne. Il m'emmena à une fête, j'ignore où, mais il y avait beaucoup de Harley Davidson garées devant la maison. Nous pénétrâmes dans le living, et je vis un gros tas de poudre blanche sur la table basse. Lorsque je demandai ce que c'était, mon nouvel ami m'expliqua que c'était une drogue appelée « cocaïne ». Intriguée, je voulus savoir ce qu'elle faisait.

— Cela t'aide à te détendre et à parler, répondit-il.

J'en pris à plusieurs reprises au cours des heures suivantes, mais mon ami remarqua que cela semblait avoir l'effet inverse sur moi, parce que je ne dis rien du tout. En fait, le seul effet que cela eut sur moi fut de me nouer la gorge.

Trois mois environ après mon arrivée, je passai un coup de fil à Ardee afin d'avoir des nouvelles des enfants. C'est Rikki qui décrocha et qui me raconta que les filles et Andrew avaient été placés à Dundalk parce que je les avais « abandonnés ». Il avait l'air en colère contre moi. À ce stade, notre relation, grâce à McDarby, était complètement gâchée. Mes visites à Ardee n'avaient pas été très fréquentes et, lorsque j'y étais, Rikki était habituellement ailleurs. C'est d'ailleurs mon frère qui avait appelé les services sociaux parce que personne ne s'occupait des enfants. McDarby ne faisait rien pour eux, et ma mère continuait à boire comme avant. Rikki, qui n'avait que dix-neuf ans, pensait qu'il n'avait pas le choix. Il l'avait fait pour leur bien. Ma mère garda Rory parce qu'elle ne savait pas qu'il avait également été conçu par mon beau-père, son mari. Bien entendu, cela signifiait que Rikki prenait soin de Rory du mieux qu'il le pouvait, en plus de s'occuper de maman quand elle était ivre. Comment aurait-il pu s'occuper aussi des autres ? J'étais submergée par la honte et par la culpabilité. Rikki déclara que je devais prendre contact avec le travailleur social des enfants, à Dundalk. Mais je ne pouvais pas ; j'étais morte de peur. Au lieu de ça, je quittai l'appartement, les filles et le boulot, et je me mis à errer pendant les mois qui suivirent. Je fuyais littéralement ma propre vie.

Je me déplaçais, je passais d'un boulot à l'autre et je buvais des litres de B-52, mon cocktail favori, chaque fois que je le pouvais. Une fois, je pris du LSD. Je n'avais aucune idée de ce que c'était ou de ce que ça faisait ; pour moi, cela ressemblait à un petit peu de poussière sur un morceau de papier. Au cours des premières minutes, rien ne se passa, mais tout à coup, je vis ma tête se détacher de mon cou pour rouler au loin. Fascinée, je l'observai et, pour être honnête, je trouvai ça parfaitement cohérent parce que j'avais tellement d'horreurs dans la tête qu'elle ne pouvait faire autrement que tomber à un moment et rouler aussi loin qu'elle le pouvait. C'est évident ! Comment allait-elle trouver la paix, sinon ?

De même, j'étais trop désespérée pour m'intéresser à une quelconque relation. J'avais beaucoup d'amis, des femmes et des hommes, mais il n'y avait tout simplement pas de place dans ma tête pour autre chose. Je plaisais assez à un type pour qu'il me demande de sortir avec lui. Il avait un faible pour les Irlandaises alors qu'il m'intéressait peu, mais nous sortîmes quand même ensemble. Après deux ou trois rendez-vous, il essaya de me toucher, mais je n'étais pas capable d'aller plus loin. Je demeurai là, les bras croisés sur la poitrine, pendant qu'il me demandait ce qui m'était arrivé pour que je sois comme ça. Je ne lui dis rien, mais je fus perturbée à l'idée de voir que, même à ses yeux, il y avait quelque chose qui ne tournait pas rond chez moi. Je ne supportais pas qu'on me touche ; je n'aimais même pas qu'on me prenne la main.

Pour quelqu'un de ma corpulence, je buvais beaucoup trop. Le grand avantage de travailler dans des bars, c'était que je pouvais compter sur quelques verres gratuits de temps à autre. Je traînais aussi dans beaucoup de bars irlandais où des amis ou des connaissances travaillaient. Il y avait un bar qui servait des cocktails Long Island au thé glacé si forts que la règle était qu'un seul était autorisé par client. Grâce à mon amie qui travaillait là-bas, j'en pris deux, voire trois, et c'était sans doute après que j'eus bu beaucoup ailleurs. Un célèbre chanteur irlandais, que je ne connaissais pas, commença à interpréter une ballade mélancolique de mon pays, et j'eus envie de lui dire de la fermer. Je détestais cette musique. Mais j'étais tellement saoule que ma tête restait collée à la table et que je n'arrivais pas à la soulever. Je n'arrivais pas à bouger du tout. Alors, je suis restée là à écouter.

La seule direction que je prenais, c'était vers le fond. Un soir, je descendis dans le métro pour prendre un train vers l'endroit où je logeais, où que ce soit, quand trois types s'approchèrent de moi. L'un brandit un couteau devant moi en hurlant : « Donne ton fric ! » pendant que les deux autres bloquaient le chemin. Ils n'auraient pas dû se donner tant de mal. Je regardai le type au couteau droit dans les yeux :

— Prends-le !

Je n'étais ni furieuse ni agressive, et ils durent s'en rendre compte, car il baissa son couteau et ils s'éloignèrent sans ajouter un seul mot.

Je sombrais souvent dans l'inconscience et, trois fois environ, je me retrouvai à l'hôpital pour subir un lavage d'estomac. À ma troisième visite, une femme médecin déclara :

— Si tu veux te suicider, tu vas y arriver. Si je te revois ici, je vais devoir te placer en psychiatrie.

Elle demeura dans la pièce jusqu'à ce que je lui donne l'adresse d'Ardee parce que je leur devais beaucoup d'argent. Le moment venu, elle envoya la facture à Ardee, mais la somme ne fut jamais réglée. En attendant, j'avais l'impression que Boston devenait de plus en plus petit. Je rencontrai des tas de gens différents, mais je ne leur dis jamais qui j'étais vraiment. Personne ne m'était proche. Lorsque James, un ami, me demanda ce qui n'allait pas chez moi, je lui expliquai que j'avais eu un enfant qui était mort. Si quelqu'un d'autre posait des questions, je m'inventais une famille riche à laquelle je devais échapper parce qu'elle ne me laissait aucune liberté.

J'obtins un poste pour m'occuper de deux enfants chez eux. Sans surprise, je découvris rapidement que je ne pouvais pas supporter de m'occuper des enfants des autres. Cela me rappelait constamment mes propres enfants et, au bout de deux semaines, je dus quitter le boulot. Je finis par trouver le moyen d'appeler l'assistante sociale de Dundalk, qui me dit que je devais écrire un courrier pour leur donner l'autorisation de placer les filles en famille d'accueil. Il fallait aussi que j'écrive une lettre pour déclarer que je voulais qu'Andrew soit adopté. Je fis ce qu'ils me disaient parce que je ne pensais pas rentrer un jour.

Je n'étais pas comme les autres Irlandaises. Je n'étais pas venue en Amérique pour trouver un bon boulot et un joli appartement. Je n'étais pas à la poursuite du rêve ou en quête de réussite. Je n'avais aucune ambition, aucun intérêt à trouver la carrière qui m'irait. Pour moi, l'Amérique était seulement un moyen d'échapper à ma vie de malheur en Irlande. Chaque fois que je buvais un verre, c'était pour bloquer le visage des enfants. Je ne cessais de me répéter qu'ils allaient bien et qu'ils étaient bien mieux sans moi. Quand j'étais ivre, je le croyais, mais je comprends à présent que je ne suis jamais parvenue à les oublier. Je comprends aujourd'hui que je pensais pratiquement à eux tout le temps et qu'ils n'ont jamais cessé de me manquer.

Pendant mon absence, ma mère se rendit à la maison de Mulhuddart et informa tous les voisins qu'elle était l'épouse de Sean et que mes enfants étaient des « bâtards illégitimes » de son mari. Je suppose que ce sont les travailleurs sociaux qui lui ont appris la nouvelle.

L'une des conséquences de ces fameuses lettres aux services sociaux, c'est que je ne revis jamais Andrew. Il m'est très difficile d'y penser. Pourquoi ai-je laissé cela se produire ? Pourquoi ne l'ai-je pas gardé alors que j'ai gardé son frère et ses sœurs ? À quoi donc ai-je pensé ? C'est ça, je n'ai pensé à rien. Il n'y a pas un jour où je ne le regrette pas, où je ne me demande pas où il est et ce qu'il fait. Pas un Noël ou un anniversaire où je ne pense pas à lui. Je ne peux pas décrire ce que je ressens de ne rien savoir de sa vie actuelle. Tout ce que je sais, c'est qu'il a été adopté par un couple de cadres auquel on a dit la vérité au sujet de sa naissance. Aujourd'hui encore, lorsque j'entends le nom « Andrew », je me retourne pour vérifier si c'est lui.

De temps en temps, j'appelais l'assistance sociale et j'écrivais aux filles pour avoir de leurs nouvelles. Peu à peu, je commençai à me rendre compte que je n'avais pas le choix : il faudrait que je rentre. Ma vie était devenue un long cortège de drogues et d'alcool, avec des petits boulots entre deux. Je me fis des amis indiens dans les bars. Ils avaient l'air d'être des hommes rudes et coléreux, mais, en dépit de leur allure sauvage et de leur consommation d'alcool, ils ne m'effrayaient pas. J'avais la sensation qu'ils n'étaient guère différents de moi. Nous étions tous en dehors de la société « normale », et personne ne voulait de nous. J'étais vraiment dans un sale état. Un soir, je me dirigeai vers une gare – pour aller où, je n'en sais rien – et, dans ma tête, je me disputai avec moi-même à propos de mon retour en Irlande. Les enfants étaient ma seule raison de rentrer. Ils avaient en Irlande un père qui avait prouvé qu'il ne voulait pas s'en occuper. Mais c'étaient aussi mes enfants et, pour l'instant, ils n'avaient pas de mère parce qu'elle était loin, en train de se démolir, tout comme sa propre mère avant elle.

Mon Dieu, j'étais devenue ma mère ! Comment était-ce possible ?

Envahie par la honte et la culpabilité habituelles, je continuai ce jour-là, à peine capable de supporter cette haine que j'avais de moi, à marcher tête baissée. J'entendis des pas dans ma direction. Étrangement, ce furent les chaussures que je remarquai en premier, des bottes, du genre mocassin avec des franges. Au passage, je sentis une grande bouffée d'air et, en levant la tête, je découvris un énorme Amérindien, aussi large que grand.

— Rentre chez toi ! Tout ira bien ! lança-t-il sans s'arrêter.

Il disparut. Vraiment. Je regardai autour de moi, mais je ne le vis nulle part. J'étais seule dans la rue et il n'y avait personne d'autre à qui demander s'il l'avait vu ou si j'avais tout imaginé. Mais je n'avais rien imaginé. Je le savais. Je savais qu'il était réel parce que je sentis son message me transpercer jusqu'aux os.

Je me dis que j'avais besoin d'aide pour me désintoxiquer. Le médecin que j'avais vu à l'hôpital m'avait conseillé d'assister aux réunions des Alcooliques anonymes et des Narcotiques anonymes. Je me rendis à la première réunion, mais il n'y avait là que des SDF. J'eus pitié d'eux jusqu'à ce que je me rende compte que, moi aussi, j'étais sans domicile fixe. Je devais sans cesse changer d'endroit. Je dormais sur des canapés et sur des sols sales. Je devais m'en remettre à des amis ou à des gens que je ne connaissais pas vraiment. Dieu seul sait combien de temps il me restait avant de finir par dormir dans la rue ! Aux réunions des NA, certains des membres devinrent mes amis. Ils m'aidèrent même à trouver le travail dont j'avais tant besoin pour m'offrir le billet d'avion de retour. J'avais revendu le mien des lustres plus tôt. Tout le monde faisait ça pour faire croire aux services de l'immigration que vous étiez rentré à la date prévue.

Je travaillais encore dans des bars en économisant autant que je le pouvais. Pour finir, grâce à mes nouveaux amis, j'épargnai suffisamment pour m'acheter mon billet. Ce que je fis. J'appelai ensuite le travailleur social des enfants pour lui donner la date de mon vol. Tout était réglé. Sauf que non, rien n'était vraiment réglé. Chaque heure qui passait, ma peur de McDarby et de ce qu'il pouvait me faire en me revoyant ne cessait d'augmenter. Cela faisait sept mois que j'étais partie, et il était extrêmement difficile de retourner délibérément aux anciennes terreurs et aux anciennes souffrances. Quoi qu'il en soit, je me rendis à l'aéroport, j'enregistrai ma valise et pris ma carte d'embarquement, mais ce fut tout ce que je pus faire. L'avion s'envola sans moi et je ne revis jamais cette valise. Ce jour-là, c'est la terreur qui eut le dessus.

Quelques semaines plus tard, j'étais de retour à l'aéroport et, cette fois, je montai dans l'avion parce que je n'avais pas le choix. Je n'avais plus un sou et plus de logement. Je n'avais plus aucun espoir de changement. J'avais rencontré beaucoup de gens, et certains étaient vraiment adorables, mais je ne m'étais jamais autorisée à être honnête avec eux et à leur raconter la véritable histoire de ma vie. Alors, je me sentais encore plus solitaire que jamais. Si vous n'avez jamais été vraiment seul, il est très difficile de comprendre à quel point cela peut submerger quelqu'un. Je n'arrivais tout simplement pas à m'évader de la cage que McDarby avait bâtie autour de moi. Je veux dire que je ne comprenais pas pourquoi je ne pouvais pas dire à mes amis anciens alcooliques ce que j'avais enduré. C'est la solitude qui aspira tout espoir que je pouvais entretenir que les choses s'améliorent un jour. Pendant un temps, assez bref, j'envisageai le suicide comme une solution, mais je ne dépassai pas le stade du choix de la technique. Sauf que je me disais que je pouvais me couper la gorge avec un couteau Stanley parce qu'ils étaient renommés pour leur tranchant.

Je n'avais jamais eu le temps de m'intéresser à la musique, mais certains de mes amis étaient d'énormes fans du groupe U2. On entendait sans arrêt l'album *The Joshua Tree*, qui sortit cette année-là, en 1987. Au bout d'un moment, je le mis aussi et je restai à l'écouter au casque. Il y avait notamment une chanson qui me parlait : *Running to Stand Still.* Dieu sait combien de fois je l'écoutai, mais je finis par comprendre qu'il – Bono, je veux dire – l'avait écrite à propos de l'héroïne. D'accord, je préférais la cocaïne, mais je sentais que cette chanson était faite pour moi. Je savais comment hurler sans faire de bruit et je savais que tout le temps que j'avais passé à courir allait s'achever lorsque je monterais dans l'avion pour Dublin, pour retourner vers l'horrible situation que j'avais tout fait pour fuir. Oui, c'est vrai, je courais pour rester debout.

Un travailleur social promit de me retrouver à l'aéroport de Dublin avec un panneau portant mon nom. Je ne me souviens pas vraiment ce qui était prévu. Ils ont dû me convaincre qu'il fallait que je passe une évaluation et que c'est pour cela qu'ils voulaient m'aider à rentrer à Ardee. Dans l'avion, je me mis à bavarder avec un Américain, un homme âgé qui rendait visite à des amis à Newgrange. Il me demanda d'où je venais, mais il n'avait jamais entendu parler d'Ardee. Dieu merci ! Il n'arrêtait pas de dire que l'Irlande était un pays magnifique, et moi, tout ce que je pouvais penser, c'était à quel point je le haïssais, ce pays. Tout ce que je pouvais penser, c'était : *S'il n'y avait pas les enfants...*

À l'aéroport, il n'y avait pas de travailleur social pour m'accueillir. Je n'avais pas d'argent, rien du tout, jusqu'à ce que l'Américain aimable s'approche et que je lui dise que mes amis n'étaient pas venus. Il déclara qu'il allait louer une voiture pour Drogheda, là où il avait l'intention de loger, et offrit gentiment de me déposer.

Plus j'approchais d'Ardee, plus j'avais du mal à respirer correctement. J'avais l'impression de retourner dans une boîte. Et c'était bien le cas.

Je sortis de la voiture, remerciai le gentil touriste et me dirigeai vers la maison. Avant même que j'atteigne la porte de derrière, McDarby était là à m'attendre.

— File là-dedans, tout de suite !

Je le suivis dans le garage, où il me donna une sacrée raclée sans jamais cesser de répéter :

— Si tu parles, je te tue…

Puis, il me viola. Bien sûr ! Comment les choses auraient-elles pu se passer autrement ? Il me dominait et ce n'était pas plus compliqué que ça. J'avais été idiote de croire que je pouvais lui échapper pour de bon.

Lorsque je finis par rentrer dans la maison, ma mère était saoule. Elle me jeta à peine un regard et se mit à hurler :

— Sors d'ici, espèce de traînée ! Quelle honte !

Ce n'est qu'à ce moment-là que je compris qu'elle savait qui était le père et qu'elle avait pris soin d'aller le clamer partout à Mulhuddart. Elle avait également découvert qu'il avait eu un enfant avec une autre et, dans sa tête, elle me mettait dans le même sac que cette femme qui avait séduit son mari. (Avec le temps, elle obtiendrait contre lui une ordonnance d'interdiction d'approcher et n'en tiendrait elle-même aucun compte.) Rory était là. Il avait l'air d'aller bien, mais je décelai la peur dans ses yeux. Rikki aussi était là, mon pauvre petit frère. Il me dit qu'il ne pouvait pas se débrouiller avec tous les enfants et me demanda pourquoi j'étais partie.

Ce fut là mon premier jour de retour dans cette bonne vieille Irlande. Je téléphonai aux services sociaux pour leur dire que j'étais rentrée et – bordel – ils furent surpris !

— Il doit y avoir une erreur, me dirent-ils.

Certainement. Je leur avais dit dans quel avion je serais, quel jour je rentrais, et j'avais précisé que je n'avais pas d'argent. Alors, voilà, j'étais là, de retour en enfer, sans argent ni voiture, sans maison digne de ce nom et sans enfant, sauf Rory.

C'est ma mère qui me conduisit à Dundalk pour rencontrer les travailleurs sociaux des enfants. Comme d'habitude, elle était ivre et se contenta de me déposer pour me charger de tout toute seule. C'était la première fois que je les rencontrais en chair et en os, mais c'était l'homme et la femme que j'avais eus au téléphone depuis les États-Unis. L'homme annonça qu'il avait été très surpris que mes enfants fussent aussi bien soignés. Je ravalai ma colère. S'il y avait une chose dont j'étais sûre, c'est que j'avais toujours fait de mon mieux pour prendre soin de mes enfants. Ils expliquèrent que les enfants étaient désormais sous tutelle, parce que je les avais « abandonnés ». Encore ce mot. Si je voulais les récupérer, il allait falloir que je prouve que j'étais capable de les élever. Que j'étais une bonne mère. Au désespoir, je leur racontai les viols et expliquai que le père était mon beau-père, l'homme marié à ma mère. Je n'oublierai jamais leur réaction : ils déclarèrent que l'histoire était trop incroyable pour être vraie.

De honte, je baissai la tête. Je sentais qu'ils me jugeaient, convaincus qu'ils étaient que j'avais tout inventé, y compris dix années de viols brutaux. Je ne tentai pas de me défendre ou d'expliquer mieux les choses, parce que cela aurait exigé une assurance que je ne possédais pas. C'était tellement déroutant. McDarby avait admis avoir eu des relations sexuelles avec moi depuis que j'avais treize ans. Pourquoi personne ne faisait rien à ce sujet ? Était-il possible que ce soit parce qu'ils pensaient que j'avais eu des rapports sexuels consentants avec lui ? À ce moment-là, ce que je sentais surtout, c'est qu'ils ne me croyaient pas. J'étais là pour tenter de récupérer mes enfants. Malgré cela, ils me conseillèrent de prendre contact avec le centre pour violences sexuelles, SOS Viol, sans doute une manière de m'accorder le bénéfice du doute. Ils m'informèrent aussi que je devais trouver un logement où je pourrais accueillir les enfants. C'était peut-être un trop gros morceau à digérer pour eux, et c'est pour cette raison qu'ils avaient décidé de se concentrer sur les enfants.

Le plus important était que moi, au minimum, j'apparaisse comme une personne capable d'aborder la vie comme n'importe quel autre être humain.

10

Je pris rendez-vous avec SOS Viol, mais je n'y allai pas. McDarby était perpétuellement furieux, et il me répétait que je n'étais rien d'autre qu'une traîtresse et une balance. Encore et encore, il me menaça de me tuer si je le répétais à qui que ce soit. C'est vrai que, si j'allais voir quelqu'un au centre, comme les travailleurs sociaux responsables des enfants l'avaient conseillé, ce serait exactement ce que je devrais faire : répéter mon histoire à des inconnus. La seule pensée de le faire me découragea. Maman aussi était perpétuellement furieuse, et elle pouvait passer des heures – je veux bien dire des heures – à hurler que j'étais une pute et une traînée. Alors, non, je ne pouvais pas affronter ce rendez-vous et je n'avais personne pour me dire le contraire.

McDarby avait eu raison. Il n'avait cessé de me répéter que personne ne me croirait, ce que les travailleurs sociaux avaient, malgré eux, confirmé en affirmant la même chose : personne ne me croirait. Le monde se refermait autour de moi. C'était probablement pire depuis que j'avais goûté à la liberté en Amérique, parce que je savais à présent ce que je ratais, même si je ne m'étais jamais sentie totalement en sécurité et en liberté de l'autre côté de l'océan. Mon passé était attaché à mes chevilles comme un boulet, et il m'entraînait vers le bas. En outre, je peux dire que j'étais vraiment interloquée que personne ne propose d'arrêter mon beau-père qui continuait ses violences. Pourquoi personne n'appelait la police ?

Ma tante Josie, la sœur de mon père, vint nous voir depuis l'Angleterre. À un moment, ma mère lui avait téléphoné. En fait, le nouveau passe-temps de ma mère consistait à boire comme un trou, puis à téléphoner à tout le monde pour parler de sa traînée de fille qui avait séduit son pauvre mari. McDarby avait engrossé une autre jeune fille, et j'étais alors mise au même niveau que cette séductrice pendant que le pauvre mari demeurait plus ou moins innocent, même quand elle utilisait ses produits de maquillages pour dissimuler les bleus qu'il m'avait faits en me frappant au visage. Comment pouvait-elle ignorer ce qui se passait ?

C'est étrange, mais en écrivant ce livre, je ne savais pas vraiment à quel genre d'émotions m'attendre. C'est une histoire du passé que j'avais cru et espéré ne jamais revisiter. Aujourd'hui, je découvre que je suis folle de rage et, à l'instant, je suis folle de rage contre ma mère alcoolique qui m'a trahie de toutes les manières possibles. C'est comme si un voile avait été levé. Elle savait que j'avais essayé plusieurs fois de fuguer au fil des années. N'était-elle pas curieuse de savoir au moins pourquoi ou à cause de qui je fuyais ? Elle voyait bien les hématomes ; elle avait rencontré les enfants et les avait ignorés, sauf Rory. Elle avait permis qu'on les emmène pour les placer. Pour une raison que je ne comprenais pas, elle refusait de croire que Rory était aussi l'enfant de son mari. J'essayai de lui dire la vérité à plusieurs reprises, mais elle refusait d'écouter les paroles d'une menteuse et d'une traînée. Rory s'était même mis à l'appeler « maman ». Pourquoi pas ? J'étais partie pendant si longtemps, mais pourquoi diable son unique fille aurait-elle disparu de l'autre côté de l'océan ?

Cela n'aurait-il pas dû la frapper comme quelque chose de bizarre ? Ne voyait-elle pas ma détresse ? Alors, je pesais quelque chose comme quarante kilos et je passais des heures devant la télévision, dans une stupeur de zombie. Était-ce un comportement normal pour une jeune femme de moins de trente ans ? Il est vrai que, à ses yeux, je ne valais rien. Je ne valais pas la peine de savoir ce qui n'allait pas. D'ailleurs, elle ne ressentait rien pour personne.

Elle était au courant de bribes. Apparemment, elle avait rencontré des travailleurs sociaux à Dublin pendant que j'étais aux États-Unis, mais je ne suis pas sûre de ce qu'ils lui avaient appris. McDarby avait dû admettre qu'il était le père des enfants, de manière à ce qu'ils puissent être placés. Il avait également admis être le père de Rory, mais maman restait campée sur sa position : elle ne le croyait pas. En attendant, j'étais coincée. Il continuait de me violer chaque fois qu'il en avait envie et je ne savais pas comment l'en empêcher. Je n'en avais aucune idée. À Ardee, j'avais l'impression que la haine m'enveloppait. Rikki ne m'était d'aucune aide parce qu'il était très malheureux que les enfants aient été placés. S'il lui arrivait de me parler, il évitait soigneusement mes yeux. Je n'eus pas l'idée de lui dire que je comprenais qu'il avait dû faire quelque chose puisque personne ne s'occupait des enfants à Ardee. Je n'avais aucune amie pour réfléchir à des solutions. J'avais l'impression d'être dans l'impossibilité de reprendre le contrôle de ma vie. Tout ce que j'arrivais à comprendre, c'est que je voulais revoir mes enfants.

Pour ce premier rendez-vous avec le centre de SOS Viol, j'étais en Angleterre avec Josie. Le seul remède qu'avait trouvé ma tante était de m'offrir une pause. Elle avait dans les soixante ans et elle n'était guère à même d'aider. La situation dépassait son entendement. Elle n'aimait pas McDarby et elle finit par me confier qu'elle n'avait jamais aimé ma mère, notamment depuis qu'elle avait découvert qu'elle récupérait la retraite de grand-mère et s'en servait essentiellement pour s'acheter de l'alcool. Pour moi, c'était nouveau. Josie avait été très proche de papa, et il lui manquait autant qu'à moi.

Fort heureusement, lorsqu'elle séjournait en Irlande, elle avait les moyens de s'installer à l'hôtel. Je me souviens à peine de sa visite, si ce n'est qu'elle vint à Dundalk avec moi pour voir les enfants. C'était sa manière de me soutenir. Puis, elle me ramena dans le Dorset, et je ne me souviens absolument de rien de ces moments. Elle m'offrait un abri sûr pour quelques jours, mais je devais être trop consciente de l'aspect temporaire de ce refuge. Sept mois ailleurs, aux États-Unis, avaient été effacés par un viol particulièrement terrifiant avant même que je ne puisse franchir le seuil de la maison.

Je ne vais pas vous fournir de détails, mais je tiens à préciser que, quand j'écris que McDarby me violait, il n'était pas seulement question de pénétration. C'était bien pire. Ses agressions n'avaient pas grand-chose à voir avec le sexe. Elles étaient généralement d'une telle brutalité que je restais pliée en deux de douleur pendant des heures.

Un mois après mon retour, maman me conduisit pour ma première visite aux enfants. Je m'attendais à voir aussi Andrew puisqu'il vivait dans la même famille d'accueil que les filles, mais, à notre arrivée, je découvris qu'il avait déjà été emmené par ses nouveaux parents. J'avais demandé à voir aussi mon fils, mais on m'avait rétorqué que ce n'était pas possible. Ensuite, je fus invitée à me rendre dans un bureau d'un bled perdu comme Kells ou Navan, je ne sais plus, où je dus signer sur les pointillés. J'expliquai à l'assistante sociale que si mon fils demandait à me retrouver, il faudrait me le dire tout de suite parce que je voudrais le revoir. Ce fut tout ce que je pus faire.

Andrew parti pour toujours, je ne verrais que les filles. J'étais impatiente. Maman et Rory attendirent dehors. Dès que la petite Iseult de trois ans me vit, elle se détourna tandis qu'Ashley, âgée de quatre ans, se précipita dans mes bras. J'avais envie de pleurer sans fin, jusqu'à épuisement, mais je sentis que je devais leur prouver que j'étais capable de me maîtriser. Je passais mon temps à dissimuler : dissimuler que j'avais le cœur brisé, dissimuler que je n'avais aucune idée de ce que j'allais faire et dissimuler que j'étais à nouveau enceinte. Oui, ce viol de bienvenue à la maison avait engendré un autre bébé ! Et je redoutais que les services sociaux imaginent que j'entretenais volontairement une relation avec McDarby. Ils penseraient que j'avais menti sur tout le reste et que je ne méritais pas qu'on me rende mes enfants.

Évidemment, les filles demandèrent quand elles rentreraient à la maison. J'expliquai qu'elles devaient rester encore un peu avec la famille d'accueil, mais que je les ramènerais bientôt. Ce fut tellement affreux de leur dire au revoir et de m'éloigner en leur promettant simplement que je les reverrais quatre semaines plus tard…

Pour autant que je me souvienne, si McDarby avait admis être leur père, il avait insisté sur le fait qu'il n'avait pas été question d'abus. En d'autres termes, il avait déclaré aux services sociaux qu'il avait une liaison avec moi, sa belle-fille, qui avait commencé quand j'avais treize ans. Ma mère a peut-être confirmé ses dires, mais je n'en suis pas sûre.

Je ne me souviens pas qu'on m'ait demandé des détails sur les violences ou, comme ils disaient, « les allégations d'abus ». C'était comme un refrain qui résonnait à chacune de mes rencontres avec les services sociaux : « les allégations d'abus ». Il est possible que l'assistante sociale n'ait pas bien compris mon histoire ou ce que j'avais enduré. Le principal, n'est-ce pas, était qu'on me rende mes enfants, et il fallait que je prouve que j'étais une mère *et* un être humain dignes de ce nom. Leur père, mon beau-père, n'avait rien à prouver du tout.

En mon absence, les services sociaux avaient saisi le tribunal pour obtenir une ordonnance et ainsi désigner une personne de confiance. La première étape pour moi consistait à faire annuler cette ordonnance.

On ne demanda pas à McDarby de me fournir un logement et de l'argent. Je n'avais rien du tout, mais il fallait que j'aille au centre SOS Viol pour le deuxième rendez-vous et que je prouve que j'étais une mère méritante. Je n'avais pas d'argent et seulement deux misérables solutions pour aller jusqu'à leur adresse de Dublin : ma mère et sa conduite en état d'ivresse, ou McDarby. Il me l'avait proposé, sans doute motivé par le fait que, si je ratais un second rendez-vous, les travailleurs sociaux risquaient de se montrer un peu plus curieux à propos de ma situation. Alors, aussi dément que cela paraisse, c'est un violeur qui me conduisit au centre spécialisé dans les viols !

Comme toujours, il parla à peine tout le long du trajet. Seigneur, comme je haïssais l'odeur de cette voiture, son odeur et l'odeur de sa pipe. Il se gara un peu plus loin et m'indiqua la porte du centre. Au moment où je sortais de la voiture, il réitéra sa menace classique : il me tuerait si je parlais de quoi que ce soit à qui que ce soit. Mon cœur sombra davantage – si une telle chose était possible.

Outre la terreur et l'anxiété, j'étais bourrelée de honte. Je franchis la porte, catastrophée de voir le panneau au-dessus qui hurlait VIOL, comme si j'étais en train de clamer à la face de toute la rue que j'avais été violée, que j'étais incapable d'empêcher un homme de me violer, que j'étais une victime. D'ailleurs, le mot « viol » me faisait horreur, et le fait de passer sous le panneau SOS VIOL s'apparentait pour moi à faire la grande confession que je ne me sentais pas prête à faire. Lorsque je décrivis ma situation aux travailleurs sociaux, je déclarai que j'avais été abusée par mon beau-père et qu'il m'avait forcée. Je refusai de prononcer le mot « viol ». Je me souvenais peut-être encore du désarroi que j'avais éprouvé lorsque j'en avais parlé à ma mère en espérant qu'elle allait m'aider, ce à quoi elle avait répondu en me traitant de menteuse. Je me demande quel mot McDarby aurait utilisé.

Sans enlever mon casque de mes oreilles, je franchis donc la porte et je grimpai l'escalier en quête d'une réceptionniste. Ne me demandez pas ce que j'écoutais, mais la musique m'aida à continuer. La dame du bureau prit mon nom et informa les conseillers de mon arrivée.

La porte s'ouvrit sur une femme qui se présenta comme ma conseillère pour le suivi psychologique. Mary C. était chaleureuse et souriante, mais je n'arrivais pas à me détendre. Physiquement, elle était minuscule, ce qui me perturbait parce que je me mis à penser : *Comment peut-elle m'aider ? Elle est bien trop petite pour l'empêcher de m'attaquer* ! Quoi qu'il en soit, elle m'invita à passer dans une autre pièce à l'étage au-dessus, et je fis de mon mieux pour masquer mes craintes ainsi que ma grossesse récente. J'avais aussi la sensation de devoir surveiller mes paroles, parce que je savais qu'elle rendrait compte de tout aux travailleurs sociaux de Dundalk. Elle me demanda effectivement ce que je pensais d'eux, mais j'étais trop troublée pour donner une opinion franche de quoi que ce soit.

À un moment, les deux travailleurs sociaux vinrent nous voir, ma conseillère et moi. Deux fois, je crois, mais je ne me souviens absolument pas des détails de ces deux rencontres. Ils étaient en contact avec ma conseillère, soit par téléphone, soit par courrier. Je suppose qu'ils vérifiaient mes progrès psychologiques auprès de Mary C.

pour décider si j'étais prête à m'occuper de mes enfants. Tout ce que je peux dire, c'est que, lorsque j'étais avec eux trois, je ne parlais pas beaucoup parce que j'avais l'impression d'être redevenue une enfant.

Tout tourbillonnait. J'étais à peine rentrée des États-Unis que je me retrouvais entre les mains de McDarby, avec des agressions toujours plus fréquentes et toujours plus brutales. On m'avait pris mes enfants et, comme si cela ne suffisait pas, un autre enfant était en train de grandir dans mon ventre. Cette fois aussi, j'avais tenté d'avorter, d'abord en utilisant un cintre en fil de fer, puis en prenant des bains bouillants. Comme cela n'avait pas marché, je portais des vêtements amples pour que les travailleurs sociaux ne s'en rendent pas compte. Cette gentille dame qui me « conseillait » n'avait aucune idée de l'enfer dans lequel je vivais. Je ne pouvais pas lui dire qui m'avait emmenée au centre, ni lui dire que j'étais encore enceinte. La pensée que McDarby m'attendait en bas coupait toute velléité que j'aurais pu avoir de dire la vérité à Mary C. J'avais l'impression qu'il me connaissait par cœur et que je ne pouvais rien lui cacher, jamais. Il lui aurait suffi d'un seul regard pour savoir que j'avais avoué. Je ne savais pas comment lui mentir. Alors, j'en disais très peu. Il est vraiment difficile de cacher autant de choses à quelqu'un qui vous interroge justement pour apprendre le plus possible de choses à votre sujet. Seigneur, comme je haïssais ma vie ! Comme je le haïssais, lui ! Comme je haïssais ma mère, l'Irlande et tout le reste !

À la fin de l'entretien, je sortis et m'éloignai du panneau révélateur aussi vite que je le pus. McDarby n'avait pas bougé la voiture. Bien évidemment, dès que j'ouvris la portière, il demanda ou déclara :

— J'espère que tu as fermé ta gueule !

Je répondis par l'affirmative en ajoutant simplement

que le prochain rendez-vous était prévu pour la semaine d'après. C'est tout. Nous ne parlâmes plus jusqu'au retour à Ardee. Désormais, c'était lui qui me conduirait une fois par semaine au centre.

Pendant les séances, je ne parlais pas beaucoup, sans doute parce que le sujet et mon expérience me dépassaient. Ce que je veux dire, c'est par quel viol devais-je commencer ? Qu'aurais-je pu en dire ? Quel intérêt y avait-il à préciser les jours et les endroits ? Alors, je parlais surtout de mes enfants et combien il m'était difficile de passer du temps avec eux sous surveillance comme si j'avais fait quelque chose de mal. Il m'était impossible d'oublier qu'on m'étudiait attentivement pendant que j'étais en train d'essayer d'avoir des échanges avec les filles devant leurs travailleurs sociaux, d'essayer de leur parler normalement de ce qu'elles faisaient sans me sentir intimidée ou sans leur faire sentir toute cette tension. Je voulais me comporter de la manière la plus naturelle possible pour leur prouver que j'étais une bonne mère. Pour leur prouver, au moins, que je faisais du mieux que je le pouvais dans les circonstances actuelles.

Ma conseillère du centre fit de gros efforts pour me faire parler, mais, pendant longtemps, je rechignai à baisser ma garde. Les services sociaux lui avaient donné mon dossier et je savais qu'elle compléterait leurs informations. Je n'aimais pas ça. Une fois, je lui demandai si elle était souvent en contact avec le bureau de Dundalk et elle m'expliqua que cela faisait partie de son travail que de les informer de ma progression. Comment aurais-je pu lui faire confiance, dans ce cas ? Je leur cachais tellement de choses uniquement dans l'espoir de retrouver mes enfants. Je sais qu'elle ne me voulait pas de mal, mais il m'était impossible de me laisser aller parce que je savais que trop de choses étaient en jeu. Je ne pouvais certainement pas lui révéler une face de moi qui risquait de la convaincre que je n'étais pas faite pour être mère. Il n'était pas question de lui avouer que mon violeur m'avait amenée au centre et qu'il était dehors en train de m'attendre pour me ramener à la maison. Je savais que cela ne jouerait pas en ma faveur, parce qu'ils auraient du mal à croire qu'il me forçait à ce point et qu'il me traumatisait depuis que j'étais petite. Et s'ils se mettaient à croire que j'avais menti tout le temps, ils m'empêcheraient de reprendre mes enfants. En tout cas, c'est ce que je pensais.

Arriva un moment où j'eus le droit d'emmener les filles en promenade sans surveillance. McDarby m'avait donné de l'argent, et nous marchâmes jusqu'au centre commercial de Dundalk. J'avais assez pour leur acheter des glaces et leur faire faire un tour sur les petites voitures animées. Je fis de mon mieux pour que cela ait l'air d'une belle journée pour nous trois, mais, au fond de moi, je demeurais pétrie de honte et de culpabilité. Je leur rendis également visite dans leur famille d'accueil, mais seulement une ou deux fois : j'avais l'impression que la famille me jugeait défavorablement parce que j'étais mère célibataire. Ensuite, McDarby indiqua qu'il souhaitait les voir, disant qu'il se souciait d'elles. Les services sociaux ne voulaient pas qu'il s'approche des enfants, mais ils ne déposèrent pas d'interdiction d'approcher ou d'ordonnance de protection. On m'expliqua simplement qu'il fallait que je lui dise qu'il n'avait pas le droit de les approcher. C'était compliqué parce qu'ils lui avaient écrit pour lui demander de leur parler des enfants. Je fis tout ce que je pus ; je lui dis qu'il n'avait pas le droit de les voir. J'ajoutai aussi que cela risquait de mettre en péril nos retrouvailles. Rien à faire. Il insista pour venir avec moi à Dundalk tout en acceptant de rester assis loin de nous. Ashley, qui le reconnut, confia aux travailleurs sociaux qu'elle avait vu son papa, mais qu'il ne s'était pas approché d'elle ou d'Iseult.

Oui, il voulait qu'on retire les enfants de la famille d'accueil, mais pas parce qu'il se souciait d'eux. Il déclarait que les seuls responsables étaient mon frère et ma mère, et il alla jusqu'à dire à Rikki :

— C'est ta faute si mes enfants ont été placés !

Pourtant, quand ils étaient à Ardee et que j'étais en Amérique, il ne s'en occupait jamais, en aucune manière. Il ne les voulait que parce qu'ils lui appartenaient. Il était extrêmement possessif. Par exemple, il garait sa moto dans la cuisine, et personne n'avait le droit d'y toucher. Peu importait qu'elle soit en plein milieu, il était interdit de la bouger, point barre. Il consacrait des sommes astronomiques à compléter sa collection de vieilles voitures, mais il ne laissa jamais Rikki en conduire une seule ; il ne lui donna jamais une voiture. Comme ses voitures, qu'il achetait avant de les démonter, laissant traîner des pièces dans toute la maison, les enfants et moi, nous n'étions que des choses, des choses qui lui appartenaient et qu'il voulait contrôler.

Le bébé dans mon ventre était une nouvelle preuve de ma faiblesse et du fait que j'étais incapable de laisser cet homme abuser de moi. J'avais tellement honte que je ne voyais aucun soulagement à l'idée que toute l'histoire, au moins en partie, se voyait au grand jour. J'avais honte de penser que les gens puissent être au courant de ce qu'il m'avait fait. J'avais laissé tomber tout le monde. Je m'étais laissé violer et, à présent, j'avais dénoncé le coupable. On ne pouvait pas me faire confiance. J'avais l'impression d'avoir provoqué tout ce malheur autour de moi, parce que je n'avais pas été capable d'empêcher cet homme de faire ce qu'il voulait de moi, chaque fois qu'il le voulait. Qu'est-ce qui n'allait pas chez moi ?

C'était pire qu'un cauchemar : un cauchemar, on s'en réveille. J'avais l'impression de vivre au centre d'un volcan dont les parois étaient en feu tout autour de moi, tandis qu'au-dessous de moi, il y avait un profond cratère rempli de lave bouillante. Comme au-dessus c'était trop haut pour que je puisse en sortir, j'étais bel et bien coincée. Sans parler des migraines dont je souffrais, certainement dues au stress.

La maison d'Ardee était un véritable chaos. La chaudière au fuel était en panne et il faisait toujours froid. Les pièces débordaient de pièces de moteur et de poubelles. Le sol de la cuisine était couvert de graisse, et la chambre de Rikki était bourrée de machines de toutes sortes. Les affaires de McDarby avaient envahi le moindre recoin de la maison, et je n'avais pas d'énergie pour m'attaquer à la crasse ou quoi que ce soit. Tout l'espace puait l'alcool rance et l'essence. Il n'y avait jamais rien à manger, mais on trouvait quand même des crottes de souris partout. La seule pièce relativement décente était le salon de devant, de manière à ce que les visiteurs qui osaient se présenter à la porte puissent croire qu'ils venaient d'entrer dans une belle maison. Tous les jours, j'allumais le feu et je restais collée à la télévision sans avoir la moindre idée de ce que je regardais. Je ne faisais rien d'autre, sauf rendre visite aux filles quand je le pouvais. Mon ventre devenait de plus en plus gros et je mangeais moins. Toujours la même… Comme les services sociaux avaient déclaré que la maison d'Ardee ne convenait pas aux enfants, je supposais qu'il fallait que j'en trouve une autre, mais pouvais-je espérer trouver une maison alors que je n'avais pas un sou à moi ? J'étais comme une gamine de trois ans qui se retrouve à un anniversaire d'une fille de vingt et un an : je n'arrivais tout simplement pas à réfléchir à ce que je devais faire.

Pendant tout ce temps, il continuait à me violer. Peut-être pas si souvent, mais la menace était toujours là. Les visites aux toilettes devaient rester aussi courtes que possible. Il n'y avait toujours pas de verrou à la porte, et il n'hésitait pas à me foncer dessus. Comme je détestais cette pièce froide et sombre ! Il manquait des carreaux sur le sol et il n'y avait pas de douche, uniquement la baignoire que mon père avait installée. McDarby me terrorisait toujours autant. Il lui suffisait de lever le poing ou même de froncer les sourcils pour que je me mette à trembler. Il m'avait dressée à un point où ma peur de lui me rendait invalide. Je ne pouvais rien faire pour lui résister.

À l'approche de Noël, je remplis deux sacs noirs de jouets pour les enfants après avoir arraché un peu d'argent à McDarby. J'avais choisi des trucs comme de petits nounours et des poupées, des jouets avec lesquels j'avais envie de jouer moi-même. Même si j'étais enceinte de sept mois, j'arrivais encore à cacher mon ventre sous des vêtements amples. J'avais du mal à marcher, mais j'étais bien décidée à montrer à mes enfants que je me souciais d'eux. Personne ne voulant me conduire à Dundalk, j'y allai en train. Je devais retrouver les enfants au bureau des services sociaux. Mon dos me faisait atrocement souffrir, la sueur dégoulinait sur mon visage, et le trajet depuis la gare me donna un point de côté, mais cela en valait la peine. Lorsque les filles ouvrirent leurs cadeaux, j'en pleurai de joie.

J'étais à sept mois passés lorsque je lui dis que j'étais enceinte. Il réagit en me louant un appartement à Cabra. Je n'ai aucun souvenir de cet endroit, si ce n'est que, à sa naissance, en février, Megan dormait dans un tiroir parce que je n'avais rien d'autre. Je me souviens en revanche d'avoir eu l'impression qu'il était content de cette grossesse parce qu'il pensait sans doute que cela confirmerait aux travailleurs sociaux qu'il disait vrai lorsqu'il décrivait sa relation sexuelle avec moi comme consensuelle.

Au fil des séances à SOS Viol, je finis par parler des abus à la conseillère. J'ai dû choisir soigneusement mes mots, mais je lui dis que j'avais été agressée à l'âge de onze ans, violée pour la première fois à treize ans, et que ma première grossesse datait de la fin du collège. J'expliquai également ma situation infernale et évoquai le fait que j'étais totalement dépendante financièrement de lui. Je lui parlai aussi de l'alcoolisme de ma mère. Ce fut un grand moment pour moi lorsqu'elle déclara que, oui, c'était une situation de violence extrême. Et, oui, elle me croyait. Environ un mois avant l'arrivée de Megan en février 1989, Mary, ma conseillère, me fit remarquer que je ne retirais jamais mon manteau. Le chauffage était allumé et je restais là à transpirer. Ce n'est qu'à ce moment-là que je déboutonnai mon manteau pour lui montrer mon ventre de huit mois.

— Oh mon Dieu !

Sa surprise indiquait que je n'avais pas encore tout dit. Je ne lui avais pas avoué que les violences se poursuivaient.

Ensuite, il me fallut « avouer » la grossesse aux travailleurs sociaux – mais c'est peut-être Mary qui le leur dit. Je ne me souviens pas de grand-chose à ce propos, mais je sais que j'ai manqué ma visite aux filles du mois de février parce que leur sœur est arrivée le 11. Alors, peut-être que tout le monde devina que le père était mon beau-père.

Bien plus tard, McDarby dut se présenter au centre pour une séance où j'étais censée lui dire ce que j'éprouvais lorsqu'il me violait. Grande idée ! Il n'accepta que parce que je mentis et lui dis que j'allais récupérer les enfants. Quoi qu'il en soit, je fus incapable de dire un seul mot. Je me recroquevillai dans ma chaise et je ne pus ouvrir la bouche. Comme il ne voulait pas parler, Mary dut abandonner son idée. C'était un désastre, et cela ne m'aida guère quant à ma confiance dans l'utilité du centre. Les travailleurs sociaux nous demandèrent aussi de nous présenter tous les deux pour discuter des enfants, mais cela ne servit à rien. Devant lui, je ne voulais pas parler, et il refusait de répondre à leurs questions sauf par un mot ou deux. La seule conséquence fut qu'on lui demanda de ne pas s'approcher des enfants. Pourquoi cela ne pouvait-il pas s'appliquer à moi ? Qu'il ne s'approche pas de moi ? La vérité, c'est qu'il aurait été impossible pour moi de rompre tout contact parce que je dépendais de lui pour tout. Je ne pense pas que les travailleurs sociaux, ou qui que ce soit d'autre, furent capables d'évaluer avec précision le piège dans lequel je me trouvais.

Ma dépendance financière était colossale. J'avais besoin d'argent pour voir ma conseillère (les services du centre étaient payants), j'avais besoin d'argent pour les enfants, pour les transports quand j'allais voir les filles, j'avais besoin d'argent pour mes propres vêtements. C'était une situation ridicule. L'argent servait surtout pour les enfants et pour le centre. Je n'avais pas d'amis, donc pas de tentation de dépenser de l'argent en sorties. En fait, je ne crois pas que j'aurais su comment le dépenser pour moi, sauf pour quelques vêtements.

Je tiens à le rappeler : l'argent ne manquait pas. Beaucoup de gens croient que ce genre de choses n'arrive que dans certaines classes sociales.

Quand j'y repense, je suis sûre que j'essayais de compenser auprès des filles les dégâts que j'avais pu causer. Je leur achetais beaucoup de cadeaux parce que cela rendait les visites un peu plus faciles. Je les regardais déballer leurs paquets et je les aidais ensuite à jouer avec leurs poupées ou je leur lisais leurs livres. C'était beaucoup plus facile que de rester là à essayer de faire la conversation ou inventer des jeux devant les travailleurs sociaux. Par la suite, je pus aller les voir chez leur famille d'accueil. Eux aussi surveillaient la manière dont j'étais avec les filles, et ils devaient en rendre compte aux services sociaux.

C'est à Holles Street que j'accouchai de Megan. Rory passa la semaine à Ardee. McDarby me conduisit à la maternité et ne s'arrêta que le temps que je sorte de la voiture. Je me retrouvai seule. Pour lui, il fallait que j'accouche dans des hôpitaux différents afin que le personnel médical ne rassemble pas les pièces du puzzle. Le travail fut terminé en à peine plus de trois heures. Je n'avais pas réfléchi à un prénom, mais, à l'hôpital, quelqu'un parlait d'une émission de télé et je compris qu'il s'agissait des *Oiseaux se cachent pour mourir*, où il y a une fille qui s'appelle Megan ; alors, j'optai pour Megan. Trois jours plus tard, nous quittâmes l'hôpital.

Je n'ai jamais envisagé de la faire adopter. Comme Andrew d'ailleurs. Je n'avais pas voulu le faire adopter… Les choses m'avaient échappé. C'était peut-être parce qu'on m'avait enlevé Andrew que je n'ai jamais imaginé de ne pas garder Megan. Aujourd'hui, cela me perturbe que personne, ni aux services sociaux ni au centre, ne m'ait jamais demandé comment j'allais faire pour m'occuper de ce bébé. Et personne n'a jamais demandé quoi que ce soit à mon beau-père.

Ma mère n'a découvert son existence que lorsque Megan avait déjà quelques mois. J'avais emménagé à Cabra juste avant la naissance – je n'ai aucun souvenir précis de cette période. Les fragments que je me rappelle concernent le peu d'affaires dont je disposais. Je n'avais pas de poussette, pas de lit, et la propriétaire n'autorisait pas les bébés. Il fallait donc que ma fille ne fasse aucun bruit. Jamais. Comme je n'avais personne à qui la confier, je l'emmenais partout, lors des visites à ses sœurs, au centre, et c'est pour cela que nous forgeâmes un lien si fort. Je ne sortais pas beaucoup et, le cas échéant, je ne parlais qu'avec les vendeuses. Je continuais à croire que quelqu'un me traquait et qu'il allait pénétrer dans l'appartement pour nous attaquer, le bébé et moi. Je vivais dans une terreur constante, ce qui explique sans doute pourquoi ma mémoire a effacé autant de choses.

Après la naissance de Megan, tante Josie revint nous rendre visite. Lorsqu'elle découvrit que j'avais un bébé de plus, elle parut effondrée :

— Mais comment vas-tu t'en sortir ?

Chaque fois qu'elle parlait de McDarby, elle disait « ... cet horrible individu ! » Je sais qu'elle était folle de rage contre ma mère, parce qu'elle pensait qu'elle était au courant de tout.

— Comment peut-elle laisser cela continuer ?

Encore une fois, je n'avais aucune réponse. Josie m'accompagna pour l'une de mes visites aux services sociaux, et je crois qu'elle fit sa petite enquête pour découvrir ce qui se passait. Je ne sais pas ce qu'elle apprit, ou si elle ne découvrit rien du tout. Il est plus probable que les travailleurs sociaux ne lui dirent pas grand-chose parce qu'ils préféraient s'adresser directement à moi. Ce fut la dernière fois que je la vis. Elle était déjà très âgée, et sa santé commençait à flancher. Je ne pouvais pas lui en vouloir de se sentir dépassée par ma situation. Je suis sûre qu'elle ne pensait pas pouvoir faire quoi que ce soit d'important pour me venir en aide.

Je présentai Megan à ses grandes sœurs en présence des travailleurs sociaux. Elles furent tout excitées et elles voulurent à tout prix toucher ses petites mains. On consigna que les filles étaient toujours contentes de me voir arriver et tristes de me voir partir. Mes efforts commençaient à payer.

Quand j'ai écrit ce livre, on m'a demandé pourquoi Megan n'avait pas été placée aussi. C'est une question que je me suis posée toutes ces années. La seule réponse que je peux donner, c'est que j'ai dû avoir l'air d'être une bonne mère. Au beau milieu de tout ce chaos et cette pénombre, j'ai dû réussir un test.

Vingt-deux longues semaines s'écoulèrent ensuite avant que je puisse récupérer les filles, en août 1989. Lorsque fus certaine qu'on allait me les rendre, je demandai à McDarby ce que je devais faire. Je ne pouvais pas vivre avec quatre enfants dans l'appartement de Cabra. Il me répondit qu'il allait chercher une maison et, au moment voulu, il en loua une dans une banlieue de Dublin, dans le quartier de Monksfield, à Clondalkin.

11

Je n'aimais pas la maison. Elle était pratiquement nue, et les murs d'enceinte n'étaient pas assez hauts pour moi. Je ne m'y sentais pas en sécurité. Il y avait quelques meubles, une table, des chaises, la base, quoi, mais la moquette était crème, et cela me causait un stress affreux parce que la moindre tache se voyait. Je passais des heures à la nettoyer.

En revanche, les travailleurs sociaux des enfants vinrent l'inspecter, et elle parut leur convenir.

Finalement, je retrouvai donc mes filles. C'était un énorme pas en avant, mais sans doute un pas dont je ne m'arrêtais pas à me féliciter. J'étais cependant tellement soulagée. Rory vivait aussi avec nous et, bien sûr, il y avait la petite Megan. Je suppose que je faisais de mon mieux pour arriver à tout conjuguer. Avec mes enfants autour de moi, je me rendis compte qu'Andrew me manquait affreusement. Je n'arrivais pas à oublier que je l'avais laissé partir. Ashley était, elle aussi, assez grande pour qu'il lui manque et elle me demandait où il était allé. Tout l'épisode était plutôt abstrait dans mon esprit, mais je ne cessais de le rejouer en me demandant comment j'avais pu les laisser me le prendre. Je regrettais déjà profondément l'adoption et je n'ai jamais cessé de la regretter. Tout ce que je pouvais faire, c'était me concentrer sur son frère et ses sœurs. Je commençais à oser imaginer que les choses pourraient aller différemment et que je trouverais une manière de chasser McDarby de notre vie. Je me rendais rarement à Ardee, alors. Je ne pouvais plus affronter les cris et les insultes de ma mère. Comme prévu, sa réaction devant Megan fut de l'appeler « un autre des bâtards de mon mari ».

Je jetai tous les vêtements que les filles avaient portés pendant qu'elles étaient placées, une manière de mettre tout ce passé affreux derrière moi. Il leur fallut un peu de temps pour s'habituer à vivre à nouveau avec moi. Je me souviens d'avoir souhaité être plus affectueuse avec elles et de regretter de ne pas être capable de les prendre dans mes bras et de les embrasser aussi spontanément que ce que j'imaginais que les autres mères faisaient, mais les violences continuaient, et je sais qu'il n'était pas juste d'espérer que je puisse soudain me comporter différemment avec elles. Je m'efforçais quand même de les câliner, mais il n'y avait pas beaucoup de rires dans la maison. J'accomplissais les tâches de chaque journée l'oreille aux aguets, au cas où sa voiture pénétrerait dans l'allée. C'était une manière horrible de vivre. Il y a quand même une chose que j'étais bien décidée à faire, même si c'était également difficile, c'était de leur lire des histoires avant le coucher. Je ne suis pas sûre de pouvoir expliquer pourquoi c'était si difficile. Je n'ai sans doute pas pu imiter les voix des personnages, et j'étais incapable de m'évader dans ces histoires conçues pour rassurer les enfants et qui se terminaient toujours si merveilleusement. Je suppose que j'étais trop bloquée, trop traumatisée.

Nous passâmes une année dans cette maison, mais tout reste brouillé. J'inscrivis Rory et les filles à l'école, et les allers et retours le matin et en fin d'après-midi se mirent à rythmer mes journées. Au début, lorsque j'allais à l'école primaire du coin, je traversais une sorte de crise de panique. Naturellement, je ne voulais pas que les gens apprennent mon histoire et j'étais persuadée qu'ils me mépriseraient parce que j'avais autant d'enfants si rapprochés et pas d'alliance au doigt. Je décidai de dire à l'école que j'étais famille d'accueil, la seule solution pour éviter l'humiliation et les stigmates.

Le reste du temps, je m'occupais du bébé, nettoyais la maison et assistais à mes séances au centre. Je ne cessais pas de penser à ma vie ou à ce que je ressentais. J'étais toujours en pilote automatique, comme un robot qui se chargeait des corvées quotidiennes parce qu'il le fallait et qu'il n'y avait personne d'autre pour s'en occuper. Bien sûr, je devais continuer à essayer de le repousser. Je tentais de le menacer en lui parlant des services sociaux ou du centre contre le viol. Si cela lui donna à réfléchir, il ne s'empêcha pas de continuer à me violer plusieurs fois par semaine. Il ne changeait pas, mais pourquoi aurait-il changé ? C'était moi qui suivais une thérapie, pas lui.

Il payait toutes les factures, même si je pense que les travailleurs sociaux auraient pu m'aider à obtenir une pension pour les enfants.

Lors d'une séance au centre, Mary me demanda de regarder autour de moi et de choisir l'objet qui me ressemblait le plus pour expliquer comment je me voyais. Je sélectionnai le plus petit article de la pièce pour lui montrer combien je me sentais insignifiante dans un monde qui n'avait cessé de me submerger. Une fois, il y eut une femme qui vint faire des massages des mains aux patients. Quand elle me prit la main, tous les muscles de mon corps se tendirent. Je luttai contre l'envie de la frapper au visage en lui disant que je ne voulais pas de massage. Je ne voulais pas qu'on me touche. Personne.

Un an plus tard, McDarby acheta enfin une maison à Monksfield, juste en face de celle qu'il avait louée. La station-service de mon père avait été vendue, et il me prit ma part pour le premier apport en complétant le prix par un crédit. Lorsqu'il m'annonça qu'il achetait la maison, je ne pensais rien. Cela ne signifiait pas grand-chose pour moi puisque je pensais qu'il possédait tout le reste. J'ai de vagues souvenirs d'avoir emballé nos affaires et de les avoir transportées de l'autre côté de la rue. Je ne trouvais pas le quartier extraordinaire. Tout autour, il y avait de nouvelles maisons encore en construction, et l'ensemble n'était guère attrayant. De plus, il n'y avait rien d'autre pour nous distraire. La maison était jumelée et un peu délaissée, mais il l'avait choisie parce qu'elle avait un garage. En d'autres termes, il pouvait venir et laisser sa voiture à l'intérieur sans que personne ne le voie en sortir.

Dans ma vie de tous les jours, rien n'avait réellement changé. C'était comme si ma brève escapade aux États-Unis n'avait jamais eu lieu. J'étais là, à m'occuper des enfants, à passer des heures et des heures à faire le ménage et les repas, et à affronter ses visites fréquentes. La seule différence venait du centre et des services sociaux. Au cours des deux années suivantes, les travailleurs sociaux ne nous rendirent visite qu'une ou deux fois, ce qui m'étonne dans la mesure où Iseult et Ashley étaient encore sous tutelle. Ces visites visaient surtout à inspecter la maison et à m'inspecter, moi. D'après ce que j'en savais, ils n'étaient guère curieux au sujet du père, et aucun d'entre eux ne me demanda qui payait les factures ou comment je me procurais la nourriture.

Je n'avais toujours pas d'amis et je me sentais totalement coupée du reste du monde et de la normalité. La règle était toujours la même : je ne devais rien dire à personne.

Alors, je restais seule. Cela commença à poser quelques problèmes lorsque les enfants se firent des amis dans notre petit lotissement. C'était comme si nous glissions dans la vie « normale » avec les voisins, mais une vie pour laquelle j'étais mal équipée. McDarby venait quatre fois par semaine environ, et les gens n'ont pas pu ne pas remarquer encore une fois la différence d'âge. Je me sentais à nouveau complètement piégée. J'aurais tout aussi bien pu être de retour à Castleknock. Je recommençai à souhaiter disposer d'un quelconque soutien ou d'une manière de m'évader. C'est heureusement l'époque où, au centre, je fis peu à peu la connaissance d'autres personnes lors des groupes de parole auxquels j'étais obligée de participer.

Un gentil garçon, qui venait au centre, se mit à bavarder avec moi dans la salle du café. Il s'appelait Ben et il me demanda mon nom et si j'avais des enfants. J'expliquai qu'ils étaient le fruit de mes violences et il hocha la tête en expliquant qu'il avait entendu parler de moi. Ce fut un choc, parce que cela signifiait que quelqu'un du groupe avait raconté ce qui s'y passait à d'autres, ce qui n'était pas permis. Il s'ensuivit un moment pendant lequel je pensai que j'avais raison de ne faire confiance à personne et que les gens ne m'appréciaient pas. Tout ce qu'ils voulaient, c'étaient les ragots sur ma situation. Lorsque je retrouvai mon calme, je découvris que Ben habitait à quelques pâtés de maisons de chez moi et il proposa que je vienne prendre le thé. Je me liai également avec deux femmes, même si je n'étais guère bavarde. Certaines séances de groupe étaient vraiment difficiles, et je me sentais souvent perplexe lorsque je les voyais, en fin de séance, sortir leurs guitares et chanter comme s'ils étaient les plus heureux du monde. Je ne comprenais pas comment ils pouvaient se comporter avec autant d'insouciance, mais j'ignorais alors que c'était pour eux une manière de libérer leur énergie émotionnelle. Moi aussi, j'aurais eu besoin de la libérer, mais je devais évidemment m'empresser de rejoindre la maison et les enfants.

Je trouvais d'ailleurs difficile de me lier sincèrement aux autres patients. C'est dur à admettre, mais je sais que je devais être pleinement consciente que personne d'autre n'avait enduré le même niveau de violences continuelles.

Les gens réagissaient de manière mitigée à mon histoire. Je m'attendais toujours à ce que quelqu'un se mette à hurler et à fulminer pour faire quelque chose, comme appeler la police ; n'importe quoi qui empêcherait McDarby de m'agresser. À ce stade, beaucoup de gens connaissaient ma situation exacte : les travailleurs sociaux, les gens du centre et les amis que je m'étais faits là-bas, voire un ou deux voisins. Mais ils restaient modérés. C'était peut-être une trop grosse histoire pour les gens *normaux*. Ils ne digéraient pas. Les travailleurs sociaux n'avaient-ils pas déclaré que ma situation était incroyable, faisant ainsi écho aux paroles de mon violeur qui assurait que personne ne me croirait ?

C'est alors qu'il y eut une réaction appropriée, énorme, qui faillit bien me faire tuer. J'étais allée à une soirée du Nouvel An chez une voisine, à deux maisons de chez moi, et McDarby vint exiger que je rentre à la maison. Cela signifiait d'une part que j'allais déjà m'attirer des ennuis parce que je n'étais pas présente à son arrivée. La femme, dont les enfants jouaient avec les miens et à laquelle je m'étais brièvement confiée, l'affronta sans hésiter. En fait, elle éclata en le voyant, le traitant de tout parce qu'il me violait et qu'il était mon beau-père.

— Vous vous prenez pour qui de la traiter ainsi ? On devrait vous enfermer, parce que vous êtes malade !

Je me figeai pour ne bouger que lorsqu'il me foudroya du regard.

Je me précipitai hors de la maison, McDarby sur mes talons, mais, à ma grande horreur, elle nous emboîta le pas sans cesser de crier qu'il y avait vraiment quelque chose qui n'allait pas avec lui. Lorsque je parvins à notre porte, il grogna sans desserrer les dents :

— File en haut !

J'obéis, mais il ne fut pas assez rapide en refermant la porte. Il grimpa les marches après moi et, soudain, la voisine fut là, sur le palier, en train de continuer à l'insulter. J'étais terrifiée et je priais pour qu'elle disparaisse, car je savais que, grâce à elle, j'allais y avoir droit. En même temps, j'admirai sa force lorsqu'elle déclara :

— Vous êtes malade, un salaud de pervers !

Je n'avais jamais vu personne lui parler comme ça. Il perdit son sang-froid, une chose qu'il ne faisait jamais avec autrui – cela prouve à quel point elle l'avait perturbé –, mais il fit de son mieux pour le cacher, se contentant de lui faire une grimace de mépris en la traitant de traînée et de pute, ses mots favoris. Les enfants se réveillèrent, et je dus aller les calmer. Enfin, folle de rage, elle sortit de la maison. À présent, il pouvait me punir pour son éclat.

— Qu'est-ce que tu racontes aux gens ? Pourquoi cette traînée ose-t-elle me parler comme ça ?

Il me jeta sur le lit et, tout en me bourrant de coups, il se mit à m'étrangler. La violence était si familière, jusqu'à l'écœurement, que je me pris à souhaiter que, cette fois, cela soit différent. Je voulais mourir ; je voulais qu'il exécute enfin ses menaces. J'appelai la mort parce que je compris brusquement que, malgré tous mes efforts pour être meilleure, pour être une bonne mère, cela ne servait à rien parce que je resterais sa victime. Quel intérêt y avait-il à continuer ? J'avais les yeux qui sortaient de leur orbite, ma gorge se refermait, et j'eus l'impression que l'on m'enterrait lentement sous une lourde couverture noire. Je me souviens d'avoir pensé que ça y était et, à un moment, je m'évanouis. À ma grande consternation, je me réveillai le lendemain matin. Pendant toute la semaine, je dus porter un foulard pour masquer l'empreinte violacée de ses doigts. Bien que ravie d'avoir vu quelqu'un lui résister comme ça, je n'adressai plus jamais la parole à ma voisine. Pour ma propre sécurité.

C'est après ça que je décidai de répondre à l'invitation de Ben, du centre. Il me fallut planifier les choses parce que ma vie ne me permettait pas d'être spontanée. Si je n'étais pas à la maison quand McDarby venait, il me battait. En outre, il fallait que j'aille chercher les enfants à l'école. Ce n'était pas que j'aie spécialement eu envie de passer du temps avec ce type, mais j'avais besoin de quelque chose de différent. J'avais besoin de rompre le schéma de ma vie entre la maison et la violence. J'avais besoin de trouver un espace, aussi petit soit-il, où je pourrais respirer. Quelque chose au fond de moi avait décidé que cette visite aurait lieu, qu'elle *devait* avoir lieu pour mon propre bien.

Je pense que je devais aussi me demander si Ben pouvait m'aider. Ce besoin d'aide est ce qui motivait alors la plupart de mes actes. Il avait l'air de quelqu'un de gentil et j'aimais bien parler avec lui. En outre, il paraissait sincèrement soucieux du bien-être émotionnel de mes enfants et il me demandait très souvent de leurs nouvelles.

Le grand jour arriva. Je serrais dans ma main le morceau de papier sur lequel était inscrite son adresse, et je ne parvenais pas vraiment à croire que j'étais sur le point de lui rendre visite. Je restai littéralement juste le temps d'une seule tasse de thé, au milieu de l'après-midi, parce que c'était trop dangereux autrement. Il n'avait aucune idée que mon agresseur continuait à me rendre visite parce que j'avais peur qu'il en parle au centre. À mon départ, il me demanda si j'avais envie de revenir, parce qu'il avait des invités pour le dîner. Pour moi, c'était un défi considérable, car cela signifiait que je devais quitter la maison à l'heure du dîner – évidemment – et prévoir quelqu'un pour s'occuper des enfants. Mais je me contentai de hocher la tête en disant que j'allais y réfléchir.

Je n'étais jamais allée dîner chez quelqu'un et je m'émerveillais à l'idée que ce type ait envie de faire à manger pour ses amis. J'y allai, mais je restai trente minutes à peine. L'important était que je fasse quelque chose pour moi. Tendue à l'extrême, je me forçai à aller jusqu'à sa porte et je frappai en espérant qu'il n'avait pas *tout* dit à ses amis. Pourquoi ne pouvais-je pas être simplement cette vieille Mary par opposition à la Mary qui avait vécu toute cette merde ? Cette inquiétude s'ajoutait à ma timidité et à la peur de me faire prendre par McDarby. Il était à la maison avec les enfants. Je lui avais dit que je devais faire une course, car il n'y avait plus de haricots ou quelque chose comme ça, et je n'avais guère le temps de socialiser.

Chez Ben, il y avait deux filles et un autre type. J'eus mon habituel accès de panique en me demandant ce que j'allais bien pouvoir leur raconter et je m'assis en silence. Ils avaient terminé le dîner, ce qui ne me gênait pas puisque je ne mangeais toujours pas et que je n'avais aucun appétit. Ils avaient l'air en pleine forme ; ils riaient et plaisantaient. Je sentis monter l'impatience tandis que les secondes s'égrenaient. J'acceptai une tasse de thé pendant que le gars qui était assis en face de moi, Karl, tentait de me faire participer à la conversation. Il ne me quittait pas des yeux, ce qui me mettait encore plus mal à l'aise, et il ne cessait de jouer avec sa queue de cheval. Il sembla être un peu au courant pour moi et il fut assez hardi pour me poser des questions sur mon beau-père et mon argent, ce que je n'aimai guère. Je lui répondis d'un ton assez sec et je me contentai d'écouter les autres. Jill, l'une des filles, me demanda mon numéro de téléphone, que je lui donnai parce qu'elle était plus discrète que les autres.

La semaine suivante, je croisai Ben au centre. Il me demanda s'il pouvait nous rendre visite, à moi et aux enfants, mais cela aurait été bien trop risqué. En revanche, son amie (la fille à laquelle j'avais donné mon numéro de téléphone) m'appela et vint faire la connaissance des filles et de Rory. Je sais que j'éprouvais un peu de mépris pour elle parce que son expérience de la vie était si éloignée de la mienne, mais elle n'était pas du tout au courant. Je ne lui parlai pas trop de moi, et elle, elle voulait parler de garçons et de sorties. Outre les abus, j'élevais seule mes quatre jeunes enfants et je n'avais pas le temps de rêver à propos de trucs si peu importants. Comme les autres filles que j'avais rencontrées, elle n'avait pas d'enfant. Elle était donc libre d'aller travailler ou de s'asseoir chez des amis pour dîner ou boire autant de tasses de thé qu'elle le souhaitait. Je l'enviais pour ça, ce qui était certainement naturel. Néanmoins, chaque fois qu'elle me demandait de venir prendre un café avec elle ou aller faire du lèche-vitrine, j'acceptais quand c'était possible. Je me mis à me servir de SOS Viol comme prétexte. Je disais à McDarby que je devais m'y rendre pour une séance de groupe, et il était obligé de me laisser faire dans la mesure où Iseult et Ashley étaient toujours sous tutelle du tribunal.

Une fois, je la croisai après mon rendez-vous avec la conseillère, et elle me proposa de retrouver tout le monde pour un café chez Bewley's, dans George Street, mais il fallait que j'aille chercher les enfants à l'école. Comme d'habitude, Megan était avec moi, et je calculai que la seule possibilité qui s'offrait à moi était de prendre un taxi pour rentrer ensuite, ce qui me laissait quarante à cinquante minutes de liberté. Je ressentais de plus en plus le besoin d'être en contact avec d'autres gens et de faire quelque chose de différent. Je n'oublierai jamais le brouhaha qui régnait dans le café. Il était bondé et il me fallut contrôler ma panique. Lorsque j'aperçus enfin mes amis, je les rejoignis à la table et je commençai aussitôt à m'inquiéter de la manière dont j'allais participer à la conversation. Mes compétences en la matière n'étaient pas encore au point.

Ces rencontres dans les cafés se transformèrent en bouée de sauvetage. À part ça, mes journées consistaient à lever les enfants, leur enfiler leur uniforme, préparer leur déjeuner, nourrir Megan et garder la maison impeccable, vraiment, avant d'aller chercher les enfants à l'école, de préparer leur dîner et de les laisser jouer dehors jusqu'au soir, les faire rentrer et les coucher. Mais quelque chose avait changé au fond de moi : grâce au centre, je ne pouvais plus me passer de vie sociale sous une certaine forme.

Il s'avéra que je me fis des amis pour la vie. Ben ne faisait pas semblant d'être soucieux de mes enfants, il était absolument sincère. Comme il savait qu'ils manquaient de parents gâteaux, il endossa le rôle et, sans jamais manquer un seul Noël, à partir de ce jour, il envoya un paquet avec des cadeaux pour les enfants avec l'instruction expresse de ne pas l'ouvrir avant midi le jour du 25 décembre. Vous pouvez imaginer à quel point les enfants étaient enthousiastes lorsqu'ils étaient petits. Or, il n'était pas très riche et les cadeaux étaient de petites choses, mais la manière dont il les présentait, dans une grande boîte où il fallait fouiller dans la paille qu'il y mettait pour dénicher les cadeaux, les enfants n'étaient jamais déçus. Aujourd'hui, il demeure une personne importante dans la vie de chacun, et cela a commencé au centre à cette époque.

Un après-midi, à Bewley's, je reconnus ce type, Karl, à la queue de cheval et à l'attitude insolente. Cette fois, je le laissai me parler, même si je ne dis pas grand-chose de mon côté. Il me demanda mon numéro. J'avais conscience qu'il me plaisait, mais ses manières continuaient de m'agacer. Bref, quand il me demanda de sortir avec lui, j'acceptai. En fait, nous nous retrouvâmes tous les jours pendant les deux semaines suivantes. En raison de mes restrictions, nous nous voyions quand les enfants étaient à l'école, et Megan nous suivait partout. Nous allâmes dans un autre café de George Street et, une fois ou deux, nous marchâmes jusqu'à un complexe de cinémas au centre commercial du Square à Tallaght.

Au cours de ces « rendez-vous », qui ne duraient jamais plus de trois heures, c'est surtout lui qui parlait. Quand je m'exprimais, c'était pour inventer une vie imaginaire, pour moi et… pour lui. Karl voulait mieux me connaître, ce qui signifiait qu'il posait des questions. Il savait que j'avais été abusée sexuellement par mon beau-père et que mes enfants étaient de lui. Ça, je ne pouvais pas le faire disparaître. Toutefois, j'inventai que mon vrai père était vivant et que c'était un homme extrêmement riche qui possédait des maisons dans le monde entier. L'argent pourrait m'aider à me libérer de mon beau-père. En outre, je ne voulais pas que lui ou qui que ce soit d'autre sache que j'étais obligée de dépendre de mon agresseur pour l'aide financière.

Au cinéma, il encouragea Megan à jeter le pop-corn sur le sol. Je trouvai ce comportement absolument affligeant. Il l'incita aussi à sauter dans les flaques, une chose que je n'aurais jamais envisagée. Mais c'était là l'insouciance que je savais absente chez moi en tant que mère, et cela me rassurait.

À SOS Viol, les séances de groupe se déroulaient entre dix-neuf et vingt-deux heures. Chaque fois que je le pouvais, j'y assistais. Souvent, les autres sortaient après, mais je n'eus jamais envie de me joindre à eux. Ils parlaient essentiellement de leur vie, chose que je ne pouvais me permettre. Personne ne savait que je demeurais financièrement dépendante de mon agresseur et que j'étais toujours sa victime. L'une des rares fois où je les accompagnai, Karl était là, et le temps avait passé sans que je m'en rende compte. Lorsque Karl m'annonça qu'il était près de onze heures, je compris que j'allais le payer. Liam, un de ses amis, proposa de nous reconduire tous les deux. Je fis de mon mieux pour masquer mon anxiété et j'étais en train de demander à cet ami de s'arrêter en haut de notre rue lorsque la jeep de McDarby nous dépassa à toute vitesse. J'eus aussitôt une crise de panique. Je n'arrivais pas à arrêter de trembler et j'étais en hyperventilation. Je finis par vomir. C'était comme si on me poursuivait dans la rue, mais j'étais immobile. C'est la seule manière dont j'arrive à décrire ça. Une voix hurlait dans ma tête : *Qu'est-ce que je vais faire ? Mais qu'est-ce que je vais faire ?*

Les deux autres étaient évidemment stupéfaits par mon comportement. Pour finir, j'expliquai à Karl que mon beau-père continuait à venir et qu'il refusait de me laisser tranquille. C'était tout ce que je pouvais dire, mais je pense qu'il fut capable de lire entre les lignes, et je fus pétrifiée de honte.

Liam me pria de rentrer avec lui afin que son épouse puisse prendre soin de moi. Comme je ne savais que faire d'autre, j'acceptai, glacée à l'idée que McDarby avait pu me voir et qu'il allait à présent nous suivre jusqu'à Tallaght. Tout redevient un peu brouillé. Je pense que, étant donné ma terreur indicible, je restai une ou deux nuits. Siobhan, la femme de Liam, essaya de me faire manger, mais cela m'était impossible, pas plus que je n'arrivais à dormir tant j'étais inquiète pour les enfants. L'ami de Karl me fit passer devant la maison en voiture et, quand j'aperçus la jeep de McDarby, je compris qu'il n'avait pas laissé tomber les enfants.

McDarby dénicha le numéro de téléphone d'une des filles du centre ou peut-être trouva-t-il où elle travaillait, et il se pointa comme ça pour savoir où j'étais. On me dit qu'il faisait tout un foin pour me retrouver. Je ne pourrais compter le nombre de fois où, au cours de ces deux jours, je vomis. Siobhan me conseilla de déposer une demande d'interdiction de m'approcher, mais, comme je n'étais pas mariée, je ne pouvais obtenir qu'une ordonnance de protection. Franchement, je ne me souviens pas vraiment de tout ça, si ce n'est qu'il me fallut remplir un formulaire pour déclarer à qui de droit que mon beau-père m'abusait. Siobhan m'accompagna au tribunal des affaires familiales de Dublin, et j'en ai effacé tout souvenir parce que j'étais dans un tel état ! C'est elle et Karl qui ne cessaient de me rassurer en me disant que tout irait mieux quand j'obtiendrais l'ordonnance, mais je n'avais guère confiance, parce que je pensais que rien ne pouvait me protéger de lui.

Personne d'officiel ne me proposa jamais de prendre cette voie et de réclamer une ordonnance de protection. C'est ce qui me frappa à l'époque : pourquoi fallait-il que ce soit des gens ordinaires qui me conseillent d'en demander une et qui m'aidèrent avec la paperasse ? C'était l'aide dont j'avais rêvé depuis longtemps des services sociaux : quelque chose de concret.

Il me fallut patienter quelques jours pour que l'ordonnance soit délivrée. En attendant, je restai chez Karl, morte d'inquiétude pour les enfants. Je savais que McDarby s'en occupait, mais étaient-ils bien soignés ? Les conduisait-il à l'école ? Allait-il les laisser être placés ? Les filles étant toujours sous tutelle, ce n'était peut-être pas le meilleur moment pour faire tout ça. J'étais bourrelée de doutes et je n'arrivais pas à comprendre la confiance de Karl qui pensait que tout s'arrangerait. J'avais l'impression de me regarder d'en haut en pensant : *Mais qu'est-ce que tu fiches* ? Avais-je un plan ? J'étais la mère de ces enfants, j'étais la victime de McDarby, et il y avait des règles, un système. Quelles seraient les conséquences si je m'attaquais au système ? Je ne voyais pas comment mes amis pouvaient être si optimistes. Tous ces gens faisaient partie intégrante de ma vie, mais aucun n'avait d'enfant et aucun n'avait la moindre idée de ce qu'était McDarby. Moi seule savais à quel point cela pouvait être terrible.

Lorsque l'ordonnance fut prononcée, Karl me raccompagna à la maison, mais je le suppliai d'attendre en haut de la rue jusqu'au départ de McDarby. Dès que mon beau-père m'aperçut, il me menaça en brandissant l'ordonnance de protection et me dit que cela ne ferait aucune différence parce qu'il connaissait d'autres manières de « m'avoir ». Je le crus. Il s'arracha à la maison en me laissant tremblante et nauséeuse. Quelques secondes plus tard, Karl arrivait, toujours convaincu que les choses allaient s'arranger. Lorsqu'il constata à quel point j'étais terrifiée, il me proposa de rester pour empêcher McDarby de revenir et de m'agresser. Karl était plus petit et plus léger que McDarby, et, bien que je n'eusse aucune foi en lui pour me protéger physiquement de mon beau-père, c'était la première personne qui m'offrait de me défendre. J'avais trouvé un véritable allié. Alors, il resta avec moi, sans avoir certainement aucune idée de ce dans quoi il se lançait. À peine âgé de vingt-six ans, Karl adopta un rôle colossal sans aucune hésitation.

J'ai appris que Karl était quelqu'un qui aimait s'engager dans des causes et, au début, je pensais que c'était uniquement ce que nous étions, les enfants et moi : des causes perdues qui avaient besoin de son aide. Il se plongea dans nos ennuis et était très préoccupé de notre bien-être. De plus, il faisait de son mieux pour me faire sourire ou rire aux éclats alors que j'étais bien trop réservée pour rire aux éclats. Le fait d'accepter d'avoir une relation avec lui ne fut pas facile à décider parce que je continuais d'entendre la voix de McDarby qui me disait que j'étais trop laide pour qui que ce soit. Pour Karl, une relation avec moi allait lui enseigner la patience, parce qu'il allait devoir en faire preuve à tous les niveaux. Quoi qu'il en soit, nous étions attirés l'un par l'autre, et cette relation se mit à progresser au milieu de la terreur et du chaos absolu.

Le résultat de l'ordonnance de protection fut que McDarby supprima toute assistance financière. Je n'avais toujours pas d'argent à moi. Je n'avais pas de compte bancaire et je n'avais jamais payé une seule facture de toute mon existence. Le rappel de la facture d'électricité arriva ; j'avais déjà du retard, et on m'annonçait que je disposais de dix jours pour régler ma dette. Karl ouvrait le courrier et me répétait de ne pas m'inquiéter. Il faisait ses études et travaillait à temps partiel. Lorsqu'il ne pouvait rester à la maison, il avait organisé les choses pour qu'un de ses amis le remplace à mes côtés. J'avais peur que McDarby vienne et j'étais reconnaissante de la compagnie.

McDarby se mit à appeler la maison. Quand il était là, Karl répondait au téléphone, et McDarby exigeait de savoir ce qu'il faisait dans sa propre maison et lui disait qu'il devait quitter immédiatement les lieux. Karl lui disait à son tour où il pouvait aller et raccrochait. Cela ne cessait pas. McDarby devenait de plus en plus insultant à l'égard de Karl, mais lui demandait aussi ce qu'il voyait en moi, comme si je n'étais qu'un morceau de saleté sur le sol. Karl était authentiquement stupéfait que personne n'ait essayé d'empêcher cet homme de me faire du mal. Pas une seule fois il ne me vint à l'idée de changer de numéro de téléphone. Alors que les coups de fil devenaient de plus en plus fréquents, Karl se mit à dire aux enfants qu'ils allaient faire un concours de cris et, alors que j'essayais d'entendre les menaces de McDarby, les enfants hurlaient comme des fous. Je ne comprenais pas l'attitude de Karl, mais, une fois encore, il n'aurait pas pu comprendre ma terreur. Il fit cependant une remarque sur ma manière dominante de gérer les enfants. Un soir, il vit Rory, Ashley et Iseult se mettre en rang devant moi pour me faire signer leurs devoirs. Ils me tendirent leur cahier l'un après l'autre, en silence, et, sans prononcer une seule parole, j'apposai mon nom sur le cahier avant de passer au suivant.

Je n'avais pas d'argent et, malgré toutes leurs bonnes intentions, Karl et nos amis ne paraissaient pas comprendre la situation affreuse dans laquelle cela me laissait de devoir vivre dans la maison de McDarby et de nourrir quatre enfants. C'était comme un château de cartes qui ne pouvait pas durer. J'avais besoin d'argent. Il me fallait de l'argent. Lorsque McDarby téléphona pour me dire qu'il me donnerait de l'argent uniquement si j'acceptais de le rencontrer en haut de la colline depuis Monksfield, j'acceptai. C'était inévitable. Il se gara en haut de la colline et, dès que j'ouvris la portière du passager, il commença à m'indiquer que j'avais intérêt à fiche Karl dehors… Je montai à côté de lui sans rien dire, faisant de mon mieux pour ne pas l'inciter à venir provoquer Karl à la maison. J'acceptai tout ce qu'il voulut parce que c'était mon seul choix. Je le laissai croire que j'allais lui obéir et que j'allais me débarrasser de Karl. Il me tendit l'argent en me toisant.

— Tu vois, dit-il, tu n'as personne d'autre que moi pour s'occuper de toi. Mais si tu m'empêches d'entrer dans ma maison et de voir mes enfants, ce sera terminé. Tu n'auras absolument rien, dans ce cas.

J'avais horreur de devoir rester là, assise comme un mendiant à attendre mon obole.

Des gens bien intentionnés ne cessaient de me répéter que je n'avais qu'à le tenir à distance, mais je ne savais pas comment faire. Cet homme m'avait manipulée corps et âme pendant plus de dix ans et je n'étais pas prête à rompre définitivement ce lien parce que je ne pouvais pas vivre sans son argent pour nourrir les enfants et payer les factures. Personne ne paraissait capable d'inventer une meilleure solution que McDarby pour ça. Il payait le crédit et toutes les factures, il payait toute la nourriture et tous les vêtements et toutes les chaussures et toutes mes séances de thérapie. Expliquez-moi comment j'aurais pu laisser tomber tout cela brusquement ?

En dépit de l'ordonnance de protection, il vint deux ou trois fois jusqu'à la maison, et Karl appela la police. J'avais l'impression que le monde s'écroulait devant moi. Je suppose que, d'une certaine manière, c'était bien le cas. Karl représentait un changement majeur, un nouvel ordre tout entier par rapport à la manière dont j'avais été habituée à vivre toute ma vie. Je n'arrivais pas à m'y retrouver. C'était déjà assez difficile pour moi d'avoir une relation et de tenter de trouver un semblant de normalité. Karl avait des relations sexuelles avec moi, mais il ne pouvait pas s'approcher mentalement ou émotionnellement de moi. *Grâce* à mon beau-père, le sexe me laissait indifférente. Nous n'échangions pas de baisers ; c'était juste une question de « s'insérer ici ». Karl ne pouvait pas davantage m'étreindre, mais je le laissais tenir ma main pour dix secondes au maximum avant que cela ne devienne insupportable. L'intimité était un concept qui m'était étranger. Bien sûr, Karl voyait qu'au lit, je m'éloignais. Il se demandait ce qui n'allait pas entre nous, mais je n'avais aucune réponse à lui donner. Il y avait encore beaucoup de choses que Karl ignorait, notamment l'adoption d'Andrew. Je n'avais aucune idée de la manière dont on vivait une relation. Lorsque j'avais le temps de réfléchir à tout ce qui était en train de se passer, je me sentais seulement coupable et inquiète parce que Karl était en train de s'impliquer avec moi et tout mon merdier, de se laisser empêtrer dans cette maladie qu'était ma vie. Et cela ne paraissait pas juste.

La situation était absolument chaotique, ce qui est une manière élégante de le dire. Nous n'eûmes ni l'un ni l'autre l'idée d'utiliser des contraceptifs et, quelques mois plus tard, je me retrouvai de nouveau enceinte, cette fois avec le bébé de Karl.

12

Cette grossesse fut si différente des autres ! D'abord, j'eus les examens prénatals requis et, ensuite, Karl m'accompagnait toujours. Cette fois, je dus dissimuler ma grossesse à McDarby. Bien entendu, il finit par le découvrir et me traita de putain, pour dire aussitôt que, si je quittais Karl, il prendrait le bébé comme le sien.

C'est l'époque où ma conseillère quitta le centre pour ouvrir son propre cabinet, mais je ne pouvais pas me permettre de continuer à la voir parce qu'elle coûtait plus cher. De désespoir, j'allai voir un médecin généraliste du quartier. Il me mit en contact avec un père de la congrégation du Saint-Esprit qui travaillait comme psychothérapeute privilégiant la thérapie comportementale émotionnelle-rationnelle. J'ignorais alors que j'allais le voir pendant les dix prochaines années ! D'ailleurs, j'aimais bien l'idée qu'il soit prêtre parce que je m'inquiétais effectivement de savoir si j'étais mauvaise ou possédée. Comment pouvais-je expliquer autrement pourquoi tout cela m'arrivait à moi ?

McDarby exigea de voir les enfants. Au sujet de Karl, il grognait :

— Je ne veux pas qu'un homme s'approche de mes enfants !

C'était encore une fois sa manière de me dominer. Il essayait de modifier mes sentiments vis-à-vis de Karl en insinuant que tous les hommes touchaient les enfants et qu'on ne pouvait pas leur faire confiance. J'essayais de l'empêcher d'approcher des enfants, mais il y avait des moments où il refusait qu'on le lui refuse. Comme je ne voulais pas qu'il vienne à la maison, je montais avec les enfants en haut de la colline, et nous le rencontrions dans sa voiture. J'avais peur qu'ils lâchent que Karl vivait toujours dans la maison, mais je n'aurais pour rien au monde imité son exemple en disant à mes enfants ce qu'ils devaient dire ou ne pas dire. Il savait que Karl était toujours dans le coin, mais il pensait peut-être qu'il nous rendait simplement visite. Tout ce que je pouvais faire, c'était espérer que le sujet n'allait pas surgir. Il leur donnait un peu d'argent, et les conversations étaient brèves et contraintes.

Un jour où Karl était à l'université et que mon amie Jill était avec moi, je me souviens d'avoir laissé échapper :

— Je n'arrive tout simplement pas à me libérer de lui.

Sa réponse me cloua sur place.

— Crois-tu que cela puisse être une addiction ?

Ses mots m'affectèrent profondément parce que je n'avais cessé de me dire que, si je pouvais rompre la chaîne, tout irait bien, mais la vérité était que je vivais ma relation à McDarby comme une puissante accoutumance. C'était comme s'il m'avait prise en otage toutes ces années et qu'une part de moi fît partie intégrante de lui. Il me possédait, littéralement, et j'étais complètement en phase avec lui. J'étais capable de lire ses expressions ; j'étais capable de deviner ses réactions ; j'étais capable d'interpréter ce qu'il pensait à partir d'un grognement. C'était une malédiction. J'étais maudite. Tous les autres, sauf les enfants, paraissaient si différents, si neufs. Je luttais pour trouver des réponses à donner à mes nouveaux amis, à

Karl et à mon thérapeute. Je luttais pour apprendre à les connaître et à trouver mon rôle dans ma relation avec eux. Je ne pouvais m'empêcher de penser qu'ils ne pouvaient pas du tout comprendre ce que je vivais. C'était si facile pour tout le monde de me dire de ne plus voir McDarby, mais ils n'avaient aucune idée de la terreur qui me submergeait lorsque j'envisageais une chose pareille.

Survinrent alors des difficultés que je n'aurais pas pu prévoir. Rory, qui avait alors dix ou onze ans, me demanda pourquoi son père ne venait plus. Je n'avais pas réalisé qu'il savait que McDarby était son père – en fait, je n'avais pas réalisé qu'il comprenait parfaitement la situation. Nous n'en avions jamais parlé et je n'avais certainement pas imaginé qu'il veuille passer du temps avec son père. Franchement, cela me fit un choc. À présent, lorsqu'il appelait, McDarby demandait à parler à son fils, et ce n'est que plus tard que j'appris qu'il incitait Rory à demander à Karl de quitter la maison de son papa, et qu'il lui disait de ne pas écouter Karl parce qu'il n'avait aucun droit sur lui. Évidemment, Rory n'aimait pas Karl.

En revanche, je fus surprise d'entendre Karl affirmer qu'il voulait assister à la naissance de notre bébé. Lorsque je lui demandai pourquoi, il répondit :

— Parce que c'est aussi mon bébé !

Je trouvai ça bizarre. Sans doute que je ne lui faisais pas encore confiance. Je ne croyais pas tout à fait qu'il voulait être là parce qu'il se souciait de moi. Les choses étaient encore tellement horribles que je continuais à le tenir à distance, sans parler du reste. Je me souviens d'une fois où il avait posé sa main sur ma joue et que j'avais éclaté en sanglots. C'était si difficile d'affronter tant de gentillesse que je me repliai sur moi-même.

Lorsque Dillon naquit, Karl fut tellement excité ! Nous l'avions appelé ainsi parce que j'étais fan de Bob Dylan.

Je le suis toujours, même si certaines de ses ballades les plus tristes m'ébranlent encore. Karl m'apporta des fleurs, ce qui me fit pleurer parce que cela ne m'était jamais arrivé. En attendant, j'étais terrifiée parce que j'allais emmener son fils dans la maison de McDarby. C'était une expérience si déroutante. Les gens étaient heureux pour moi et pour mon bébé. Les gens que nous connaissions lui apportaient des cadeaux et voulaient le prendre dans leurs bras. Lorsque je faisais les courses avec lui, les gens jetaient un œil dans le landau et me disaient qu'il était adorable. Imaginez un peu : c'était mon cinquième enfant et je n'avais jamais vécu ça. Alors, c'était comme ça, la vie « normale » ?

Je faisais de mon mieux, vraiment, mais, depuis la naissance de Dillon, tout ce que je peux dire, c'est que je n'arrivais pas à faire face. McDarby continuait à appeler pour lancer ses menaces et ses insultes habituelles, et j'allai le voir afin qu'il reste à l'écart. J'étais convaincue que, s'il s'approchait de nous, il tuerait Karl. La maison était bien trop petite pour nous tous, et Rory réclamait son père. Le fait d'avoir un bébé avec quelqu'un qui se souciait de moi avait fait s'écrouler des murs auxquels je tentais désespérément de me raccrocher.

Lorsque Dillon eut quelques mois, j'annonçai à Karl qu'il fallait qu'il parte avec le bébé. Une fois de plus, je m'effondrais. McDarby refusait à nouveau de nous donner de l'argent et, dans ma tête abîmée, la seule solution était de revenir à une situation connue, c'est-à-dire que Karl et Dillon, les nouveaux venus dans la famille, devaient nous quitter. Lorsque Karl déclara qu'il refusait de partir, je fus prise de panique. Heureusement, il comprit que j'avais besoin d'aide et s'adressa à l'infirmière de secteur pour lui demander conseil. Cette aide arriva en la personne d'une adorable dame chaleureuse appelée Kay. Par elle,

Karl entra en contact avec la merveilleuse Carmel M., une assistante sociale qui travaillait pour la Santé publique. Plus âgée, elle était vraiment pleine de sollicitude et prête à m'épauler. C'est grâce à elle que nous commençâmes à évoquer l'idée d'aller parler à la police pour déposer plainte contre McDarby, dont la réaction à la naissance de Dillon ne m'avait pas surprise :

— Oh ! un autre bâtard !

Je redoutais d'aller voir la police, mais Carmel et Jill m'y accompagnèrent. Je ne savais pas à quoi m'attendre et je fus interloquée de découvrir que le policier voulait entendre les détails de ce que je voulais mettre dans ma plainte. Je fus donc obligée de revenir sur toute mon histoire et de fournir des précisions, comme les endroits et les dates des agressions. Parce que j'évoquais des années d'abus, il me fallait aller au poste tous les jours, pendant plusieurs heures, et cela dura des mois. Un inspecteur masculin et une femme policière tout ce qu'il y a de plus gentils étaient sur mon affaire. Ils venaient me chercher à la maison et me conduisaient là-bas avant de me ramener. Ce qui me permit de traverser tout cela, c'est que je croyais vraiment que cela empêcherait McDarby de me faire du mal et qu'il serait accusé de viol qualifié, que le système judiciaire assurerait mon salut. Je voulais que ma vie soit validée : voilà ce qui m'est arrivé et voici les preuves

Mon beau-père jouait sur son avantage financier. Lorsque je lui disais que j'avais besoin de quatre cents livres, il m'en donnait cent en affirmant qu'il me donnerait le reste quelques jours plus tard, mais, alors, il ne me donnait pas tout, de manière à s'assurer que je sois obligée de le voir encore et encore. C'était sa manière de garder le contrôle sur moi.

Les policiers furent choqués par mon histoire et, souvent, ils s'exclamaient : « Oh mon Dieu ! » Je leur racontai tout : la mort de papa, l'arrivée de McDarby et tout le reste. Rory et moi, nous dûmes subir un examen d'ADN pour vérifier que j'étais bien sa mère et qu'il avait l'âge que je prétendais. En d'autres termes, ils voulaient avoir la preuve que j'étais enceinte à l'âge de seize ans et que j'avais accouché à dix-sept. Ils pouvaient alors accuser McDarby de viol qualifié puisque, en Irlande, l'âge du consentement légal était de dix-sept ans. Je trouvais tout cela extrêmement stressant. Hormis mes visites au centre, c'était la première fois que j'évoquais les violences avec autant de détails, et avec des policiers qui plus est. Je dus revivre des trucs que je voulais oublier. De plus, je devins paranoïaque en me disant que McDarby allait découvrir ce que je manigançais. Il ne pouvait pas ne pas lire sur mon visage ce que j'étais en train de faire.

Ce que je vais dire va avoir l'air absurde, mais, pendant tout ce temps, McDarby parut sentir que j'étais tendue et il décida que c'était « ce Karl » qui en était responsable ; alors, il organisa des vacances pour que je m'éloigne un peu de Karl.

Oui.

Je sais.

Il m'emmena avec les enfants pendant quatre jours dans un parc à thème au pays de Galles. Je ne me souviens pas de grand-chose, mais je pense que les enfants se sont amusés. Pourquoi ai-je accepté d'y aller ? J'étais tellement obsédée à l'idée qu'il pouvait me soupçonner de parler à la police que je saisis cette occasion pour le calmer. Je me disais : *Si je vais avec lui, il ne devinera jamais ce que je suis en train de faire.* Je trouvai une baby-sitter dans le coin et je l'emmenai parce que je ne voulais pas rester seule avec lui et les enfants. Aujourd'hui, ce voyage est l'un de mes plus gros regrets, mais je comprends à présent pourquoi j'y allais. Je voulais maintenir la paix et me comporter « normalement », du mieux que je le pouvais.

Cependant, je ne pouvais pas expliquer au gentil policier où j'allais, et Karl eut du mal à comprendre ma manière de raisonner. Il savait que j'aurais des problèmes à cause de la déposition, et il fit de son mieux pour comprendre mon raisonnement irrationnel, mais je sais que personne ne pouvait me comprendre. Pour moi, ce séjour correspondit à quatre jours de comédie intense. J'avais l'impression que McDarby pouvait lire en moi aussi bien que je pouvais lire en lui, et je dus feindre que tout se passait comme cela devait se passer, alors qu'au fond de moi, j'étais en train de friser l'hystérie. Quand j'y repense, je ne crois pas avoir prononcé beaucoup de mots pendant le séjour. J'essayais de rester intacte. Je veillais en outre à ce que la baby-sitter et les enfants dorment dans la même chambre que moi.

À mon retour, Karl m'annonça qu'il avait regardé un documentaire sur le syndrome de Stockholm et qu'il commençait seulement à comprendre réellement l'effet que la violence d'une vie entière pouvait avoir sur moi et pourquoi je me sentais ainsi liée à mon beau-père malgré tout ce qu'il m'avait fait. En l'écoutant, je cherchais à me comprendre moi-même et à comprendre pourquoi j'éprouvais tant de culpabilité à l'idée d'attirer des ennuis à McDarby. Le syndrome de Stockholm devait son nom au siège ayant eu lieu en 1973 dans une banque de la capitale suédoise. Le cambrioleur avait retenu en captivité quatre employés pendant six jours, période au cours de laquelle sa relation avec les otages avait évolué au point que l'une des femmes voulut partir avec lui et qu'on raconta qu'ils se seraient fiancés (ce qui était faux). Le ravisseur avait été incapable de tuer les otages, affirmant qu'ils étaient trop gentils avec lui, et ceux-ci s'étaient mis à le considérer comme leur chef, un homme qui méritait des louanges parce qu'il ne leur faisait aucun mal. En fait, les otages étaient plus inquiets par l'idée que c'était la police qui risquait de leur faire du mal ou de les tuer. Ils ne cessaient de dire que leur agresseur était gentil. C'est un mécanisme de défense qui se met en place lorsqu'une personne se sent physiquement menacée par un individu, en l'occurrence le ravisseur ou l'agresseur, et qu'elle est convaincue que sa vie est en danger. La victime adopte le point de vue de son agresseur comme le seul possible et croit qu'il lui est impossible de lui échapper. Vous voyez où je veux en venir ? Le plus difficile pour les gens qui entendaient mon histoire, y compris les gens des services sociaux, la police ou les avocats, c'était peut-être de mesurer à quel point je me sentais en danger de mort à cause de cet homme.

Après la déposition, les semaines s'écoulèrent et je n'avais rien d'autre à faire qu'attendre des nouvelles. J'étais dans les limbes. La perspective de me présenter devant un tribunal me terrifiait, mais je me disais que je devais aller jusqu'au bout si cela pouvait arrêter les viols et les coups. Un jour, le téléphone retentit. Je répondis et c'était mon beau-père qui m'annonçait fièrement qu'il ne serait pas poursuivi. Je n'oublierai jamais ses paroles :

— Je t'ai dit que personne ne te croirait. Tu n'es qu'une balance !

L'Irlande et le bureau du procureur m'avaient laissée tomber. Mon estomac dégringola et mon sang se figea. J'étais pétrifiée.

Je ne peux même pas dire que ma vie se réduisit en miettes –elle l'était déjà –, mais j'eus quand même l'impression qu'une nouvelle couche venait s'ajouter au reste. Comment était-ce possible ? J'avais trouvé le courage d'aller voir la police et, aidée par des réactions empathiques de la part des policiers que j'avais rencontrés, sans parler des travailleurs sociaux et de tous les amis auxquels j'avais raconté mon histoire ou, au moins, une partie de mon histoire, j'avais passé des mois à expliquer mes années de misère. Karl était la seule personne qui voyait exactement comment les choses se déroulaient et qui découvrait chacune de mes facettes au fur et à mesure. Comment se pouvait-il que quelqu'un assis dans un bureau puisse lire les faits et prenne la décision de ne pas en référer au tribunal ? Cela rendit Karl fou et il se mit à faire campagne au téléphone auprès de tous les gens auxquels il pouvait penser. Il refusait d'accepter la décision. Il écrivit au bureau du procureur pour réclamer une explication et reçut une lettre qui lui expliquait que cela nuirait à mes enfants de poursuivre l'affaire. Tout ce que j'avais dans la tête, c'est que cela ne s'arrêterait jamais. Personne n'allait empêcher McDarby de me posséder ? Personne.

Dillon avait à présent six mois, et je faisais de mon mieux pour évacuer la douleur et le choc en me concentrant sur lui et sur mes autres enfants. Je souffrais peut-être aussi de dépression postnatale, mais je n'en suis pas sûre. Le mois qui suivit cette nouvelle est perdu dans un brouillard. Je sais que j'appelai le médecin, mais que je refusai ses antidépresseurs. Je ne comprenais pas vraiment ce qu'était la dépression, à cette époque, et je voyais ça comme une maladie honteuse par-dessus tout le reste. Je savais d'un côté que j'en étais arrivée à un point où j'avais besoin d'aide, mais cela me paraissait aussi être un signe de faiblesse. Je me lançai dans un grand nettoyage. Dans mon esprit, si je pouvais faire en sorte que la maison reste propre et nette, je pouvais montrer au monde que tout allait bien. Je passais trop de temps à me préoccuper de ce que les autres pensaient de moi. La honte de mon passé, les abus sexuels et les années à dissimuler exigeaient trop de moi. J'étais tout le temps épuisée. L'entretien de la maison et le souci des enfants me submergeaient. Comme Karl était encore à l'université, nous n'avions aucun revenu, et le crédit n'était pas payé. Je voyais mon thérapeute deux fois par semaine et je réussissais tant bien que mal à gratter les fonds de tiroir pour la donation requise. À cause de la plainte, McDarby avait cessé toute assistance financière, et ma vie commença à ressembler à un long tunnel sombre sans aucune issue. J'envisageai brièvement de mettre fin à mes jours lorsque l'État refusa de reconnaître mes tourments. D'une certaine manière, je me laissai tomber. Un jour, j'appelai Carmel, l'assistante sociale, et lui demandai de venir me voir. La cuisine débordait de partout et il y avait beaucoup de linge sale, de quoi faire vingt machines, mais je n'arrivais à rien. Finis les jours où je faisais le ménage comme une folle ; maintenant, je n'avais pas de temps, pas d'énergie, et je ne voyais pas l'intérêt de laver les sols et les murs. Elle déclara que j'avais besoin de repos et qu'elle allait s'occuper de faire garder les enfants. Ce qu'elle me proposa, ce fut un lit temporaire à l'hôpital de Saint Loman. Elle prit tout en main parce que j'étais incapable de le faire, et c'est elle qui remplit un petit sac pour moi.

Comme Karl était à l'université, et les enfants, à l'école, elle lui laissa un message pour expliquer où j'étais et me conduisit à l'hôpital. Je dus m'enregistrer et je fus confiée à un adorable médecin qui me dit que je n'avais rien à faire là. Il me proposa cependant des antidépresseurs, mais je les refusai. Il me dit aussi quelque chose que je n'ai jamais oublié :

— Mary, les fous ne savent pas qu'ils sont fous.

Carmel répartit les enfants dans plusieurs familles, mais cela ne me gêna pas parce que j'avais confiance en elle et que je savais que ce n'était que provisoire. Comme Karl et moi n'étions pas mariés, il fallut également placer Dillon. On m'emmena dans un dortoir pour me montrer mon lit.

Je m'assis et je regardai autour de moi en me demandant ce que je devais faire. Une femme qui portait une écharpe dansait dans la salle, ignorant les autres. Je n'arrivais pas à la quitter des yeux. Il y avait toutes sortes de gens avec toutes sortes de problèmes. Ce soir-là, j'observai le rang de patients prêts à recevoir leurs médicaments. Ils ouvraient la bouche et attendaient qu'on leur pose le comprimé sur la langue. J'avais refusé d'avaler quoi que ce soit. Au fil des heures, l'inquiétude montait. Qu'est-ce que je fichais donc ici ? Je n'étais pas folle, et le médecin avait déjà dit que je ne devrais pas être là. Comme personne ne savait que faire de moi, j'avais atterri dans un hôpital psychiatrique alors que mon violeur de beau-père était en train de se balader en toute liberté. Je n'avais rien fait de mal. Je ne méritais pas cela, mais le bureau du procureur m'avait clairement montré que McDarby serait toujours libre de ses gestes, libre de toute conséquence et de toute punition. La seule qui devait payer, c'était moi.

Pour tout dire, j'avais en même temps l'impression de vivre une sorte d'épiphanie parce que je réalisai brusquement que je n'avais rien fait de mal et que je ne méritais pas d'être là. C'était McDarby le coupable, pas moi.

Pour me calmer, je me dis que, lorsque Karl lirait le message de Carmel, il viendrait me voir. Je n'en doutai pas une seule seconde. J'attendis des heures, mais il finit par arriver. Dès que je le vis, je chuchotai :

— Ils sont tous fous, ici. Je ne peux pas rester, il faut que je parte !

Il me regarda comme s'il allait répondre :

— Mais tu y es ; alors, tu es peut-être un peu folle, toi aussi !

En secouant la tête, j'ajoutai :

— Non, Karl, je ne suis pas folle. Je ne peux pas rester ici.

Je lui demandai des nouvelles des enfants et il me rassura. Ensuite, nous organisâmes notre fuite. Je lui confiai mon petit sac et je l'accompagnai à la porte comme si je voulais simplement lui dire au revoir, sauf que je franchis le seuil et qu'une fois dehors, nous nous mîmes à courir. Au bout de l'allée, Karl héla un taxi. En chemin, il me raconta qu'il avait déjà rencontré plusieurs personnes qui avaient rendu visite à des parents dans un institut psychiatrique et que la première chose que tous les patients disaient, c'était qu'ils n'étaient pas fous et qu'il fallait les sortir de là. En venant, m'avoua-t-il, il espérait que je ne dirais pas la même chose.

Lorsque nous entrâmes dans la maison vide, je découvris le désordre comme si je le voyais pour la première fois. Des assiettes sales, des tasses sales, du linge sale… Il y en avait partout. Je me laissai tomber sur une chaise et commençai à paniquer au sujet de la réaction de l'hôpital devant ma disparition. J'avais des visions d'hommes en blouse blanche qui me traînaient dans une ambulance. Il valait mieux leur téléphoner et leur expliquer où j'étais. Comme la facture du téléphone n'avait pas été payée depuis des mois, nous dûmes marcher jusqu'au village de Clondalkin pour appeler d'une cabine. Ils n'avaient pas encore réalisé que j'étais partie et assurèrent à Karl que j'étais dans mon lit. Finalement, il fut décidé que je me rendrais à l'hôpital de jour à la place, ce que je fis quelques jours plus tard. Ensuite, il fallut appeler Carmel. Pour moi, cela avait représenté beaucoup d'être dans cet hôpital et de réaliser que je n'avais rien à y faire. Il y avait beaucoup de choses qui n'allaient pas chez moi, mais je n'étais pas folle. C'était bon à savoir.

Il nous fallut du temps pour récupérer tous les enfants. Carmel avait décidé que j'avais besoin de repos et elle s'était organisée en conséquence. Dillon rentra le premier parce qu'il était bébé et qu'il avait été placé dans le quartier. Ashley et Iseult étaient à Madonna House, mais je pouvais au moins y aller facilement pour leur rendre visite et veiller à ce qu'elles aillent bien. En revanche, Megan et Rory étaient dans une famille d'accueil à Arklow, et nous n'avions aucun moyen de transport jusque-là. Nous leur téléphonions tous les jours, mais Megan ne s'en sortait pas. Sa mère d'accueil affirma qu'elle avait besoin d'un examen des yeux parce qu'elle ne cessait de trébucher. Cela ne nous parut pas cohérent, et nous demandâmes à Carmel d'aller vérifier. Il s'avéra que Megan souffrait d'angoisse de la séparation : c'était la première fois qu'elle s'éloignait de la maison et de moi, et elle refusait de manger et de boire. Elle finit dans l'hôpital de Cherry Orchard parce qu'elle souffrait de déshydratation. Une semaine plus tard, elle était de retour parmi nous. En attendant, je continuais à voir mon thérapeute et je faisais des efforts pour prendre soin de moi, y compris en acceptant de prendre des antidépresseurs. Au bout de six mois d'anxiété, au cours desquels nous rendîmes visite aux enfants chaque fois que nous le pouvions, ils furent enfin tous de retour à la maison.

Karl était encore furieux à propos de ce qui s'était passé avec le bureau du procureur. Alors qu'il ne voulait pas lâcher le morceau, mon attitude était du genre « même merde, différente manière ». Quel intérêt y avait-il à entretenir sa rage ? Rien n'allait changer. J'essayais toujours d'obtenir une pension de McDarby, mais il refusait de me donner quoi que ce soit sauf si je le laissais voir les enfants. Malgré ses actes, il était légalement en droit de leur rendre visite parce qu'il était leur père. Cependant, après ma plainte, ce droit de visite devait être supervisé, mais personne n'était disponible sauf moi. Cela rendait Karl dingue, bien sûr, parce qu'il était sûr que cet individu ne devait approcher aucun enfant. C'est Carmel qui suggéra que je poursuive McDarby au civil, parce que ce serait alors à lui de prouver qu'il n'avait pas abusé de moi.

Nous étions toutefois dans une position plutôt fragile, car la maison était au nom de McDarby, et c'était lui qui remboursait le crédit – ou qui était censé le faire. Des lettres arrivaient tous les jours à son nom, et Karl finit par en ouvrir une pour découvrir que la maison était saisie et que nous avions un mois pour trouver un autre logement. Karl trouva quelqu'un pour le conduire jusqu'à la banque afin d'expliquer notre situation. Il leur précisa qui vivait dans la maison, ajoutant que c'était mon beau-père qui en était propriétaire et que j'étais en train de m'organiser pour porter plainte pour des années d'abus sexuels. Lorsqu'ils eurent l'air de ne pas y attacher d'attention, Karl les menaça d'aller voir les journaux. Je n'avais pas la moindre idée de ce qu'il était en train de faire. McDarby avait dit à la banque qu'il possédait aussi une ferme à Carlow et la maison de ma mère à Ardee. Grâce à Karl, nous n'entendîmes plus parler de saisie.

Au milieu de tout ça, Noël approchait. Je ne possédais qu'un sapin miniature et je le posai sur le dessus de la télévision. Lorsque Karl le vit, il n'en crut pas ses yeux.

— Heu… C'est tout ?

À Ardee, nous avions toujours eu un véritable sapin de Noël. C'était simplement que tout allait si mal que j'avais oublié comment faire. Karl partit avec les enfants pour revenir avec le plus grand arbre que j'aie jamais vu. Il eut du mal à le faire entrer dans la maison, et moi, je pensais que ce serait un désastre. Mais non : Karl m'apprit à célébrer Noël en installant un arbre fabuleux avant de se donner la peine de le décorer avec des ornements et des lumières. J'étais introvertie, il était extraverti – un peu beaucoup, mais les enfants adoraient ça. Je me souviens d'avoir été contente qu'il soit là pour leur montrer qu'il y avait d'autres manières d'être.

Un jour, Karl m'annonça qu'il avait trouvé une avocate officiant dans l'ouest de Dublin. Malgré mes réticences, il alla la consulter, et elle lui répliqua qu'il fallait que je vienne en personne pour voir ce que nous pouvions faire. Moi aussi, je la trouvai un peu abrupte lorsque j'allai lui donner mon autorisation de réclamer mon dossier et tout ce qu'il y avait sur moi. Toutefois, lors de ma deuxième visite, elle fut plus chaleureuse parce qu'elle avait lu mon dossier. Je pense qu'elle n'arrivait pas à croire qu'il y ait eu si peu de réactions à mon histoire. Elle fit la liste des personnes que je pouvais poursuivre et m'assura que mon dossier était très solide.

J'allais donc faire un énorme pas en avant en regard de ma tentative précédente de ne poursuivre que mon beau-père. Il s'agissait d'une plainte au civil. Mon avocate voulait poursuivre McDarby, mais aussi toutes les personnes qui ne m'avaient pas soutenue alors qu'elles en avaient le devoir : les responsables des hôpitaux de Notre-Dame de Lourdes, de Coombe, de la Maternité nationale, de Holles Street, trois médecins, une association d'adoption, le Service de santé publique du Nord-Est et celui du Sud-Ouest.

À la maison, un autre problème avait surgi : Rory, qui avait alors douze ans, était de plus en plus malheureux de devoir vivre avec Karl et moi. Pour un si jeune garçon, il avait déjà eu son lot de soucis. Les analyses d'ADN avaient prouvé que McDarby était son père. McDarby n'avait cessé de le manipuler pour qu'il refuse la présence de Karl dans la maison. Son père l'utilisait évidemment pour créer des tensions, par exemple en prétendant que Karl l'insultait et le menaçait. Rory croyait les mensonges de son père ; comment le lui reprocher ? Nous en étions arrivés à un stade où Rory détestait Karl et exigeait d'aller vivre chez son père. Je ne savais pas du tout que faire jusqu'à ce que Carmel, l'assistante sociale, me dise :

— Écoute, Mary, si c'est ce que Rory souhaite, tu dois le laisser faire.

Je crus qu'elle était devenue folle, mais elle me demanda ensuite si je pensais que McDarby le prendrait avec lui.

— Non ! dis-je aussitôt en secouant la tête.

Mais comment aurais-je pu expliquer cela à mon fils ?

Rory fit son sac. Je ne découvris qu'après qu'il avait dit à tous ses camarades d'école qu'il allait vivre chez son père et qu'il ne reviendrait pas. Carmel nous conduisit tous les trois au rendez-vous avec McDarby qui, comme prévu, refusa de prendre son fils. Il raconta à Rory une histoire à dormir debout : il n'avait pas de maison pour lui et il lui fallait d'abord en faire construire une. Je savais qu'il était propriétaire des maisons de Carlow et d'Ardee. Son attitude était bien celle à laquelle je m'attendais, mais Rory fut anéanti.

On nous conseilla de lui faire suivre une thérapie dans un centre en internat. Cela me brisait le cœur, mais je sentis qu'il fallait que je le laisse partir. Hélas, comme tout le reste dans ma vie, cet épisode fournit une nouvelle preuve de la manière dont l'État et les gens soi-disant responsables peuvent vous laisser tomber. Il s'avéra que le centre faisait l'objet d'allégations concernant un membre du personnel qui aurait abusé des garçons. Dieu merci, rien n'arriva à Rory. Je n'en dirai pas plus parce que cette histoire n'appartient qu'à mon fils.

Les mois s'écoulaient, et je continuais mes visites à mon thérapeute et à mon avocate. Je faisais de mon mieux pour me contenter de ce que j'avais. Je me fis de nouveaux amis et, grâce à eux et à Karl, j'apprenais à quel point mon existence d'avant avait été anormale. Je voulais à tout prix réussir cette nouvelle vie. Je ne « construisais » pas le bonheur, mais ma colère avait disparu, ou, en tout cas, elle avait diminué. Oh ! j'avais encore des jours sombres, mais je faisais de mon mieux pour ne pas en parler. Les seules fois où je vis McDarby furent lors de ses droits de visite aux enfants, que j'acceptais afin d'obtenir de l'argent de sa part. Il n'en était pas moins toujours présent dans ma tête. Je n'avais pas besoin d'être face à lui pour qu'il me fasse du mal. En fait, sauf Rory, les enfants ne voulaient pas le voir. Iseult alla même jusqu'à dire qu'elle le haïssait et qu'il lui fichait la trouille. Elle se mettait à pleurer dès que je disais que nous allions le voir. Nous nous retrouvions généralement au McDonald's local. Je ne parlais jamais beaucoup et je le laissais bavarder avec les filles. Je ne pense pas qu'il sût jamais que la maison avait failli être saisie. Je n'avais pas envie de le voir, mais, si je ne venais pas, il n'y aurait pas d'argent. Tout ce dont il était capable, c'était de poser des questions aux enfants sur l'école avant de leur donner de l'argent. La tension était toujours palpable, et nous ne restions qu'une heure tout au plus avant de filer, soulagés que la visite soit terminée.

J'appris que Megan, neuf ans, se faisait tyranniser par un grand garçon du quartier. Carmel suggéra qu'il serait bon pour les filles de participer à la thérapie de groupe de Rainbows, une association proposant un suivi pour les enfants qui avaient perdu leurs parents, morts ou séparés. Je n'étais guère convaincue. Il est vrai que mes enfants étaient séparés de leur père, mais ce n'était pas un père normal et il ne l'avait jamais été. J'avais la sensation que le système avait des lacunes pour quelqu'un dans ma situation et celle de mes enfants. À ma connaissance, il n'y avait rien pour aider les gens comme nous. Cela étant dit, les filles furent enthousiastes et elles se rendirent aux séances, ce qui me permit aussi d'apprendre à m'occuper de moi. On leur enseignait à se ménager du temps et de l'espace, de faire des choses agréables pour elles-mêmes, comme prendre un bain à la lueur des bougies. En les regardant découvrir leur corps et leur monde intérieur de manière si positive, j'ouvris les yeux sur ce que je pouvais faire pour moi. Mes filles m'aidèrent à réveiller quelque chose en moi.

Mon avocate était devenue mon chevalier en armure étincelante. Nous étions merveilleusement proches. Au cours des neuf derniers mois, j'avais appris à lui faire confiance et à croire qu'elle allait changer les choses. Cela me paraissait si évident, maintenant que j'y pense. Tout au long, c'est d'une femme dont j'avais eu besoin, une femme qui se battrait pour moi, et je commençai, pour la première fois, à m'autoriser à imaginer que ma soif de justice allait être étanchée. Un jour, elle me demanda de passer. À mon arrivée, elle me guida jusqu'à une chaise en me priant de m'asseoir et en disant qu'elle était sur le point de dire la chose la plus difficile qui lui avait été donnée. Soudain, je fus prise de panique. Elle m'expliqua qu'elle quittait le cabinet pour un autre poste. Je n'arrivai pas à assimiler ce qu'elle disait. J'ai peut-être pleuré. Elle tenta de me rassurer en me disant que son patron, un homme, reprenait mon dossier et qu'il prendrait bien soin de moi.

13

Karl, qui avait terminé ses études, avait trouvé un job à temps partiel et il était en mesure de m'aider davantage à la maison. J'observais sa spontanéité avec les enfants et la leur avec lui, et je rêvais d'être plus détendue. Il m'accompagnait dans des sorties et m'emmenait à différents endroits afin que je puisse m'éloigner un peu de la maison. Je sais bien que j'avais l'air plus vieille que mon âge, que je me comportais, que je parlais comme si j'étais plus âgée. Je ne demandais qu'à parvenir à lâcher prise. Mon expérience de la vie avait été si étroite ! J'admirais la manière dont Karl accueillait les autres comme s'il n'avait pas un seul souci au monde. J'étais tout son opposé, j'étais réservée et gênée d'admettre combien d'enfants j'avais, car j'étais toujours sûre que les gens passaient leur temps à me juger.

Lorsque mon avocate quitta le cabinet, je n'eus que le choix de croire que son patron ferait de son mieux pour moi. Les choses avançaient incroyablement lentement. De temps à autre, je lui téléphonais pour avoir des nouvelles – ou il serait plus juste de dire que Karl me conseillait d'appeler. Il fallait que je me force parce que je trouvais ça très intimidant de parler à un avocat, mais je me disais qu'il savait ce qu'il faisait. Il n'était pas nécessaire de s'inquiéter ou de le harceler. Je le rencontrai également deux ou trois fois, mais rien ne se passait vraiment.

Rory fit sa confirmation en 1993. Je lui achetai sa tenue et je m'habillai moi aussi pour l'occasion. Nous étions présents, Karl et moi, avec Jill, mon amie, qui était la marraine de confirmation de mon fils. Un peu plus tard, je découvris que j'étais encore enceinte. J'étais déterminée à être « normale ». Cela me demanda de gros efforts, mais je décidai que j'avais assez traîné dans différents hôpitaux et je consultai mon propre médecin. Je m'avisai également que j'en avais assez d'être une mère célibataire. C'était ma septième grossesse et je ne supportais plus les regards dédaigneux sur mon annulaire nu. Les enfants grandissaient et amenaient des copains à la maison, ce qui m'ennuyait parce que j'imaginais que, si leurs parents venaient, ils tomberaient sur une famille très différente de la leur. J'étais lasse d'avoir honte de moi. Je l'expliquai à Karl, qui fut trop heureux de l'entendre. Il saisit le moment pour se mettre à genoux et me demander en mariage en me tendant une bague qu'il avait achetée des semaines auparavant.

Dès le départ, cette grossesse me sembla différente. Je sentis, en effet, le bébé bouger beaucoup plus tôt que pour les autres. À trente-trois semaines passées, je confiai mes inquiétudes au médecin qui m'envoya passer une échographie. À l'hôpital, j'eus une sorte de choc parce qu'on nous dit que nous allions avoir des jumeaux. Karl était fou de joie et il éclata de rire tandis que je me mettais à pleurer en me demandant comment j'allais pouvoir me débrouiller avec deux bébés en même temps.

À présent que j'avais une bague de fiançailles au doigt et deux bébés en route, je décidai qu'il était temps que Karl fasse la connaissance de ma mère. Cela faisait partie intégrante de cette vie normale que j'essayais de me créer. Ce ne fut pas une décision facile, mais je voulais lui montrer que j'avais trouvé quelqu'un, histoire de voir si cela améliorait ce qu'elle pensait de moi. Pendant des années, elle m'avait accusée d'avoir séduit mon beau-père et m'avait abreuvée d'horribles insultes. Comment pouvait-elle être aussi aveugle ? Cela me dépassait. Je pensais que, puisque j'avais un fiancé bien à moi, les choses pourraient s'arranger entre nous. Je n'étais pas sûre cependant de la manière de m'y prendre. Je redoutais ce que Karl penserait en voyant de ses yeux le chaos qui régnait dans la maison d'Ardee et je n'étais pas chaude à l'idée que nous allions parcourir tous ces kilomètres pour tomber sur une femme incohérente à cause de l'alcool. Je pouvais lui téléphoner pour lui dire que nous allions venir, et elle pourrait être sobre à ce moment-là, mais, dans le temps qu'il nous faudrait pour nous rendre à Ardee, la situation pouvait bien devenir désastreuse. Sans parler de McDarby. Je ne voulais pas le voir ni obliger Karl à l'affronter, mais je voulais que la rencontre avec ma mère ait lieu. Ce qui signifiait que je devais prendre le risque que tout se passe mal.

Alors, nous y allâmes. J'avais l'estomac noué de peur et d'anxiété. La maison ressemblait à un dépotoir, mais maman était sobre à notre arrivée. Je devinai cependant qu'elle filait boire une gorgée de vodka dès qu'elle le pouvait. Au bout d'une heure, je sus qu'il nous fallait partir. Nous parlâmes du mariage et des personnes que je pouvais inviter de son côté. Vous pouvez imaginer que cela ne fut pas une conversation facile. Néanmoins, j'espérais que certains des membres de la famille viendraient pour mon mariage. Nous partîmes avant qu'elle ne se mette à hurler. Karl n'était pas au courant. Sur le trajet du retour, il déclara qu'il la trouvait vraiment sympa. Je ne dis rien, mais j'étais soulagée quand même : tout s'était passé du mieux possible.

C'est Karl qui organisa le mariage. La seule chose dont j'eus à m'occuper fut ma robe, ce qui me perturba dans la mesure où je ne pouvais m'empêcher de penser que c'était quelque chose que j'aurais dû partager avec ma mère. J'avais fait la connaissance des parents de Karl, mais je sentais que mon passé était quelque chose de trop délicat à assumer pour eux. J'aurais aimé que ma mère s'intéresse davantage aux choses à faire et qu'elle m'aide à organiser le mariage, mais, comme d'habitude, elle était bien trop loin pour être d'une aide quelconque. Je n'avais jamais organisé ne serait-ce qu'un goûter, et Karl, en me voyant trembler sous la pression, se chargea des préparatifs. Notre budget était vraiment réduit, et il dut se montrer inventif. En outre, je n'avais personne pour me conduire à l'autel, jusqu'à ce que Pat, le père de Karl, se propose. J'étais triste que mon père ne soit plus là pour s'en charger. Mes deux frères avaient leurs propres problèmes, conséquences d'une mère alcoolique, et je ne voulais pas leur demander de jouer un rôle que, tel que je le devinais, ils n'étaient pas en mesure d'assumer. La seule chose dont je m'assurai, c'est que McDarby ne serait pas dans les parages.

Je sais que ma mère lui parla du mariage. Il appela pour m'invectiver, me disant que Karl ne voulait que sa maison et mon argent. Je me demandais de quel argent il parlait. Il m'assura aussi que je ne pouvais pas me fier à Karl, qui me quitterait un jour ou l'autre.

Pendant que Karl courait partout à essayer d'obtenir des prix intéressants pour les fleurs et le reste, je continuais à appeler l'avocat pour savoir où nous en étions. Il était souvent trop occupé pour me parler, mais je laissais des messages et je finissais par me sentir frustrée parce qu'il ne rappelait pas. Lorsqu'il communiquait avec moi, c'était pour me dire que les choses suivaient leur train et qu'il déposerait la plainte *bientôt*. Je m'étonnais de ce que le dossier avançait si lentement, mais je n'avais aucune raison de douter de lui. Après tout, c'était mon avocat.

Outre tout cela, je sentais une nouvelle énergie m'envahir. Je me mis à aller chez un coiffeur en haut de la rue. Je sais que vous avez du mal à comprendre pourquoi c'était si important pour moi, mais ça l'était. C'était comme si j'avais été enfermée depuis que j'étais petite et qu'à présent, avec Karl dans ma vie, j'étais en mesure d'essayer des choses qui étaient tout à fait normales pour les autres. Je m'émerveillais de pouvoir m'asseoir dans le salon de coiffure à écouter les autres femmes raconter leur vie et parler de leur famille aux coiffeurs. Pourquoi faisaient-elles ça ? Je ne pouvais pas imaginer parler de moi à ce point !

La veille du mariage fut une soirée étrange pour moi, et je me trouvai assaillie de doutes et de craintes. J'eus le temps de réfléchir que j'avais dix mois de plus que Karl et qu'il était, de mon point de vue, beaucoup plus beau que moi. J'entendais la voix de mon beau-père me répéter encore et encore que j'étais laide, laide, laide. Cette nuit-là, je me battis contre mes démons et fis de mon mieux pour les chasser avant l'arrivée de Jill, ma chère amie et mon témoin. Elle fit disparaître mes craintes en acceptant de se maquiller, ce qu'elle ne faisait jamais, uniquement parce que c'était important pour moi. Elle enfila sa robe lilas, puis m'aida à enfiler la mienne. Sous ma robe, mon ventre était pratiquement invisible.

Karl s'était débrouillé pour qu'une voiture nous conduise, son père et moi, jusqu'à l'église. J'étais nerveuse et j'espérais trouver sobre ma mère à l'église. Je savais que Rikki serait là parce que son ami avait proposé de s'occuper des photos. Dès que je sortis de la voiture, je fouillai la foule en quête de Rikki et je lui lançai en silence : « Est-ce que maman est là ? » Il secoua la tête en articulant : « Désolée, Mary. » C'était dur. Ce n'est qu'à ce moment que je compris que j'avais vraiment cru qu'elle ferait l'effort de venir au mariage de son unique fille. Mais il fallait que je sourie en prenant le bras du père de Karl pour monter jusqu'à l'autel et faire de mon mieux pour lutter contre les larmes de déception et de peine. Quoi qu'il en soit, la cérémonie fut parfaite, et je gardai mon nom, Manning, parce que c'était la seule chose qu'il me restait de mon père.

Après, nous allâmes à l'hôtel Springfield, à Leixlip, et je fus touchée de voir arriver la sœur de ma mère et son mari, qui venaient s'ajouter au petit nombre de membres de ma famille, soit un imposant chiffre de huit personnes parmi les quatre-vingts présentes. Une fois de plus, j'étais déchirée entre la joie que cette journée me donnait et le sentiment de tristesse par rapport aux énormes vides que je n'arrivais pas à oublier. Papa n'était pas là, mon beau-père était un monstre de violence et ma mère était absente. Je profitai néanmoins de la journée. Les parents de Karl nous donnèrent assez d'argent pour que nous passions notre lune de miel dans une affreuse chambre de Blackpool tandis que Rikki faisait de son mieux pour prendre soin des enfants pendant ces quelques jours. Ce fut terminé avant que nous puissions nous en rendre compte, et nous rentrâmes à la maison, avec moi qui essayais de retomber sur mes pattes dans la perspective que j'allais avoir deux bébés dans quelques semaines.

La méchante voix dans ma tête me disait : *C'est toi, c'est tout ce que tu auras dans la vie.* Je me retrouvai à m'occuper des enfants et de la maison, et cela me dévorait. Je ne sais comment, au milieu de toute cette fatigue et de ces routines, quelque chose me disait que ce n'était pas là toute ma vie. Que je n'en avais pas encore terminé. La maison et les enfants n'étaient pas mes seules raisons de vivre. Je continuai à voir mon thérapeute deux fois par semaine, et c'est peut-être lui qui m'incita à envisager de m'ouvrir davantage à de nouvelles expériences. Comme Karl travaillait à temps partiel, je me dis que je pouvais peut-être assister à des cours.

Les jumeaux, Amber (2,8 kg) et Nathaniel (2,9 kg), arrivèrent le 6 mars 1995. Je n'eus pas d'épidurale, mais de justesse. J'accouchai d'abord d'Amber, et le travail fut affreux. J'avais choisi son nom après une visite à l'hôpital, alors que j'étais enceinte de trente-trois semaines et où j'avais appris que j'allais avoir des jumeaux. Alors que je descendais la rue, un peu hébétée, je m'étais arrêtée aux feux rouges et je les avais contemplés en train de changer : rouge, ambre, vert. Soudain, je m'étais dit que la couleur ferait un beau prénom. Pendant le travail pour accoucher d'Amber, je me dis soudain que j'en avais assez fait pour la journée. Merci beaucoup. Alors, je fermai mon corps. J'étais à sept centimètres de dilatation et encore trois nécessaires lorsque j'annonçai à toute l'équipe :

— C'est bon, j'arrête.

Je n'élevai pas la voix, j'étais juste en train de les informer de ma décision. Bien sûr, le médecin, les infirmières et Karl m'enjoignirent de continuer. Je secouai la tête et répétai ce que je venais de dire. Ensuite, le médecin m'informa qu'il craignait que l'enfant se présente par le siège. Au fond de moi, quelque part, j'entendis une voix qui me dit de continuer. Alors, c'est ce que je fis. Heureusement, la seconde naissance alla beaucoup plus vite. C'est Karl qui choisit le prénom Nathaniel, qui lui avait toujours plu ; après quelques recherches, il s'aperçut que cela signifiait « don de Dieu » ou « des dieux ».

Un peu plus tard, j'étais en train de déguster une tasse de thé lorsqu'une infirmière demanda si les primipares pouvaient venir voir les jumeaux. Elles entrèrent en groupe et elles me regardèrent d'un air impressionné en disant :

— Oh mon Dieu ! Je n'arrive pas à croire que vous venez d'avoir des jumeaux !

En souriant, je me dis : *Si vous saviez* ! C'était tellement différent des fois où on m'avait déposée devant l'hôpital pour m'abandonner et me laisser me débrouiller seule. Dès qu'il le put, Karl se mit à téléphoner à tous les gens qu'il connaissait. Je reçus beaucoup de visites et de cadeaux, et cela me fit un plaisir fou. En outre, je savais que c'était la dernière fois. Que je n'aurais plus d'enfants. Plus de grossesses. J'étais déterminée à être la mère que j'avais toujours voulu être et que c'était ma dernière chance de l'être. C'est pour cela que je passais autant de temps à dire à ces bébés qu'ils étaient fabuleux, merveilleux, déterminée que j'étais à leur donner confiance en eux, quelque chose que j'avais l'impression de ne pas avoir réussi avec les autres.

Lorsqu'elle commença à marcher, je faisais grimper Amber sur mes genoux en lui demandant :

— Qui est la plus belle ? Qui est la plus fabuleuse ? Qui est stupéfiante ? Qui est merveilleuse ?

Elle rayonnait et lançait :

— Moi, maman, moi !

Il y a quelques années, elle m'a envoyé une carte de vœux pour la fête des Mères, sur laquelle elle avait écrit toutes ces questions, mais, cette fois, c'était à moi de répondre :

— Moi, Amber, moi !

Je la conserve précieusement.

Les autres enfants étaient ravis de la présence des bébés, mais, pour Karl et moi, c'était beaucoup de travail.

Nathaniel dormait mal, et nous dûmes le séparer d'Amber parce qu'il ne cessait de la réveiller. La crainte de tomber continuait de me hanter. Cela devint ma plus grande frayeur. Mon thérapeute me faisait travailler énormément là-dessus, ce qui me permit de me rendre compte des signes qui me montreraient que j'étais encore en train de sombrer. Je me repliais alors sur moi-même et je refusais de parler avec qui que ce soit. J'éprouvais aussi d'intenses sentiments d'isolement avant d'être envahie par un désir irrépressible de m'enfuir ou de me tuer. Je me souviens de Karl et des enfants qui avaient l'air vraiment heureux. Je les contemplais comme on regarde un film en attendant le méchant. Lorsque les gens nous demandaient combien d'enfants nous avions, Karl s'exclamait « Sept ! » alors que je ne voulais qu'admettre que nous en avions « plusieurs ». Dans ma tête, je portais encore les stigmates et j'entendais la voix de McDarby qui me dénigrait.

Après le mariage, j'appelai ma mère pour lui demander pourquoi elle n'était pas venue. Elle me dit qu'elle était désolée, un mot que j'avais trop entendu au fil des années, et ajouta qu'elle avait vraiment l'intention de venir, mais qu'elle avait fini par boire. Sa sœur était venue la chercher, mais la maison était verrouillée et personne n'avait répondu à ses coups. Ma mère me décevait, mais je n'ai jamais cessé d'aspirer à son amour. Au fil des années, j'ai acheté de nombreuses cartes pour la fête des Mères, mais je les ai rarement envoyées, parce qu'elle ne les méritait pas. Ce qui ne m'empêchait pas de les acheter.

Je regrette beaucoup les trois fois où je tentai de l'inclure dans ma famille. Avant que nous ayons une voiture, elle prit le train pour Dublin, et Karl alla avec Ashley la chercher à la gare. Dès qu'elle s'installa sur le siège arrière, elle se mit à demander à Ashley si Karl l'avait déjà touchée. Karl lui dit d'arrêter, mais elle l'ignora et déclara à Ashley :

— Tu peux me le dire, tu peux me le dire.

Évidemment, le chauffeur du taxi jeta un regard inquisiteur à Karl, lequel se contenta de lui dire que maman était ivre et de continuer sa route. Karl avait alors compris que ma mère n'était pas la femme sympathique et agréable dont il avait fait la connaissance à Ardee. Il savait qu'elle était alcoolique. Il leur fallut trente minutes pour arriver à la maison, où, comme une boule de nerfs, j'attendais. Dès qu'elle sortit du taxi, maman se mit à hurler après moi. Karl passa devant moi comme une flèche, et je vis qu'Ashley était dans tous ses états. Craignant que les voisins ne voient tout cela, je me précipitai pour entraîner maman à l'intérieur le plus vite possible. Pendant que Karl vidait son sac et jetait toutes les bouteilles d'alcool dans l'évier, j'appelai un ami pour qu'il vienne nous aider. Maman venait à peine d'arriver, mais je ne savais déjà pas comment j'allais m'en sortir. Elle m'insultait et déployait toute sa rage habituelle contre moi. Karl, qui ne l'avait jamais vue comme ça, était choqué. En se tournant vers moi, il déclara :

— Je comprends maintenant pourquoi il a pu te faire tout cela et pourquoi tu ne lui as jamais rien dit à elle.

Après l'arrivée de mon ami, nous fîmes de notre mieux pour empêcher maman de quitter la maison, mais elle parvint à s'enfuir, et nous dûmes la suivre dans la rue. Elle repéra une cabine téléphonique et appela mon beau-père pour lui dire, en l'abreuvant des pires insultes, qu'elle était dans son autre maison. Mon ami, dont la propre mère avait aussi un problème avec l'alcool, n'avait jamais rien vu ou entendu de pareil. Pour finir, elle passa la nuit chez nous. Je retrouvai un peu de vodka que Karl avait oubliée et je la lui donnai pour que mes enfants puissent dormir.

Le lendemain, nous étions tellement découragés que nous payâmes un taxi pour la ramener jusqu'à Ardee. Comme toujours, elle ne se souvenait pas de ce qu'elle avait dit ou fait, et elle s'apitoyait sur son sort parce que je la renvoyais à la maison.

Une autre fois, lorsque Karl eut acheté un mobile-home près de la mer à Curracloe, dans le Wexford, nous décidâmes d'y emmener les enfants pour un premier week-end. Je me sentais plus forte et je pensais que ce serait l'occasion idéale pour inclure maman. Nous allâmes la chercher à Ardee et, dès notre arrivée, je compris qu'elle avait bu. Dans la voiture, elle ne cessa de porter la bouteille de vodka à sa bouche. Je tentai de me préparer au pire. Lorsque nous revînmes à Dublin, j'étais vraiment inquiète, mais nous allâmes chercher les enfants à l'école. Dès que les filles s'installèrent à l'arrière avec elle, elle se mit à leur demander si Karl les avait jamais blessées ou touchées. Évidemment, elles ne savaient pas du tout de quoi elle parlait. Je lui dis d'arrêter, mais elle éclata, hurlant aux enfants qu'ils étaient les bâtards de son mari. Karl dut la menacer de la déposer au poste de police le plus proche avant qu'elle se calme.

Il y avait une part de moi qui se sentait désolée pour cette femme triste et amère, cette femme enchaînée en permanence à une bouteille de vodka, alors qu'une autre part de moi haïssait l'ivrogne violente. Lorsqu'elle était sobre, elle était pathétique et pitoyable. Et, sobre ou ivre, elle n'avait aucun courage et ne fit jamais rien pour me protéger de quelque manière que ce soit.

Quand les enfants furent plus grands, qu'ils se mirent à poser des questions sur leur grand-mère, je leur expliquai qu'elle avait un problème avec l'alcool. Il était inutile de les protéger puisqu'il l'avait vue en pleine action. Ils me posèrent aussi des questions sur l'oncle Rikki. McDarby avait fait du mal à mon frère, émotionnellement et mentalement, et Rikki avait ses propres problèmes. Nous ne nous le voyions plus très souvent, mais je me souviens de l'une de ses visites. Alors qu'il regardait par la fenêtre du côté du jardin de derrière, il lança :

— Est-ce que c'est là la fin de ton univers, Mary ?

14

Le fait que je n'avais pas de famille n'a jamais cessé de me tourmenter. C'est Karl qui s'occupa de toutes les communions et les confirmations. Il semblait toujours savoir que faire. Moi, je voulais faire comme si j'étais parfaitement au courant, mais, en réalité, je n'en avais pas la moindre idée. Tous les autres enfants avaient de nombreux parents qui venaient participer à ces grandes journées et qui leur envoyaient des cartes et des cadeaux pour leur anniversaire et pour Noël. Ma mère n'a jamais acheté ne serait-ce qu'une carte pour les enfants, et il n'y avait personne qui aurait pu le faire à sa place. Les enfants n'ont peut-être jamais senti ce qui leur manquait, mais je comparais sans cesse leur vie à celle de leurs amis. Karl et moi veillions à ce qu'ils ne manquent pas de cadeaux. Je ne savais que trop bien ce que l'on ressentait lorsqu'on n'avait rien. J'étais encore bourrelée de sentiments d'incompétence en tant que parent. Ainsi, c'était Karl qui allait aux réunions parents-professeurs parce que je ne me sentais pas à la hauteur.

La maison paraissait de plus en plus petite. Les enfants y amenaient également leurs amis, ce qui était difficile pour moi, car j'avais l'impression que mon espace était encore plus envahi.

J'apprenais à m'ouvrir à mes amis. J'avais besoin d'avoir des relations autres que Karl. J'avais révélé une partie de ce que j'avais traversé, suscitant des réactions choquées, mais ce n'était jamais que la pointe de l'iceberg. Ce n'était pas que je ne faisais pas confiance à mes amis les plus proches, mais mon histoire était tellement compliquée que j'avais l'impression que je ne pouvais pas la raconter précisément. Je n'avais pas les mots. En revanche, j'étais en train de devenir excellente à écouter les gens qui avaient envie de parler de leurs problèmes. Les gens aimaient se confier à moi, sachant qu'avec moi, leurs secrets étaient bien gardés.

Comme n'importe quel couple marié, Karl et moi avions des hauts et des bas. Je m'accusais de la plupart de nos problèmes. Je savais que je pouvais être extrêmement têtue. Peut-être que « sceptique » est plus exact. Je suppose que c'était une conséquence logique des abus. À l'époque, je n'avais pas encore décidé de ce que je voulais faire dans la vie et je testais mes limites. Je passais des journées entières dévorée par les doutes. Mon thérapeute m'encourageait à m'ouvrir à Karl de mes problèmes d'intimité et suggéra que nous prenions un bain ensemble. Cela correspondait à ce que Karl m'avait demandé d'essayer, de passer du temps ensemble, nus, soit à regarder un film ou simplement à parler. C'était après la naissance de Dillon et des jumeaux. J'optai pour l'idée du bain, mais je gardais ma chemise de nuit préférée dans l'eau. Un pas à la fois !

Karl m'incitait également à faire de notre maison un véritable foyer. Je rétorquais qu'elle n'était pas à nous et que je ne voyais pas l'intérêt de dépenser de l'argent pour de beaux meubles, mais il n'en démordait pas.

— Nous pouvons tout aussi bien faire comme si elle était à nous et l'aménager comme nous en avons envie.

Alors, il me traînait dans les magasins d'ameublement et choisissait le plus beau canapé et la plus belle table de salle à manger assez grande pour nous tous. Lorsque le canapé tout neuf (et très cher) fut installé dans le minuscule living, Karl invita les enfants à venir sauter dessus, affirmant que cela allait les aider à s'exprimer. Il y eut pas mal de ressorts cassés, mais je dois admettre que, pour les enfants, ce fut une véritable fête.

Lorsqu'ils n'étaient pas à la maison, je m'inquiétais constamment pour les enfants, même s'ils jouaient simplement en bas de la rue. La peur que quelqu'un leur fasse du mal ne me quittait pas. Je les surveillais sans cesse pour m'assurer qu'ils allaient bien. Pour cela, j'exploitais mes dons d'observation, notant la moindre expression ou les changements de ton de leur voix. Pour moi, c'était le minimum.

Pendant des années, je fis le même cauchemar. J'étais dans une maison abandonnée. Les portes pendaient, les carreaux des fenêtres étaient brisés et le lino du sol était déchiré. Il me semblait que je sombrais toujours dans ce cauchemar tandis que je cherchais désespérément une cachette sûre dans cette maison. Le monstre était toujours le même : un géant avec un œil énorme au milieu de son immense front, qui portait une massue dans la main. Je savais qu'il n'entrait dans la maison que parce qu'il me traquait. La plupart des nuits, je demeurais allongée sous quelques planches en bois, tremblant de terreur, l'oreille tendue pour écouter ses pas tout autour de moi. Près de la maison, il y avait un lac vers lequel je me précipitais. Je tentais d'échapper au monstre, mais il me suivait de près, ivre de rage, courant plus vite que moi. Juste au moment où il me rattrapait, je me réveillais. Je me réveillais toujours en train de courir.

À Monksfield, les ombres n'étaient jamais très loin. Je n'en avais pas peur, mais elles commencèrent à me troubler lorsque les enfants se mirent à se réveiller au beau milieu de la nuit en disant qu'il y avait quelque chose dans leur chambre. J'ai toujours été convaincue que j'étais capable de sentir les esprits autour de moi, c'est-à-dire l'esprit des gens qui nous ont quittés. Cela ne m'a jamais effrayée et, en fait, c'est une chose que Karl et moi avons en commun. Par exemple, un jour, nous étions tous les deux à l'étage à Monksfield, lorsqu'une grande ombre apparut sur le mur devant nous. Nous la vîmes tous les deux. Je me précipitai pour aller chercher de l'eau bénite et je la jetai sur l'ombre, mais elle nous revint en pleine face, ce qui était inattendu, pour dire le moins. Alors, je descendis jusqu'à la porte d'entrée que j'ouvris en disant simplement :

— Sortez et laissez-nous tranquilles.

Comment les fantômes auraient-ils pu m'effrayer quand je trouvais la réalité encore plus terrifiante ?

Mon beau-père continuait à nous appeler et à nous intimer de quitter sa maison. Si c'était moi qui répondais au téléphone, il me demandait ce que je faisais avec Karl. Il était enfermé dans sa maladie, et ses appels étaient comme un disque rayé. La seule différence qui apparaissait parfois dans son discours venait de ce qu'il menaçait de se supprimer. Lorsque je raccrochais, je me sentais coupable et malheureuse. J'étais encore à essayer d'obtenir qu'il nous verse une pension, mais il refusait de me donner le moindre penny depuis que j'avais eu le toupet d'épouser Karl. Cela prouvait bien qu'il n'était question que de possession. D'ailleurs, il ne me demandait jamais de nouvelles des enfants, pas plus qu'il ne manifestait d'inquiétude quant au fait qu'il ne donnait pas d'argent pour eux. C'était sa manière de tenter de reprendre le contrôle sur moi. Le pire était que je continuais à croire qu'il voyait si clair en moi. Il le sentait lorsque j'avais eu une mauvaise journée ou que j'étais plus vulnérable que d'habitude, et je pense qu'il sentait également mon humiliation. J'étais le produit de ses abus et, d'une certaine manière, je portais par conséquent la honte à sa place : des strates et des strates de honte qui exigeaient des années de thérapie et des années d'efforts douloureux.

Je suppose qu'il était inévitable que je sois de plus en plus inquiète pour mes filles à mesure que je les voyais grandir et leur corps se développer. Comment allais-je pouvoir affronter toutes ces terreurs ? Je savais de quoi les hommes étaient capables. Que pouvais-je dire à mes filles ou ne pas leur dire ? Je ne cessais de comparer leur adolescence à la mienne. C'était comme si j'avais un pied coincé dans le passé qui faisait de son mieux pour envahir et contaminer mon présent. J'aurais tant aimé pouvoir compter sur une mère avec laquelle partager mes soucis !

Mais j'avais Karl. Il avait diversifié ses activités et était devenu un éducateur et un conférencier recherché. Et il utilisait ses compétences pour m'aider à m'ouvrir. Karl était capable de comprendre les gens et de sentir les choses, des choses qui ne s'étaient pas encore produites. Une fois que je traversais l'un de ces jours particulièrement sombres, il sortit du papier et un stylo et se mit à tracer des cercles qui représentaient les personnes et les choses de ma vie. Plus le cercle était large, plus l'espace qu'il occupait dans ma vie était important. Évidemment, le cercle correspondant à mon beau-père était énorme. Ensuite, il y avait Karl et chacun de mes enfants. Après ça, il y avait mes séances et un ou deux amis proches. Puis, il se mit à me parler de mon avenir comme s'il me racontait une histoire. Où je serais dans cinq ans, dix ans et vingt ans. Pendant qu'il parlait, le cercle de McDarby devint de plus en plus petit alors que celui de Karl et des enfants grandissait. Il ajouta alors quantité d'autres cercles, déclarant qu'ils représentaient les gens que j'aiderais et les nombreuses choses que je ferais. Tout en dessinant un cercle qui représentait mes dons, sans cesser de m'assurer qu'une nouvelle et enthousiasmante vie m'attendait, il affirma que j'allais soigner énormément de gens. Moi, je me contentai de laisser couler mes larmes parce que je n'y croyais pas. Je ne me sentais pas spéciale ni douée en aucune manière, mais il me promit que c'était vrai, que c'était ce qui allait se passer.

— Tout ce que je te demande aujourd'hui, c'est de croire en toi. Parce que moi, je crois en toi.

J'acquiesçai pour lui faire plaisir, mais ce n'était pas le cas. Pas encore.

Outre le fait qu'il m'ait répété que j'étais trop laide pour que qui que ce soit m'aime, McDarby m'avait également asséné encore et encore que j'étais bête. C'était peut-être une des raisons qui expliquaient que j'étais attirée par les études. Je n'avais pas réussi mon brevet parce que, à l'époque, j'étais enceinte et traumatisée, mais je savais inconsciemment que, auparavant, j'étais intelligente et que j'avais l'esprit vif. L'histoire et les sciences m'intéressaient, mais je n'avais jamais eu la chance d'approfondir ces sujets. McDarby m'avait arraché toute possibilité de compléter ma formation. Le plus drôle, c'est que l'argent n'était pas un obstacle ; j'aurais pu aller à l'université si mon identité n'avait pas été ainsi minée. De plus, j'étais quasiment sûre que mon propre père m'aurait encouragée à faire des études supérieures parce qu'il voulait toujours le meilleur pour ses enfants. La décision de reprendre mes études constitua un traitement à part entière. Pour moi, le fait d'affronter mon beau-père et son lavage de cerveau pour me persuader que j'étais suffisamment bonne pour déposer un dossier fut un pas considérable dans mon évolution. Cela signifiait que je n'allais pas me contenter de surmonter mon passé : je voulais vivre pleinement et devenir un membre productif de la société.

Je commençai par la petite porte, avec un cours de quelques semaines en loisirs créatifs. J'avais vu une affiche. C'était un stage très court, une fois par semaine pendant huit semaines, mais, pour moi, ce fut un immense accomplissement. La première semaine, j'étais tellement nerveuse ! Il y avait beaucoup d'élèves, et la plupart étaient plus âgés que moi, mais j'y pris un plaisir inouï. Je confectionnai un centre de table pour Noël. Je l'ai conservé et, s'il est plutôt défraîchi, Karl insiste pour l'utiliser tous les ans. Ce stage m'aida à faire un grand pas en avant, parce que je commençais à croire effectivement que je pouvais être autre chose qu'une victime ou une mère. J'en étais capable ! Par ailleurs, il me permit de découvrir mes talents créatifs. J'ai fini par penser que la créativité, la sensualité, la sexualité et la spiritualité sont des aspects vitaux de chaque personne et qu'il est de la plus haute importance de les alimenter tous autant. Ils correspondent à différentes formes d'expression. Je suppose qu'ils exigent un langage que je commençais seulement à apprendre à cause de mon passé atrophié. Ce petit stage de loisirs créatifs réveilla en moi quelque chose au niveau spirituel. Jusqu'alors, je ne croyais pas en l'existence d'un Dieu, mais je me mis à sentir une présence bienveillante à mes côtés, et je voyais des couleurs autour des personnes avec lesquelles j'avais des contacts. J'avais l'impression qu'il s'agissait d'une présence angélique, comme un ange gardien et tout. Je ne me sentais pas agressée, juste enveloppée d'amour et de soin. Ce n'était pas grand-chose, mais c'était une compagnie apaisante. Dans le stage, les autres étaient si gentils avec moi que j'ai dû paraître normale, et ils me traitaient comme un membre à part entière du groupe. Un merveilleux contraste avec mon monde d'abus et de McDarby.

Après les loisirs créatifs, je me lançai dans un cours de sciences sociales au centre communautaire local. Karl m'épaulait si bien et me disait que j'étais capable de faire tout ce que je voulais. Je crois me souvenir que le cours durait une année et abordait des sujets comme la psychologie de l'enfant et son développement. J'y pris à nouveau un plaisir immense et je découvris que j'avais des facilités à lire et étudier. Je m'attendais à paraître anormale par rapport aux autres étudiants et je m'inquiétais qu'ils puissent voir à quel point j'étais différente. Mais Karl était toujours là. Il me répétait que peu importait que je réussisse ou non l'examen, ce qui comptait, c'était que je sois en train de suivre ces cours et que je découvre si j'aimais ça ou non.

J'étais lancée. Avant la fin du cours de sciences sociales, je dénichai une formation courte en droit criminel qui avait lieu à l'UCD, l'université de Dublin. Du fait de mon passé, je voulais approfondir le droit. C'était aussi un nouveau pas par rapport au centre communautaire parce qu'il fallait que je me rende en bus à un endroit où je n'étais jamais allée. Une nouvelle épreuve que je surmontai. Et c'était grisant de découvrir que je n'étais pas bête. McDarby avait tort à ce propos. Je comprenais ce que les professeurs expliquaient et j'en étais extrêmement reconnaissante. Toutefois, le cours ne correspondait pas vraiment à ce qui m'intéressait. Un jour, à l'université, je trouvai des renseignements sur un cursus de deux ans en programmation neurolinguistique (PNL), conseil et hypnothérapie, qui se déroulait à l'institut Milltown. La PNL est une approche du développement personnel et de la psychothérapie qui s'appuie sur le lien entre l'esprit, le langage et les modes de comportement qui ont été acquis par l'expérience. Je m'y inscrivis et je fus fascinée, mais je ne pus continuer au-delà de dix mois parce que cela coûtait trop cher. Toutefois, l'un des bénéfices durables de ce cours fut que j'y fis la connaissance de Judith, qui reste, aujourd'hui encore, l'une de mes plus proches amies et la marraine d'Amber. Le contact entre nous fut immédiat, parce que sentîmes toutes deux que l'autre était différente… d'une manière positive. Je m'habillais plus vieux que ne le voulait mon âge, souvent en noir et violet, et elle portait toutes les couleurs de l'arc-en-ciel. Nous riions beaucoup. Je la traitais de hippie et elle me disait que j'étais une sorcière de magie blanche. Aujourd'hui, elle fait des merveilles avec les jeunes. C'était donc le genre de personne que je commençais à attirer dans ma vie.

Ce ne serait pas la dernière fois qu'on me qualifierait de « sorcière blanche ». Si vous voulez, une sorcière blanche est une « bonne » sorcière, c'est-à-dire quelqu'un qui croit qu'il est possible de soigner les autres et qui n'utilise les sorts et ou les plantes que pour faire le bien. Par exemple, si ma grand-mère avait vécu au dix-septième siècle, elle aurait pu être accusée de sorcellerie à cause de ses connaissances en matière de plantes et de vertus curatives.

Lors d'une réunion des Alcooliques anonymes (AA), je fis aussi la connaissance de Clint, qui prit une énorme importance dans ma vie, un véritable modèle. Il est le seul homme sur cette planète à en savoir sur moi autant que Karl. C'est un homme de la campagne, qui estime que la parole ne sert pas juste à combler les vides. Lorsqu'il parle, c'est toujours avec intelligence et sincérité. Au fil des années, il n'a cessé de me faire progresser, m'expliquant par exemple l'importance de la nature, comme le faisait ma grand-mère, le rôle des arbres ou du « Om », le mot divin pour Dieu, que l'on peut utiliser comme mantra pour méditer. Lui aussi a certainement décelé quelque chose de différent en moi et m'a dit qu'il avait l'impression que j'étais une sorcière blanche. Aujourd'hui encore, lorsque je m'énerve, que je suis triste ou terrifiée, je lui passe un coup de fil et il me donne des conseils parfois aussi simples et brusques que « Vire à gauche, Mary ! »

Il me fallut du temps pour comprendre que ces personnes spéciales et talentueuses surgissaient dans ma vie pour me montrer que j'étais tout aussi talentueuse et spéciale.

Je repérai aussi des choses à faire pour les jours sombres, où je me sentais triste et effrayée. Je commençai une collection d'exemplaires de la bande dessinée *Bunty*, qui fut publiée de 1958 à 2001. J'en ai d'ailleurs un de 1958 ! Mes amis les achetaient pour moi dès qu'ils en trouvaient un dans les boutiques d'occasion. Je collectionnai également les films de Disney en vidéo, puis sur DVD. Les mauvais jours, ils me réconfortaient automatiquement. *Cendrillon* et *La Belle et la Bête* demeurent sans doute mes préférés parce ces histoires résonnent en moi. La bête n'est que quelqu'un qui a peur, comme moi, de montrer sa vraie nature au monde.

Pendant tout ce temps, mon affaire était toujours en suspens et j'espérais toujours voir justice rendue un jour. J'avais accepté le fait que McDarby ne serait pas emprisonné, mais j'espérais que les autres noms de ma liste devraient admettre qu'ils n'avaient pas fait ce qu'il fallait à mon égard. L'une des conséquences logiques de ces cours que je suivais était que j'apprenais à quel point j'avais été injustement traitée par le système, pas seulement par une personne, mais par toute la bande. Je mis toute ma confiance dans mon nouvel avocat, mais je ne pouvais m'empêcher de souhaiter qu'il ressemble un peu plus à l'ancienne avocate. Néanmoins, j'avais compris que les gens étaient tous différents et qu'ils avaient chacun leurs points forts ; alors, je ne doutais pas qu'il faisait de son mieux pour moi, à sa manière. Lors de nos coups de fil, nous avions évoqué l'idée d'obtenir une sorte de compensation financière de la part de McDarby, ainsi qu'une ordonnance de pension alimentaire. Mon avocat me conseilla tout au long de cette démarche. L'obtention d'une ordonnance de pension alimentaire renforcerait, pensions-nous, mon dossier de poursuite au civil.

Depuis ma déposition de 1993, plusieurs années s'étaient écoulées. Les jumeaux avaient six ans, je faisais des études, nous avions un mobile-home dans le Wexford, où nous passions l'été, et, en surface, la vie était plus normale que jamais. Je continuais à voir mon thérapeute et à assister aux groupes de parole. Les gens de la liste avaient reçu les citations et autres assignations. Les enfants étaient relativement heureux et je travaillais à devenir une meilleure compagne pour Karl. Je m'efforçais de m'ouvrir davantage et nous communiquions beaucoup ; j'examinais mon passé autant que je le pouvais afin de me libérer de plus en plus pour le présent. Bien sûr, il fallait aussi compter avec les corvées habituelles, des heures à passer à préparer les repas, à faire le repassage, les machines, le ménage, les devoirs et veiller à ce que tout le monde aille bien.

Les filles étaient encore sous la protection de la Santé publique, qui souhaitait révoquer l'ordonnance du tribunal afin de pouvoir s'en laver les mains. Cependant, Carmel, l'assistante sociale dont j'ai déjà parlé, me déconseilla de demander la révocation parce que j'avais encore besoin d'aide. Comme je n'avais pas vraiment de soutien familial, nos amis, à Karl et moi, devinrent notre famille. Karl n'avait pas décoléré à propos de mon passé et de l'attitude du bureau du procureur, mais je ne voulais pas ruminer, ce qui n'était pas sans créer des tensions entre nous. Il avait accepté mes quatre enfants, et c'était certainement difficile pour une relation naissante. Parfois, j'avais l'impression que nous avions franchi le plus gros obstacle au moment où nous aurions dû passer du temps ensemble, tous les deux. Ma situation nous avait obligés à plonger la tête la première sans prendre le temps de réfléchir ou d'exprimer nos sentiments. À mesure que les enfants grandissaient, nous dûmes affronter des problèmes incontournables. Il me fallut notamment oublier la ressemblance des plus âgés avec McDarby, ce qui me prit du temps. Ensuite, il y avait le fait qu'ils appelaient Karl par son prénom alors que les autres l'appelaient « papa », et cela devait faire l'objet de discussions.

Après des tergiversations douloureuses, je laissai Karl expliquer aux enfants la vérité au sujet de mon beau-père, leur père. Je n'aurais pas pu m'en charger, mais nous voulions tous les deux qu'ils soient au courant. Le sujet était venu sur le tapis parce que l'extrait de naissance de Rory, Iseult, Ashley et Megan ne mentionnait pas le nom du père. À présent, ils savaient que c'était McDarby, mais ils ignoraient que c'était mon beau-père et n'avaient certainement aucune idée qu'ils étaient le fruit de viols terribles qui avaient débuté quand j'étais petite fille. Ils avaient assisté aux dérives émotionnelles qui m'avaient assaillie au fil des années et ils méritaient une explication rationnelle. Je tenais à ce qu'ils comprennent bien que je ne leur avais jamais menti, mais que j'avais simplement pensé qu'il fallait qu'ils atteignent une certaine maturité pour entendre mon histoire. Karl leur parla également d'Andrew, mais ils ne s'en souvenaient pas vraiment. Sauf Ashley qui en avait des souvenirs assez clairs.

Ils eurent l'occasion de comprendre pourquoi ils avaient été placés et pourquoi, contrairement à leurs copains, ils ne recevaient aucune visite de grands-parents gâteau, de tantes ou d'oncles. Ils savaient déjà que leur oncle Rikki était toujours triste, et les quatre plus âgés durent digérer le fait que leur « oncle » James était en réalité leur demi-frère. Ils devaient affronter les conséquences de ma vie d'abus sur leur propre vie. Je trouvais ça plutôt terrifiant, mais je suppose que c'était également une libération. Karl et moi, nous avions depuis longtemps décidé que l'honnêteté régirait notre famille, que personne ne craindrait de dire la vérité. Par ailleurs, il n'existait aucun groupe de parole où je pouvais envoyer les enfants. Les structures comme Rainbows, une association qui aide les enfants « à traverser les tempêtes de la vie », ne s'occupait pas de conseiller aux enfants comment être avec une mère traumatisée pendant des années par son beau-père, qui est aussi le père de ses enfants.

Moi, je voulais leur supplier de me pardonner, ne seraitce que parce que nous avions du mal à leur offrir tout ce que je souhaitais leur offrir. Quel que soit mon passé, j'avais eu l'habitude de vivre dans un certain luxe et j'avais horreur de ne pas pouvoir acheter à mes enfants ce dont j'avais envie. Il y avait également le problème du fait que je refusais d'avoir l'air d'une victime ou d'une personne dans le besoin. Je voulais avoir l'air de ceux qui mènent une vie normale et confortable, mais ce n'était guère facile avec nos revenus. Dans ma tête, je voyais clairement à quoi je voulais ressembler, mais c'était financièrement peu réaliste et cela n'allait pas sans me perturber.

À une période, je me mis à assister aux réunions des enfants adultes d'alcooliques. J'y allais assez régulièrement, en plus de mes séances de thérapie, et j'en retirais beaucoup de bénéfices. Les réunions avaient lieu le vendredi soir et elles firent bientôt partie de mon programme hebdomadaire. Je découvris comment l'alcoolisme affecte les gens et leur famille. L'addiction de ma mère m'avait rendue vulnérable au sadisme et à la violence de mon beau-père. Durant les réunions, j'évoquais sa dépendance en ajoutant qu'elle ne me protégeait pas comme elle l'aurait dû, mais je n'expliquais jamais de qui. Pour moi, les réunions étaient importantes parce qu'elles me permettaient d'entendre les autres raconter leur expérience. Il y régnait une ambiance sécurisante, dans laquelle il m'était possible de m'ouvrir, devant le groupe, sur la manière dont l'alcoolisme de ma mère m'avait affectée.

J'étais en colère contre elle parce qu'elle avait échoué de toutes les manières possibles à me protéger, et je me cramponnais à deux mains à cette colère. En même temps, je n'arrivais pas à éprouver la même colère à l'égard de mon beau-père parce que j'avais encore besoin de lui financièrement. Il avait mis en place un régime qui avait débuté alors que j'avais dix ans et qui était enraciné en moi. Je rejetais sur moi la faute de ce qu'il avait fait et j'avais encore honte des enfants. Même lors de ces réunions, je n'arrivais pas à admettre le nombre d'enfants que j'avais. Pour être tout à fait honnête, c'est toujours une chose qui relève pour moi de l'enjeu. Lorsque je parviens enfin à articuler « sept », il m'arrive – parfois – de devoir supporter avec le sourire une mine choquée ou un rire nerveux ou un commentaire stupide dans le genre : « Mon Dieu ! Mais vous n'aviez pas la télé ou quoi ? »

Mon incapacité à réellement m'ouvrir me dérangeait. Sans parler du fait que j'étais encore dévorée par les doutes et les terreurs qui m'empêchaient d'avancer dans d'autres domaines de ma vie. Allais-je changer un jour ou étais-je maudite pour toujours ? Pour finir, je m'adressai à un prêtre et lui confiai que je craignais d'être possédée. Il me conseilla de rentrer chez moi, d'allumer trois cierges et de dire des prières. Puis, il me confia le plus merveilleux message :

— Ne vous inquiétez pas, Mary, votre esprit est sur le point de rentrer à la maison.

15

Un conte amérindien met en scène un grand-père qui explique à son petit-fils que chacun d'entre nous abrite deux facettes. Il lui dit : « Il y a deux loups en moi. L'un est grand et fort, mais il est toujours en colère et il se bat contre toutes les petites choses, blessant ceux qui l'entourent avec son mauvais caractère. Le second loup est plus petit et plus calme, et il croit qu'il vaut mieux vivre en paix. Il veut simplement apporter son amour et sa gentillesse à tout le monde. Sauf que le méchant loup se bat constamment contre le bon loup, et il ne peut en rester qu'un. L'enfant écoute attentivement avant de demander : "Quel est le loup qui gagne, grand-père ?" En souriant, le vieil homme répond : "Celui que tu nourris." »

J'avais commencé à nourrir le bon loup, et il s'agissait réellement de « travaux en cours ».

En 2001, je franchis nerveusement l'arche de Trinity College, la très renommée université de Dublin, pour entamer mon cursus sur les études en matière d'addiction. J'étais à la fois terrifiée et excitée. Karl ne cessait de me dire que j'allais faire des miracles et que je n'avais pas besoin de gaspiller mon énergie à me dire que je n'étais pas à la hauteur. Il me donna tous les conseils dont j'avais besoin, de même qu'une amie à moi qui faisait du tutorat à la fac. Je priai pour que ma timidité ne soit pas une entrave et je demandai à Dieu et aux anges de me donner le courage dont j'avais besoin. Quoi qu'il en soit, je ne pouvais pas nier que j'étais prête.

C'est mon ami Steven qui me conseilla de m'inscrire à Trinity. Cela faisait des siècles qu'il m'affirmait qu'il était évident que j'avais un don pour soigner les gens en les aidant à libérer leurs émotions, y compris lorsqu'ils ne voyaient pas eux-mêmes ce qu'ils éprouvaient. C'est vrai, les gens recherchaient ma compagnie pour me parler de leurs soucis et de leurs problèmes et, je ne sais comment, je les aidais. Que ce fût par intuition ou par instinct, je sentais pourquoi ils souffraient ; je m'en rendais compte avant eux. Des mois plus tôt, Karl avait travaillé sur un projet pour les drogués à Monkstown et ils cherchaient un conseiller pour des entretiens individuels avec les patients. Il me fit décrocher le poste et j'adorais ça. Je m'installais en face de ces personnes qui pensaient qu'elles n'avaient plus aucune raison de vivre et je les *voyais*. Avant même qu'elles ne commencent à parler, je voyais leur douleur et le voyage qu'elles avaient entrepris. Les patients, les familles de toxicomanes, ils me racontaient tout ce qu'ils avaient dans la tête. Ces gens m'apprirent tant de choses ! Certaines personnes sont, de manière quotidienne, en butte à des difficultés extraordinaires. Je voyais ce qu'elles avaient dû surmonter pour se retrouver dans la même pièce que moi. Je considérais cela comme un privilège qui me permet de renforcer cette idée que j'étais capable d'aider les autres. Je sus alors exactement ce que je voulais faire, et Trinity College allait m'aider à y parvenir.

Steven et Karl pensaient aussi que c'était bien là ma voie. J'avais l'impression d'être guidée, du point de vue spirituel je veux dire, et que chaque pas que j'avais effectué jusque-là m'avait conduite sur ces pavés usés de la cour du campus avec autant d'espoir que de nœuds dans le ventre.

Ce premier matin, mon plus grand obstacle fut le sentiment habituel de croire que tout le monde allait voir que j'étais différente, que j'avais un passé sombre et secret. Il fallut également que je ne cesse de me rappeler que je n'étais pas bête, que je me l'étais déjà prouvé à moi-même. C'était angoissant de voir tous ces gens qui allaient et venaient. Ils semblaient tous se connaître. Le bruit était assourdissant. Comme c'était la rentrée, il s'agissait surtout de prendre possession de notre emploi du temps, de rencontrer nos professeurs et nos camarades. On nous fit aussi visiter nos salles de cours. Pour certaines matières, il fallait quitter Trinity et traverser la rue animée vers d'autres bâtiments.

La promotion se composait d'un mélange de personnes d'âges et d'expériences profitables. Lors d'une séance, on nous demanda de nous lever et de nous présenter en expliquant la raison de notre présence. Nous devions parler de nous à notre voisin et l'écouter parler de lui ou elle, autant de façons de briser la glace avec lesquelles j'étais accoutumée grâce à mes groupes de parole à SOS Viol. J'étais fascinée par le fait que les gens n'avaient pas l'air d'avoir peur de poser des questions. Nous avions à peine franchi la porte que les questions fusaient. J'admirais leur courage, mais j'estimais aussi que certaines questions étaient plutôt prématurées. L'heure du déjeuner soulevait un autre défi. Je restais souvent seule, mais j'aimais observer le comportement des autres. Là encore, il y avait ceux qui étaient pleins d'assurance et qui paraissaient nouer des contacts sur-le-champ, qui passaient leur temps à bavarder comme si cela faisait des années qu'ils faisaient ça. Moi, je pris mon temps, pas parce que je n'avais pas envie de rencontrer des gens, mais parce que je n'avais aucune idée de la manière de procéder pour me présenter.

Je me souviens aussi d'être allée à la bibliothèque, la première semaine, et de m'être régalée de l'odeur des livres et de l'histoire. C'était ici que le précieux *Livre de Kells* reposait. Combien de gens avaient fouillé ces rayonnages avant moi ? Par la suite, je fréquentai régulièrement la bibliothèque. D'ailleurs, tout à propos de la faculté me remplissait de joie : l'architecture, l'atmosphère, les parquets miroitants. Des groupes de touristes entraient derrière moi, m'obligeant à m'effacer pour les laisser passer avant de revenir à l'endroit où je me tenais pour continuer à jouir du spectacle. J'espérais que ces touristes pouvaient deviner que moi, Mary Manning, j'étais étudiante à Trinity. C'était irréel. Imaginer que j'étais à Trinity College, mon sac bourré de notes et de stylos ! Je tombai amoureuse de l'endroit. Pour moi, cela devint un petit morceau de paradis.

Peu à peu, je me fis des amis. Mes professeurs diraient probablement que j'étais plutôt discrète. Je regardais les autres poser des questions ou fournir des réponses tout en préférant absorber ce qu'ils disaient. Quand on m'interpellait, je répondais, mais, sinon, je ne pense pas avoir parlé spontanément. Il se passait tellement de choses sur le campus ! De plus, il y avait beaucoup d'étudiants plus âgés, comme moi, et je ne me sentais plus si différente. Au bout d'un moment, j'eus vraiment l'impression d'être à ma place.

La raison pour laquelle j'avais choisi ce cursus était que je m'intéressais de plus en plus à la toxicomanie. Je voulais en savoir le plus possible à ce sujet et ses conséquences sur l'entourage. Il est logique que cet intérêt soit né de ce que j'avais vécu avec ma mère. J'étais curieuse de comprendre comment on pouvait être aussi dépendant de l'alcool ou des drogues. Ce qui me fascinait, c'étaient les gens et ce qui les faisait vibrer. En outre, je n'avais pas oublié mon séjour en Amérique, lorsque j'avais utilisé la drogue et l'alcool pour chasser ma propre douleur. Cela m'offrait une expérience de première main, si on peut dire, sur la manière dont les choses peuvent, pas à pas, échapper à tout contrôle. La partie que j'aimais le moins dans les cours, c'était la dynamique de groupe. Pendant ces séances, je devais participer à des jeux de rôles où j'étais obligée de parler devant toute la classe. Sinon, j'adorais ça et je découvris que mes compétences de concentration et d'observation étaient au meilleur niveau.

Ce ne fut pas facile. J'avais cours à temps plein, du lundi au vendredi, et il fallait que je m'occupe de la maison et des enfants. En fait, c'était épuisant, mais je suppose que, lorsque vous avez un objectif qui vous passionne, vous trouvez l'énergie et le temps de tout faire en continuant à assurer les tâches quotidiennes qui ne se font pas toutes seules.

À la fin de l'année, je dus faire un exposé devant la classe. La veille au soir, je m'entraînai devant Karl et les enfants et, comme je ne cessais de rire et que je devais toujours recommencer au début, je me mis à paniquer. Au bout de trois heures, les enfants en eurent assez, mais Karl tint bon et, pour finir, j'arrivai au bout. Inutile de dire que, le lendemain, j'étais en miettes. J'étais persuadée que je n'arriverais pas à ouvrir la bouche quand mon tour viendrait. Heureusement, une fois que je débitai la première phrase sans problème, tout se passa bien.

Les études libérèrent quelque chose, mais le reste n'en demeurait pas moins enfermé en moi, comme une boule de nœuds qui n'arrivait pas à sortir. Ma vie était loin d'être réglée : McDarby était toujours là, quelque part, continuant à agir à sa guise sans être obligé de faire face aux conséquences de ce qu'il m'avait fait subir. C'était quelque chose qui me restait en travers de la gorge ; le fait qu'il s'en soit sorti sans rien. Voilà ce que je pensais : dans ce pays, vous pouviez faire ce que vous vouliez du moment que vous ne vous faisiez pas prendre.

En 2002, mon avocat m'appela pour me dire que McDarby avait enfin accepté de me verser une allocation compensatoire pour les dommages encourus. Il pensait que je devais accepter, car cela me donnerait des munitions pour le tribunal. Je recevrais cent quarante mille livres et une pension alimentaire de tant par mois. La liberté n'a pas d'odeur ! L'argent signifiait que, Karl et moi, nous pouvions acheter notre propre maison. Je voulais absolument une maison plus grande qui ne se trouverait pas à Dublin. Il fallut patienter assez longtemps pour que toute la paperasse soit réglée et que l'argent soit viré sur mon compte. En ce qui concernait les maisons, tout ce que je savais, c'est que j'en voulais une bien, une maison dont je pourrais être fière, qui ne devait pas être dans un lotissement, mais aussi assez près de Dublin pour que je puisse faire la navette tous les jours. Karl obtint un prêt qui complétait la compensation, ce qui nous permit de repartir sur de bonnes bases en tant que couple.

Au civil, l'affaire était toujours en suspens, et une part de moi ne pouvait s'empêcher de penser que je vendais la peau de l'ours trop tôt. Toutefois, je ne pouvais nier que mon propre avocat pensait que cela renforcerait effectivement mon dossier.

Mon ancienne assistante sociale, Carmel M., vint assister à la remise des diplômes parce qu'un parent à elle était également diplômé. Nous ne nous étions pas vues depuis deux ou trois ans, et nous allâmes boire un thé après, à la cafétéria de l'université.

— Seigneur ! s'écria-t-elle. Lorsque j'ai entendu le nom « Mary Manning », je me suis aussitôt demandé si cela pouvait être vous !

Elle était vraiment fière de moi, ce qui me toucha profondément.

Karl, qui connaissait mes goûts en matière de bijoux, m'offrit un adorable collier ancien en or rose pour me montrer que c'était un jour à commémorer. Je n'avais droit qu'à deux invitations, mais Karl réussit à se faufiler avec Iseult et Ashley. Les filles étaient si excitées d'être là ! Moi, j'éprouvais des émotions mêlées. Je ne crois pas m'être réellement dit : *Bravo, tu as réussi* ! *Tu es diplômée de Trinity* ! Je souris, bien sûr, et la cérémonie fut magnifique, mais je ne cessais d'éprouver de la tristesse. Pendant que je patientais, je me souvins des mauvaises notes et des durs efforts que j'avais dû fournir, de l'aide que Karl m'avait apportée pour les dissertations ou les exposés. Je ne suis pas certaine d'avoir été sceptique ; c'était plus comme si je maintenais un couvercle sur les émotions potentiellement heureuses en me rappelant que ce n'était qu'un morceau de papier pour un cours sur la toxicomanie. Je regardai autour de moi, du côté de mes camarades qui respiraient la joie : il me semblait que, s'ils avaient la sensation d'avoir accompli quelque chose d'énorme dans leur existence, je ne pouvais, ou ne voulais, pas me laisser aller à cette émotion.

Je refusai aussi d'endosser la toge et de me coiffer du mortier. Ce n'était pas moi, c'est tout, et je redoutais le moment où il me faudrait aller chercher mon diplôme. Bien qu'une part de moi fût assez excitée, je n'étais pas totalement d'une humeur à faire la fête. Lorsqu'on appela mon nom, je réussis à faire avancer mes pieds pour grimper les marches et prendre mon bout de papier avec gratitude. C'était un énorme accomplissement, mais je ne pense pas que je me suis suffisamment félicitée, à l'époque. En fait, j'en suis sûre.

Au cours de l'année académique, j'avais découvert que je devais faire un stage pratique. Il y avait toutes sortes d'endroits possibles : en Amérique, en Australie ou en Grande-Bretagne, mais, pour finir, je me décidai pour le centre Rutland à Dublin, le plus grand centre de désintoxication d'Irlande. J'envoyai ma candidature et je fus convoquée pour un entretien. J'obtins le job. Il s'agissait de conduire des entretiens individuels et d'animer des séances de groupe, mais aussi de donner des conférences. Je supposai que cela me fournirait le supplément de confiance dont j'avais besoin.

Je trouvai aussi la maison de mes rêves, un pavillon sur quatre mille mètres de terrain. La première chose qui me plut fut la grande salle de bains carrelée en noir et blanc, où trônait une étincelante baignoire en forme de cœur. Il y avait des planchers partout, des chambres spacieuses, et la chambre principale était une *suite* avec sa propre salle d'eau. Karl était tenté pour une maison plus grande qui possédait six chambres, assez de place pour tout le monde, mais c'était au milieu de nulle part et trop loin de Dublin à mon goût. Nous fîmes quand même une offre pour cette maison-là, mais je fus soulagée qu'elle tombe à l'eau. Nous n'avions ni l'un ni l'autre la moindre idée de la quantité de démarches nécessaires pour acheter une maison et s'y installer. En outre, nous n'avions pas prévu que mon avocat nous demanderait un supplément d'honoraires, ce qui fait que nous nous retrouvâmes avec moins d'argent que prévu. Sans parler du fait qu'il fallait acheter des meubles. Juste avant d'emménager, je dus demander à mon thérapeute de baptiser les jumeaux pour qu'ils puissent faire leur communion. Karl travaillait si dur et il fallait tellement de justificatifs ! La paperasse paraissait ne jamais finir.

Iseult, seize ans, qui fréquentait le lycée, lâcha sa bombe : elle ne pouvait pas s'installer avec nous parce qu'elle n'avait plus qu'un an à faire pour terminer le lycée.

Je savais que le déménagement ne l'enchantait pas parce qu'elle ne voulait pas quitter ses amis. C'était un problème et demi. Pour finir, nous prîmes la décision de la laisser loger à Monksfield pour qu'elle puisse achever sa scolarité sans interruption. Ce ne fut pas une décision facile, mais cela semblait être la seule solution. La maison appartenait à son père, qui n'avait pas le droit de s'en approcher, et elle s'y sentait en sécurité. L'un de ses professeurs avait besoin de quelqu'un pour son chien, et Iseult se proposa. Elle avait toujours adoré les animaux et, enfant, elle remplissait ses poches de familles de chenilles qu'elle avait « sauvées ». Mon frère James alla d'ailleurs s'installer avec elle. C'était loin d'être une situation idéale, mais ma fille nous rendait visite tous les week-ends.

Hormis l'absence d'Iseult, j'étais très optimiste. Pour moi, la nouvelle maison représentait notre premier foyer véritable. McDarby n'avait absolument rien à voir avec cette maison, et elle n'avait pas de connotations négatives. C'était le nouveau départ dont Karl et moi avions rêvé. Nous repeignîmes l'intérieur de couleurs vives, et Karl se mit à l'ouvrage dans le jardin en plantant notamment un pommier pour chaque enfant. Il délimita un petit carré qui leur serait destiné et y planta toutes sortes d'arbustes et de buissons à baies. Enfin, nous érigeâmes un mur tout autour. Aujourd'hui, le jardin ressemble à la jungle d'herbes de ma grand-mère à Ardee, avec toutes sortes de coins et de recoins, un véritable paradis en été. Nous avons également construit une cabane en rondins pour offrir aux plus grands un endroit bien à eux. Ce n'était pas une cabane ordinaire parce qu'elle avait sa propre salle de bains, sa propre chambre et une petite cuisine américaine et un living.

Il fallut aux enfants du temps pour s'adapter à la vie dans un petit village. Je demeurais extrêmement protectrice, ce qui m'incita à construire un mur d'énormes plaques tout autour du jardin. Lors de l'une de ses visites, mon ami Clint se mit à rire :

— On ne met pas de murs à la campagne !

Je lui répondis simplement :

— Toi peut-être pas, mais moi, si !

Les séquelles des abus avaient donc réussi à me suivre dans ma nouvelle maison. Je continuais ma thérapie et je travaillais toujours davantage sur mon intégration dans la société pour trouver une façon de « vivre » réellement et de m'engager dans ma voie. Je ne serais plus un robot qui exécutait des corvées sans passion ni intérêt. Cette nouvelle vie que je bâtissais exigeait toujours plus de moi. Il y avait encore des jours où je sombrais dans l'apitoiement en me disant que, si je pouvais changer mon passé, tout serait parfait.

C'est peut-être à cette époque que je me mis à aimer les chaussures rutilantes et les jolis vêtements. Je n'avais pas choisi mon passé ni la manière dont il m'affectait, mais je pouvais fichtrement bien choisir l'apparence que j'offrirais au monde. J'étais déterminée à garder mes cicatrices à l'intérieur et à ne jamais me présenter avec l'air d'une victime ou de quelqu'un qui a eu la vie dure. La nuit, dans mon lit, je combattais ces craintes de ne pas être à la hauteur dans mon travail, avec mes amis et ma famille. Lorsque je me levais le matin, je cachais ces craintes sous un maquillage soigné, du vernis à ongles, de l'autobronzant, des chaussures à talons le plus glamour possible et des vêtements de designer. Lorsque je franchissais la porte, personne n'aurait pu deviner ce qui m'était arrivé.

Un autre pas de géant avait consisté à nous procurer une voiture, petite mais quand même. Je l'achetai avant le déménagement et j'étais à présent en mesure d'aller et venir jusqu'au centre de Dublin quand je le voulais.

Comme j'appréciais cette nouvelle indépendance et la liberté que cela me donnait ! Je réussis le permis du premier coup. Lorsque je m'engageai pour la première fois seule au volant, je ne pus m'empêcher de penser que c'était une nouvelle manière de prouver à mon beau-père que je n'étais pas bête.

En pensant à cette première voiture, je me souviens d'un trajet. Je ne sais plus où j'allais ni pourquoi, mais je me souviens clairement d'avoir jeté un coup d'œil dans le rétroviseur et de réaliser, dans un choc, que je ne m'attendais pas à voir le visage de mon beau-père derrière moi. Je fus également frappée de réaliser que je ne pensais plus constamment à lui toute la journée, tous les jours, comme autrefois. Le lien était vraiment en train de se relâcher grâce à ma nouvelle assurance et ma nouvelle vie. Le fait d'apprendre à conduire et de pouvoir prendre le volant joua un rôle immense. D'un point de vue métaphorique, je suppose que vous pouvez dire que j'étais enfin aux commandes, après toute une vie passée dans le siège passager, avec lui, sans aucun contrôle sur ma destination.

Je ne renonçais pas à renouer contact avec ma mère. Je voulais lui montrer ma nouvelle maison, mais, chaque fois que je l'appelais, elle était ivre et elle m'insultait. Cela ne m'empêchait pas de l'appeler à nouveau quelques semaines après. En fait, j'étais probablement un peu fataliste à son sujet. Je me disais sans doute en raccrochant : *Bon, d'accord...* Quel intérêt y avait-il à me torturer ? Mon apprentissage de la vie passait aussi par un apprentissage pour éviter de ruminer ou d'avoir des réactions excessives. Ce qui signifiait également que rien ne devait me transporter de joie. La question était de rester à flot.

Puisqu'il avait fallu si longtemps pour obtenir la compensation et l'argent sonnant et trébuchant sur mon compte, je me disais de plus en plus que la plainte au civil allait prendre des siècles, car elle concernait tellement de groupes, notamment le bureau du procureur et du procureur général, la Santé publique et quelques médecins. Serait-elle seulement présentée un jour ? Plus je vieillissais, plus je désirais que justice soit faite. Je voulais, pour une fois dans ma vie, faire entendre ma voix. Karl ne douta jamais que mon cas serait examiné un jour et que la sentence irait dans mon sens. Il n'était plus en colère contre le bureau du procureur, sans doute parce que, comme moi, il avait fini par se lasser après toutes ces années de rage.

En attendant, le stage me donnait des angoisses. Je voulais me montrer sous mon meilleur jour. J'avais toujours l'impression que mon passé serait découvert et que l'on me traiterait d'imposteur, mais je n'aurais pas dû tant m'en faire. Ma responsable, une dame appelée Ann M., dut voir quelque chose en moi en dépit de mon manque d'assurance. J'observais les autres conseillers et je m'émerveillais de les voir si sûrs d'eux. Toute l'équipe me mit à l'aise. On paraissait m'apprécier vraiment. Je m'y fis d'ailleurs des amis qui sont toujours proches de moi. Ann, en particulier, me prit sous son aile. C'était la première fois que je me sentais maternée depuis grand-mère, et Ann reste une amie très chère à ce jour. Elle supervisait mes séances de groupe et se montrait satisfaite des résultats. Un jour, je m'effondrai en sa présence simplement parce qu'elle m'avait dit :

— Vous avez quelque chose de spécial, Mary Manning !

Elle ne cessait de me répéter que j'avais un don pour communiquer avec les gens. Elle admit que je manquais de confiance, mais elle fit de son mieux pour m'aider à évoluer. Lors des soirées qui réunissaient le personnel, elle m'annonçait que nous irions ensemble et que je devais garder la tête haute et m'amuser.

Ann devint une sorte de mentor. Je faisais de mon mieux pour l'imiter. J'adorais sa manière de s'habiller et de se coiffer. Elle ne me jugeait jamais et je finis par lui raconter pratiquement tout. Elle fut horrifiée par ce que j'avais dû endurer. Il est certain que mon expérience m'aidait à reconnaître les conséquences des traumatismes chez les patients. J'étais capable de détecter les traumatismes au moindre battement de cils ou mouvement d'un doigt ! Lorsqu'une personne est en souffrance, ce qu'elle ressent à l'intérieur trouve une voie vers l'extérieur, mais il faut savoir quoi chercher. Moi, je le savais parce que cela m'était arrivé. Au bout des trois mois de stage, ils proposèrent de prolonger mon contrat en tant que suppléante, ce qui signifiait que j'assumerais les congés de maladie ou les congés annuels. Comme plusieurs membres du personnel étaient en congé de maladie longue durée, il y avait pas mal de boulot. Je dus admettre, malgré toutes mes réticences, que ce je faisais devait être bien.

16

Un an environ après mon diplôme de Trinity, je pris la décision d'entreprendre un cours de trois ans en psychothérapie à l'institut Tivoli de Dun Laoghaire. J'avais cherché le meilleur cursus et c'était celui-là. Le diplôme était agréé et largement reconnu dans le domaine, et le nom de l'école ne cessait d'apparaître dans mes recherches sur les cours de psychothérapie. Malgré le poste que le centre Rutland m'avait offert, je me sentais toujours incompétente quand je me comparais aux autres conseillers. C'est pourquoi je voulais continuer mes études.

Si j'avais trouvé l'année précédente difficile, ce n'était rien par rapport aux trois années suivantes, au cours desquelles je conjuguai mon travail à plein temps à Rutland avec l'institut Tivoli. Il fallait assister à des cours magistraux deux week-ends par mois et suivre la session d'été ; le dimanche, toute la journée était occupée par les travaux dirigés en groupe. Quand j'entamai cette formation, j'ignorais que j'allais découvrir autant de choses positives. Il m'arrivait souvent d'assister à un cours magistral et d'apprendre que je faisais exactement ce qu'ils prônaient, sauf que j'avais cru que c'était naturel et que je n'y avais pas accordé d'importance. Alors, grâce au Tivoli, je disposais de mots utiles pour désigner ce que je faisais déjà avec mes patients du Rutland. Cela confirmait agréablement que je faisais quelque chose de bien et que je le faisais bien.

Les matières concernaient notamment le développement personnel, la psychologie de l'adulte et de l'enfant, les troubles et les névroses. J'assistais à d'innombrables cours et je rédigeais des quantités astronomiques de dissertations. Nous devions présenter des évaluations, des études de cas et des jeux de rôles. Je me fis de bons amis, mais pas autant que ce que j'avais espéré. Pour les dissertations, il me fallait passer des heures et des heures à faire des recherches, sans parler de les écrire, et je devais continuer à m'occuper des enfants et des corvées ménagères qui paraissaient sans fin. Karl faisait largement sa part dans ce domaine, prenant en charge la cuisine, le nettoyage, le soin des enfants, et, bien sûr, son propre travail. Malgré tout, j'adorais ce que je faisais. Je retirais tant de bénéfices en aidant les gens ! Et je commençais à croire que ma vie en valait la peine. Lorsque j'observais mes patients qui affrontaient les situations difficiles et les dures réalités de leur existence, je sentais une énergie monter en moi et une envie irrépressible de les aider à faire face. D'accord, tout n'était pas parfait. De temps en temps, j'entendais encore la voix de McDarby dans ma tête qui me disait que j'étais nulle, et j'avais encore des journées sombres où j'avais la sensation que je ne serais jamais assez bonne pour réussir quoi que ce soit, mais, cahin-caha, je persévérais. C'était devenu comme un mantra : *Persévère !* Bien que la voix de McDarby continuât de me hanter quand je me sentais vulnérable, elle avait objectivement perdu un peu de son pouvoir. En fait, je commençais à éprouver de la pitié pour lui et son esprit étroit. J'étais capable de prendre du recul et de mesurer à quel point il était perturbé. Son pouvoir commençait à diminuer, mais, les mauvais jours, je doutais encore de moi.

C'est vers cette période que maman fut emmenée à l'hôpital. Bien qu'elle fût sous traitement pour cirrhose du foie, elle continuait à boire. En fait, elle allait régulièrement à l'hôpital. Comme il fallait s'y attendre, ses années d'alcoolisme commençaient à se faire sentir de manière tangible. Elle avait désormais l'allure d'une ivrogne et elle ne cessait de faire des chutes. Je dois avouer que ma patience avait atteint ses limites, alors que Karl ne refusait jamais de répondre aux coups de téléphone de l'hôpital qui se faisaient de plus en plus fréquents. Nous en arrivâmes au stade où c'était lui qui prenait l'appel et qui allait lui acheter une petite valise avec des affaires de toilette et un assortiment de chemises de nuit. Je rechignais à dépenser de l'argent pour elle et je ne pensais pas qu'elle méritait un *assortiment* de chemises de nuit ! J'étais tellement furieuse contre elle, mais, en même temps, je ne voulais pas exactement qu'elle souffre. Après toutes mes études et mon travail avec les drogués et les alcooliques, je continuais d'espérer qu'elle s'arrêterait de boire à temps pour devenir la mère que j'avais toujours souhaité avoir.

Ma propre santé commençait aussi à me préoccuper parce que je saignais abondamment entre mes règles. Je fis des examens, mais personne ne fut capable d'en diagnostiquer la cause, même si je pensais que cela avait quelque chose à voir avec les années de violences. En dépit de tout cela, je gardais un rythme de travail stupéfiant. Parce que je voulais faire de mon mieux et que je voulais être appréciée, je devins une personne qui disait oui tout le temps : oui, je me charge des séances de groupe ; oui, je m'occupe de la prévention des rechutes ; oui, je ferai les sessions en soirée et les sessions de jour. Quand j'y repense, je sais que je compensais pour ce que je considérais comme les lacunes de mon année à Trinity, de cette idée que j'avais de ne pas avoir réussi mon diplôme « toute seule ». Je m'étais liée d'amitié avec une tutrice et, comme Karl, elle m'avait aidée pour les dissertations, pour l'établissement des notes et des bibliographies. C'est ainsi que j'avais l'impression que ce n'était pas vraiment moi qui avais réussi. Je voulais me rattraper. Bien entendu, tout cela rognait sur le temps que je consacrais à ma famille, d'autant que je me mis à passer de plus en plus d'heures dans la maison de Dublin pour faciliter les choses quand j'avais des cours le soir ou tôt le matin. Lorsque je retournais enfin chez nous, j'étais éreintée.

Malgré tout, je sentais effectivement que j'avais accompli ce que je voulais : j'étais alors un membre de la société à part entière, productive. À Rutland, les autres me respectaient et me considéraient comme l'un des leurs et une conseillère psychologique efficace. Mes patients semblaient me faire confiance, professionnellement et personnellement, ce qui rendait mon travail encore plus gratifiant.

17

Mon avocat finit par m'annoncer qu'il avait des nouvelles et il organisa un rendez-vous avec mon avocat plaidant à la Cour suprême de Dublin. Nous devions nous retrouver à quinze heures dans la bibliothèque, et il nous fallut des heures, à Karl et moi, pour la localiser, puis pour dénicher mon avocat. Nous l'aperçûmes dans son costume à fines rayures, en pleine conversation avec un homme plus âgé qui portait la robe noire d'un avocat plaidant. Lorsque nous nous approchâmes, il nous demanda de lui laisser quelques minutes. Cela faisait des années que j'attendais cela ; alors, que pouvaient bien faire quelques minutes de plus ou de moins ?

Nous nous éloignâmes et, de loin, j'examinai ce fameux avocat plaidant en essayant de décrypter son langage non verbal. C'était donc l'homme que mon avocat avait choisi pour me représenter au tribunal ? En fait, nous aurions dû nous rencontrer des années plus tôt, lorsque les documents avaient été remis aux personnes de la liste de ma première avocate.

Mon avocat nous appela. À ma grande surprise, le plaidant commença par dire qu'il n'était là que pour rendre service à un ami. Cela me désarçonna, mais pas autant que ce qu'il déclara ensuite :

— Madame Manning, je tiens à vous informer qu'en

raison du retard de mon intervention, vous avez le droit de demander à changer d'avocat si vous le souhaitez.

Je n'arrivais pas à comprendre ce qu'il voulait dire.

Il ajouta :

— Je n'ai été informé de mon engagement pour défendre votre cause que cette après-midi. Je ferai de mon mieux, mais, naturellement, je dois préciser que je connais mal votre histoire. J'ai parcouru votre dossier et je vous recommanderais de supprimer certains des noms des personnes que vous envisagez de poursuivre parce que je ne dispose pas de suffisamment de temps pour convoquer les experts nécessaires.

J'étais sidérée. De quoi parlait-il donc ? N'avais-je pas fourni toute la paperasse et tous les rapports que l'on m'avait demandés ? Pour autant que je le sache, ils disposaient de tout ce dont ils avaient besoin.

Il expliqua un tas d'autres trucs, mais, là, cela me passait par-dessus la tête.

J'eus une réaction caractéristique. *Nous y voilà : ça recommence. C'était fichu d'avance. J'aurais dû m'en douter.* Je crois que je ne compris pas bien ce qu'on m'expliquait, probablement aussi parce que je n'arrivais pas à assimiler la nouvelle. De retour à la maison, Iseult était fâchée contre moi parce que j'avais si peu d'informations, même si Karl fit de son mieux pour justifier ce qui s'était passé. Je sais que j'ai dû débrancher parce que j'avais l'impression qu'on me servait une fois de plus la même merde. Toutes ces années passées, et je perdais encore la bataille contre McDarby.

Quelques jours plus tard, Karl, Iseult, Megan et moi nous rendîmes au tribunal pour écouter les auditions. J'étais terriblement anxieuse – comment s'en étonner ? J'avais l'impression de porter un poids incommensurable sur mes épaules. Comme je ne savais pas du tout à quoi m'attendre, je redoutais les conclusions. En outre, j'étais partagée à l'idée que Megan et Iseult nous accompagnent, mais elles avaient tant insisté que j'avais cédé ; finalement, j'étais reconnaissante de leur soutien sans faille. Karl n'arrêtait pas de vérifier que j'allais bien, me demandant sans cesse ce que je pensais. Mais je n'étais pas d'humeur à dévoiler mes pensées et je voulais simplement réfléchir toute seule. Le plus gros obstacle était peut-être d'arriver à ignorer que je n'avais plus confiance en la justice irlandaise.

Karl gara la voiture à proximité. Moi, je marchais derrière lui et les filles. Ils plaisantaient, sans doute pour me faire penser à autre chose, mais je me sentais mentalement de plus en plus loin d'eux trois. Je ne comprenais pas qu'ils puissent rire à un moment pareil. Ne réalisaient-ils pas à quel point c'était grave et important pour moi ? D'accord, ils n'avaient jamais été à ma place et ils ne pouvaient donc pas avoir la moindre idée de ce que ce jour représentait.

Une fois à l'intérieur, ma première pensée fut pour les toilettes : je devais vérifier que mon rouge à lèvres tenait bon. Pas question de révéler la moindre fissure dans mon apparence physique. Karl alla vérifier la salle d'audience où nous devions aller. Tout en retouchant mon rouge, je pensais à quel point les apparences peuvent être trompeuses. Le rose vif de mes lèvres faisait partie de mon armure, de mon masque pour dissimuler la réalité de ma vie pour ceux qui m'examineraient aujourd'hui. Concrètement, je savais que, si n'importe qui choisissait de me regarder dans les yeux, il y verrait la vérité toute nue, au-delà de la protection de mon maquillage et de mes vêtements recherchés. Mais rares sont les gens qui regardent les autres dans les yeux, et je me sentais plutôt en sécurité de ce côté-là. Lorsque je rejoignis ma famille, je me sentais confiante, compétente, et j'avais l'impression de dominer mes émotions. Je souris en moi-même : j'étais prête.

Nous étions arrivés beaucoup trop tôt, et mon affaire ne serait entendue que l'après-midi. Nous décidâmes de patienter dans le tribunal. La salle était différente de ce à quoi je m'attendais. Elle était bondée, et l'atmosphère était moite, comme une église avec ses rangées de bancs en bois, face aux chaires surélevées du fond. Le juge était plutôt dodu, avec des lunettes, et il paraissait détaché de l'agitation et du brouhaha. Les avocats bavardaient ou regardaient leurs téléphones, et les gens ne cessaient d'entrer et de sortir. Karl repéra des places libres au fond, et nous nous serrâmes sur un banc en bois dur.

Je compris que j'avais eu raison de craindre qu'il n'y aurait ni chaleur ni véritable intérêt pour les gens dont on traitait les affaires. Je m'étais inquiétée de ce que le processus soit froid et bâclé, une manière de ranger la vie des gens dans des boîtes, comme lorsqu'on range les décorations de Noël en janvier. Tout en écoutant les autres affaires, je me demandais anxieusement s'il était possible de rendre la justice lorsque toute votre vie est décrite dans un petit paragraphe.

Ils avaient tous l'air si jeunes et si inexpérimentés ! Comment pouvaient-ils comprendre quoi que ce soit à ce qui m'était arrivé ? J'eus un accès de rage à l'idée que je devais m'en remettre à la loi pour que des inconnus statuent sur mon cas. Comme prévu, le jargon était incompréhensible, à mon avis prévu justement pour donner l'impression aux gens comme moi qu'ils étaient stupides. J'observais le langage non verbal des gens et les chuchotements empressés au sujet de l'affaire en cours. À côté de moi, un homme feuilletait une épaisse chemise qui contenait tous les dossiers du jour. Allaient-ils avoir assez de temps pour étudier équitablement tous ces cas ? Assez de temps pour étiqueter ces vies d'un trait de plume ?

Deux avocats qui débattaient âprement d'un point ou un autre finissaient par se diriger côte à côte vers la sortie en discutant amicalement de l'endroit où ils iraient déjeuner tout en se congratulant mutuellement sur leur performance. C'était comme si nous étions tous engagés dans une sorte de jeu formidable avec nos vies, ce qui était probablement le cas. Ma confiance s'évaporait lentement à mesure que je me demandais comment une loi écrite cent ans plus tôt pouvait bien s'appliquer aux viols et aux tortures perpétrées sur moi par mon beau-père.

Comme j'avais une baisse de l'ouïe dans mon oreille gauche (causée par une otite interne qui n'avait pas été soignée puisque maman et McDarby ne s'étaient pas préoccupés de ma douleur atroce), j'étais anxieuse de ne pas pouvoir suivre précisément tous les débats. Je repérai mon avocat dans la foule et vis qu'il n'avait pas l'air satisfait du tout. Ce qui était parfaitement cohérent parce que je ne l'étais pas non plus, pas plus que Karl. Megan ne comprenait pas vraiment ce qui était en train de se jouer, contrairement à Iseult qui souhaitait de toute son âme que justice soit rendue à sa mère.

L'après-midi s'éternisait, mais, enfin, on appela mon numéro de dossier. Comme je m'y étais attendue, j'eus du mal à entendre toute la discussion concernant mon affaire. Je saisissais des bouts de phrase ici et là, notamment lorsqu'on rapprocha mon histoire à d'autres cas que l'État avait remportés par le passé. On mentionna les délais, de même que les « allégations » de lettres auxquelles personne n'avait répondu et un manque de coopération de ma part – une chose qu'on ne m'avait jamais dite. Je finis par entrevoir la vérité quand mon avocat plaidant se mit à m'expliquer que les règlements et les procédures de la cour pesaient gravement sur mon affaire. Je luttais pour entendre ce qu'ils disaient, là-bas sur leur chaire. L'avocat leva les deux mains vers le juge sans cesser de lire ses notes, réclamant que me soit épargné l'exposé public de mes difficultés. Le juge acquiesça et se mit à lire mon dossier en silence. Ensuite, il exprima sa sympathie à mon égard, puis la représentante du procureur, une jeune avocate, lui rappela que j'avais réussi à aller à l'université... en disant cela comme si c'était une erreur de ma part. On aurait dit qu'elle voulait me punir d'avoir voulu essayer de m'en sortir. À croire que j'aurais dû être contente de mon sort au lieu de faire perdre son temps à la cour. Elle ignora le regard incrédule que je lui jetai. Imaginait-elle vraiment que le voyage avait été facile ? Que j'avais réussi à surmonter dix années de violences terribles et que j'étais passée d'Ardee à Trinity College comme ça, d'un claquement de doigts ? J'aurais voulu lui parler des années de thérapie, des années de jours sombres où j'étais trop déprimée pour faire quoi que ce soit, où j'étais même trop déprimée pour tenter de me tuer. N'était-ce pas une chance pour elle d'ignorer à quoi ma vie pouvait ressembler, de n'être rien, de ne compter pour personne au monde ?

J'attendis que mon avocat dise quelque chose. En vain. Au lieu de se lever pour intervenir, il leva les deux mains pour signifier qu'il avait fini. Ce fut terminé en l'espace de quatre minutes, quatre minutes de leur temps.

Quatre minutes dans toute une vie.

Mon cas fut rejeté. En sus, ils me poursuivraient pour les dépens à cause du temps perdu et du fait que mes documents ou mes affidavits ou n'importe quelle merde n'avaient pas été déposés correctement.

Lorsque nous reprîmes la voiture, je m'étais murée dans mon silence. Iseult dit quelque chose à propos de mon avocat qui avait suggéré que j'aille en appel, mais cela ne m'intéressait plus. J'en avais marre. La voix dans ma tête voulait hurler à ma fille : *Écoute, c'est la goutte d'eau pour moi* ! *J'ai vu l'enfer et retour, et je n'en peux plus. Alors, je me fiche que tout le monde saute de la falaise parce que je refuse absolument de subir une nouvelle fois tout ça* ! Iseult luttait contre mon silence :

— Maman, tu ne vas pas laisser tomber, quand même ? S'il te plaît, n'abandonne pas !

Je réussis à lui répondre :

— Tu ne comprends pas ou quoi ? Il n'y a aucune raison de continuer !

J'aurais voulu lui dire, à elle et aux autres, de me laisser tranquille, mais je savais que c'était une chose vraiment dure à dire à votre enfant qui souhaite simplement le meilleur pour vous. Elle était contrariée, au point que les larmes dégringolaient sur ses joues, mais je n'avais rien à lui dire pour la réconforter. Je n'avais rien du tout.

Karl était furieux. Je voyais ses articulations blanchir tandis qu'il agrippait le volant. Iseult était aussi en colère parce qu'elle sentait que je refusais d'entendre raison alors que moi, je me sentais simplement épuisée. Je saignais à nouveau beaucoup et je me sentais anéantie à tous les niveaux : physique, mental et émotionnel. Une fois de plus, McDarby avait prouvé qu'il pouvait faire ce qu'il voulait de moi et s'en tirer sans dommage. Je devais désormais affronter le fait que tous ces gens, les travailleurs sociaux et les médecins, qui avaient fait si peu de choses pour moi, allaient s'en tirer aussi. Pourquoi s'en soucier ? J'avais espéré que les poursuites au civil allaient me permettre de tourner la page comme j'en avais besoin. J'avais également espéré pouvoir me disculper, réhabiliter mon nom. Je ne pouvais cesser d'avoir l'impression que j'avais été marquée comme celle qui était coupable. Non, mais quelle naïveté ! La justice de mon pays avait validé la décennie de brutalité de mon beau-père et le fait qu'il m'avait violée et imprégnée. Voilà comment je le ressentais. Personne ne me croyait. Le mantra de McDarby n'allait pas cesser de me hanter.

Les semaines et les mois suivants furent loin d'être bons. Je retournai voir mon médecin, qui me prescrivit un nouveau traitement d'antidépresseurs, et je fis de mon mieux pour refouler mes émotions à l'aide des comprimés et du travail, mais rien ne marchait. Je ne sais pas si j'étais consciente alors d'être en train de m'éloigner de ma famille et de mes amis. Je ne voulais même plus rester avec Karl, je ne voulais plus rester avec les enfants et je ne voulais même plus rester en Irlande. Dans ma tête, j'étais en train de dériver et je ne me sentais rattachée à rien, même si je continuais à me rendre en voiture jusqu'à Dublin et retour à la maison.

Mon amie Norma descendit de Belfast parce qu'elle était vraiment inquiète à mon sujet. Nous avions fait sa connaissance, Karl et moi, pendant les vacances et nous étions restées en contact. Elle passa la nuit chez nous avant de me ramener à Belfast le lendemain. J'étais incapable de m'habiller et je fis le voyage en pyjama, sans lui dire un seul mot. Pour autant que je sache, je n'avais rien à dire à personne. Au cours des jours qui suivirent, elle me donna à manger et fit ce qu'elle pouvait pour moi. Je lui étais reconnaissante de m'éloigner des enfants et de Karl parce que je n'avais pas envie qu'ils voient à quel point j'étais mal.

À cette époque, Karl travaillait avec l'association Aware et il voyageait beaucoup à travers toute l'Irlande pour donner des conférences sur la prévention du suicide. C'est un sujet à propos duquel il a pu s'inquiéter pour moi, mais je dois dire que j'avais dépassé ce stade. Cela ne me tourmentait pas parce que j'avais l'impression que j'échouerais – comme tout le reste. Je me retrouvais dans cet état de robot qui ne ressentait rien. Le résultat, c'est que je voulais être seule et je déclarai à Karl que je voulais me séparer de lui. Je lui adressais à peine la parole. Lorsqu'il m'appelait, je marmonnais « Oui » ou « Non » en fonction de ce qu'il disait. Je n'avais pas envie de lui parler. Il fallait quand même que je parle aux enfants, bien sûr, mais c'était le minimum. Ils étaient tous inquiets pour moi, mais j'étais persuadée que je leur évitais des soucis en m'éloignant et en refusant de leur dire ce que j'éprouvais.

Je voyais les choses comme si ma relation avec Karl avait été totalement rongée par mes années de traumatisme et de violences. Tout avait affecté notre mariage et les deux séries d'enfants que nous avions. J'avais besoin de m'éloigner de tout ça et c'est pourquoi je finis par m'installer à Monksfield pour laisser Karl et les enfants à la maison. Nous ne leur expliquâmes pas grand-chose, mais je suis sûre qu'ils se firent un souci terrible à notre sujet.

L'une de mes meilleures amies, Judith, était enceinte et je la vis à peine pendant les neuf mois de sa grossesse, d'autant que je me convainquis qu'il était préférable que je cesse tout contact avec mes amis. Au mieux, j'arrivais à peine à entretenir de brèves conversations au téléphone.

J'avais disparu dans les ténèbres en veillant à ce que personne ne puisse me suivre. La honte, la culpabilité et le remords me submergeaient. Je cessai également de manger et je maigris à toute vitesse. Rien n'avait changé. Je me mis à envisager de partir en Amérique. Je n'avais pas vraiment réfléchi à l'endroit, mais je voulais quitter l'Irlande. Je cherchais les universités américaines en me disant que je pourrais y étudier. J'allai jusqu'à remplir des formulaires à m'en épuiser.

Au cours de ces mois de déprime, je communiquais de manière irrégulière avec Karl, imaginant qu'il faisait de son mieux pour vivre sans moi. Nous avions acheté une résidence secondaire pour les vacances en famille. J'étais tombée amoureuse de la maison parce qu'il s'agissait d'une demeure victorienne au bord de la mer, mais je me sentais si mal que cela m'était égal de m'y rendre pour y séjourner. Cela ne m'intéressait pas. Pas plus que la mer ne m'attirait. J'avais réellement l'impression d'être déchirée. Autour de moi, les gens ne paraissaient pas avoir changé, mais, moi, je plongeais et j'étais persuadée de n'être rien, juste un boulet pour ma famille et mes amis. J'avais l'impression d'être une merde, un désastre total et, pour changer, j'avais honte de mes échecs en tant qu'être humain.

Lorsque Judith accoucha, je me forçai à aller la voir et à m'organiser pour que Karl vienne avec moi puisqu'elle était notre amie à tous les deux. J'étais en plein burn-out et j'avais perdu tellement de poids que je ne me déplaçais que comme une petite vieille dame fragile. J'avais arrêté les antidépresseurs et je perdais du sang comme jamais. Je m'étais mise en congé de maladie et, comme Karl ne m'avait pas vue depuis plusieurs semaines, il fut évidemment choqué de mon apparence. Lorsque nous allâmes voir Judith, elle lui dit qu'il fallait qu'il me ramène à la maison. Karl était furieux de voir ce que je faisais de moi, sans parler qu'il ne supportait pas la séparation, mais je n'arrivais pas à ressentir quoi que ce soit pour lui ou pour ce que je lui imposais. Dans ma tête, j'étais en train de faire ce qui était le mieux pour tous les gens qui se souciaient de moi : la seule solution était de m'éloigner d'eux.

Je rentrai quand même à la maison avec Karl. À mon arrivée, je tirai les rideaux parce que je ne voulais pas les voir ou qu'on me voie. Et cela dura près d'une année.

Lorsque je considère cette période, la meilleure manière dont je peux la décrire est que je sombrai dans une sorte d'hibernation. Karl et certains amis me nourrissaient et s'occupaient de moi, mais je n'y prenais pas garde. Souvent, je me voyais comme si j'étais au-dessus de moi, et je voyais à quel point je me laissais aller. McDarby continuait à vivre normalement, alors que ma vie à moi s'était arrêtée. Je me recroquevillais dans ce qu'il me restait de ma carapace, juste comme une tortue. J'ai toujours aimé les tortues. D'une certaine manière, je suppose que je savais que, au cœur de ces ténèbres, je laissais le temps faire son œuvre de guérison.

Ces douze mois représentent à la fois la meilleure et la pire période de ma vie. Ils furent atroces, mais ils me conduisirent vers un endroit différent de moi-même et, aujourd'hui, je possède toujours la force qu'ils m'ont donnée. Je passais des heures sur le canapé. J'adore les livres et, en général, j'en lis des tonnes, mais je n'arrivais pas à me concentrer sur un seul texte. Pas plus que je n'arrivais à me concentrer sur la télévision. Alors, la plupart du temps, je me contentais de rester assise là, les yeux dans le vide, comme quand j'étais à Ardee.

Karl avait atteint ses limites, ce que je comprenais. Pendant des années, il avait œuvré si dur à mes côtés, faisant preuve d'une infinie patience pour m'aider à m'ouvrir, à aimer et à être aimée. N'empêche qu'il ne m'avait jamais vue comme ça et qu'il avait sincèrement l'impression que j'étais au-delà de son aide. Il continuait à s'inquiéter que j'envisage le suicide et il demanda aux enfants, ainsi qu'à nombre de nos amis les plus proches, de me surveiller. Un jour, l'un d'entre eux me rendit visite. En me voyant avachie sur le canapé, cet ami, qui avait naturellement une voix forte, se mit à hurler :

— Alors, tu vas te contenter de laisser tomber, c'est ça, Mary ? C'est ça ?

Je levai simplement les yeux vers lui en répondant :

— Ouais. Tu veux que je fasse quoi ?

J'ajoutai en secouant la tête :

— Je n'en ai plus la force !

Cela mit fin à la conversation.

J'arrêtai même de prier. Je me fichais totalement qu'il y ait des anges autour de moi ou non. Je mesurais et je ressentais la distance qui me séparait de Karl, mais je ne savais absolument pas comment combler ce vide. J'étais totalement incapable de faire autrement que de me montrer comme je l'étais : au fond du fond. En fait, c'était plutôt positif parce que j'avais conscience d'être au fond du trou. Des années plus tôt, j'avais peut-être ressenti la même chose, mais je l'ignorais. Ainsi, c'était une sorte d'éveil spirituel, avec un niveau de conscience que je n'avais jamais atteint.

Iseult se mit à évoquer l'idée de partir en Australie. Je comprenais pourquoi. Comme Karl, elle avait atteint ses limites et elle n'avait plus aucune idée pour m'aider. Elle voulait aussi fuir toute l'injustice de tout ce qui s'était passé. Je ne pouvais pas l'en blâmer. Je voyais bien que les enfants étaient préoccupés. Les jumeaux étaient encore très jeunes, mais ils comprenaient que leur mère n'allait pas bien. Je n'étais plus cette femme qui avait l'habitude de grimper dans sa voiture pour aller travailler et qui avait généralement le cœur tendre en matière d'argent de poche. J'étais cette mère qui passait désormais ses journées assise sur le canapé, le regard perdu dans le vide.

Malgré l'horreur de cette année-là, je reste persuadée qu'elle fut nécessaire. C'était une manière de guérir en profondeur. Le fait d'hiberner ainsi m'aida à me reprendre, à rassembler mes forces d'un point de vue émotionnel, spirituel et mental. À un moment, je me remis à prier, même si je n'avais pas décidé pour qui ou quoi. Un jour, alors que j'étais seule à la maison, j'allumai quatre chandelles et je m'assis au milieu du plancher. Et j'attendis. Je sentis un hurlement monter en moi et je le laissai sortir. Ce fut une libération brève, et ce hurlement sortit plutôt comme un grognement guttural, mais c'était probablement la première fois de toute ma vie que je me laissais aller à hurler, ce qui était indubitablement un pas dans la bonne direction. Quelques minutes plus tard, j'accueillis la conscience que c'était à moi de laisser aussi le changement venir en moi. Alors, je ne savais pas le moins du monde quand et comment je pourrais procéder, mais je pris progressivement conscience que j'allais être guidée. Financièrement, j'étais au plus bas, mais cela n'avait pas d'importance. J'étais prête à ramper jusqu'à ce que je puisse me relever et renouer contact avec ma famille, mes amis et mon monde.

Je compris aussi qu'il fallait que je me pardonne pour ce que je m'étais infligé. Je devais cesser de saboter la personne que j'étais. Ce fut une dure leçon, mais c'en fut une que je n'allais pas oublier de sitôt. Il n'était plus question de revenir en arrière.

18

Mon thérapeute m'a toujours affirmé que j'étais une personne douée de spiritualité. Des années plus tôt, je m'étais inquiétée d'être possédée, me demandant si cela expliquait que je voyais des ombres et que je sentais les esprits autour de moi, mais je fus assurée que, non, c'était simplement la part spirituelle en moi.

À un moment, je voyais sans cesse des faucons. Je crois que chacun d'entre nous possède des guides spirituels qui ressemblent à toutes sortes d'êtres vivants, des anges, des parents morts avant votre naissance, des gens qui vous ont quitté et, bref, toutes personnes qui sont mortes ou qui ont vécu. Les animaux et les oiseaux peuvent également vous servir de guide spirituel et, dans mon cas, je réalisai que le faucon était l'un de mes animaux de pouvoir. Je ne cherche pas à convertir qui que ce soit ; c'était juste la manière dont ma vie évoluait. Outre mon travail qui m'aidait à me réparer après des années d'abus et les années d'études que je consacrai à devenir la thérapeute que je suis aujourd'hui, je me lançai également dans une exploration spirituelle, que j'en aie envie ou non.

En tant qu'animal spirituel, le faucon possède plusieurs significations. Tous les oiseaux sont considérés comme des messagers, mais le faucon est le messager du monde spirituel et il entretient donc une puissante connexion avec l'esprit. Il utilise son pouvoir de concentration et de clarté qui lui permet de prendre les devants lorsque le moment est venu. Quand je me mis à voir des faucons au cours de mes séances de méditation et dans mes rêves, j'eus l'impression que c'était le signe que ma conscience s'éveillait pour me guider vers un autre niveau.

Il m'est difficile d'être plus précise, si ce n'est en disant que je vins à sentir une affinité avec les Amérindiens. Je ne suis pas sûre de pouvoir mieux expliquer ça, sauf pour ajouter que, en rédigeant ce livre, il y a des choses dont je n'ai pas parlé. Pour être honnête, je ne savais pas vraiment comment les y intégrer, mais je vais faire un essai.

Il y a de très nombreuses années, je « rencontrai » mon premier Indien. C'était le soir où je m'étais sali le visage et où j'avais déchiré mes vêtements pour prouver à ma mère qu'on m'avait violée. Elle ne me crut pas ; alors, je filai dans ma chambre pour me nettoyer avant que mon beau-père rentre à la maison et soit mis au courant. Je me tenais devant la fenêtre et je regardais la circulation dans la rue, avec un sentiment d'abandon total, et je vis, du coin de l'œil, apparaître le visage d'un vieil homme. Il avait de longs cheveux blancs, et son visage était sillonné de rides. Il sourit et me dit quatre mots : « Va à Wounded Knee ! » avant de disparaître comme ça. Bien entendu, je crus avoir tout imaginé, mais je n'arrivais pas à oublier son message. Trois ans plus tard environ, je demandai à une professeure ce qu'était Wounded Knee et elle m'expliqua que c'était le site d'une grande bataille en Amérique.

Faisons à présent un saut dans le temps, jusqu'au congrès international des Alcooliques anonymes qui se tenait à Toronto, au Canada. Karl et moi, nous avions décidé de nous y rendre parce que plusieurs de nos amis y allaient. J'avais toujours eu l'intention de retourner aux États-Unis, parce que j'avais l'impression que les choses étaient restées en suspens, et, comme le Canada était tout près, cela me paraissait faire un pas dans la bonne direction.

Karl et moi avions travaillé dur pour économiser assez d'argent. Nous confiâmes les enfants à des amis et nous partîmes. Au cours du congrès, je découvris un endroit habité par des Amérindiens où se déroulait un genre de cérémonie. Je fus immédiatement séduite, comme si c'était là la raison pour laquelle j'étais venue au Canada. Je saisis l'occasion pour apprendre à en connaître quelques-uns. Il y avait quelque chose en eux, en tant que peuple, qui m'attirait, comme si je les avais toujours connus. J'avais l'impression d'avoir trouvé ma place.

Peu de temps après, je pris un vol pour les États-Unis afin d'assister à un congrès des Américains natifs et nouer d'autres liens. Lorsque je rentrai en Irlande, je reçus un coup de téléphone de quelques femmes anishinaabes que j'avais rencontrées et qui m'annoncèrent qu'elles envisageaient de venir en Irlande en se demandant si elles pouvaient venir me voir. Je leur répondis sans hésiter que j'en serais ravie et que je pouvais leur faire visiter le coin.

Heureusement que j'ai une grande maison parce que je me retrouvai à loger huit femmes. C'étaient des danseuses de la tribu anishinaabe, de la réserve ojibwée de White Earth. La danse qu'elles pratiquent, la « danse de la robe à clochettes », est celle des femmes lors des grands rassemblements. Elles portent une robe particulière, ornée de rangées de petits cônes métalliques qui s'entrechoquent comme des clochettes. Mes amies étaient prêtes à exécuter leur danse pour tous ceux qui le réclamaient, parce que c'est un aspect important de leur culture et de leur héritage, mais personne ne semblait intéressé. Je pris contact avec l'école des jumeaux pour demander si je pouvais leur amener ces femmes et montrer leur danse aux enfants. Ils acceptèrent, et ce fut une visite chaleureuse. Mes amies dansèrent ; certains enfants leur montrèrent à leur tour des danses irlandaises, et ils apprirent quelques faits au sujet de leur culture. Un journaliste vint également et écrivit un article dans le journal local.

Je me sentis immédiatement en phase avec l'une des femmes, Jamie. Comme moi, elle n'avait pas eu la vie facile, mais elle faisait de son mieux pour changer et apprendre à se libérer des mauvaises influences de son passé. Elle fut triste de quitter l'Irlande et déclara qu'elle s'y était sentie vraiment comme chez elle. Le dernier soir, nous échangeâmes des cadeaux : elle me donna un petit ours qui ornait son costume et je lui offris une figurine qui représentait un angelot. J'avais l'impression que nous étions comme les deux faces de la même médaille : elle voulait être irlandaise et je voulais être amérindienne. Nous nous promîmes de garder le contact et, aujourd'hui encore, c'est l'une de mes meilleures amies.

Jamie m'en dit aussi un peu plus au sujet de Wounded Knee. Dans ce lieu situé dans le Dakota du Sud, le 29 décembre 1890, la cavalerie américaine massacra la tribu des Lakotas. La plupart d'entre eux n'étaient pas armés et, lorsque les fusils se turent, ils laissèrent plus de deux cents hommes, femmes et enfants morts et quarante-sept femmes et enfants gravement blessés. En revanche, seuls vingt-cinq soldats américains trouvèrent la mort et vingt autres se virent remettre la médaille d'honneur pour leurs meurtres de ce jour de décembre. En 2001, le Congrès national des Indiens d'Amérique condamna les récompenses et demanda au gouvernement des États-Unis de les annuler.

Cela me prit quelques années, mais je finis par m'y rendre lorsque, Jamie et moi, nous organisâmes un voyage spirituel aux États-Unis. En Irlande, certaines personnes vont expier leurs péchés au sommet de Croagh Patrick ou au bord du Lough Derg. Pour moi, il semblait que ce fût à Wounded Knee que je ferais pénitence et que je me pardonnerais à moi-même.

Je me souviens de l'émotion qui m'a instantanément saisie à mon arrivée sur les lieux. C'était là l'endroit qui m'appelait depuis que j'étais petite, et j'eus du mal à croire que j'y étais enfin arrivée. L'atmosphère était bouleversante. La région avait vu passer tant de morts et de destructions, et les Indiens n'avaient jamais renoncé. C'était une chose que j'avais en commun avec eux. Mon beau-père avait assassiné une part de moi, mon innocence, et cette part avait disparu pour toujours. Malgré toute cette destruction de ce que j'avais été ou que j'aurais pu être si mon père n'était pas mort si tôt, j'étais toujours debout et, mieux encore, j'avais réussi à atteindre cette terre sacrée.

La veille au soir, nous fîmes toutes les deux des liens de prière avec du tabac : vous placez un peu de tabac dans un morceau de tissu en pensant aux personnes pour lesquelles vous voulez prier. J'en préparai pour Karl, pour les enfants et pour tous mes ancêtres. Le lendemain, Jamie gara la voiture, et j'en sortis pour aller lire les informations touristiques à propos de l'énorme montagne qui se dressait devant nous. La plupart des Amérindiens pensent que Bear Butte est une montagne spirituelle parce que c'est là que leur créateur a choisi de communiquer avec eux par les visions et les prières. La végétation est ornée de quantités de liens de prières que les visiteurs ne doivent ni toucher ni photographier.

Du coin de l'œil, je vis que Jamie enfilait ses chaussures de randonnée. J'avais chaud et je me sentais mal à l'aise, sans parler que je saignais abondamment. Nerveuse, je lui demandai ce qu'elle était en train de faire. Elle parut interloquée par une question aussi bête.

— Personne ne vient jusqu'ici juste pour regarder la montagne ! Il faut faire Bear Butte !

Je marmonnai faiblement quelque chose comme :

— Quoi ?

— Mary, expliqua-t-elle, tu dois grimper sur la montagne aussi haut que tu le peux et, lorsque tu auras atteint ta limite, tu verras la branche sur laquelle tu pourras nouer des liens de prière. C'est comme ça que ça marche.

Je n'avais aucune envie de m'attaquer à cette montagne. Je n'avais pas de chaussures adaptées et, en outre, plus nous nous approchions, plus je réalisai que c'était de loin la plus haute montagne que j'avais jamais vue de ma vie. Le soleil était écrasant, et j'étais déjà épuisée. Toutefois, je sentis qu'il était inutile de chercher à convaincre Jamie de ne pas la suivre en haut de cette foutue montagne.

Nous empruntâmes le chemin ancestral qui avait été creusé par les pas de ceux qui nous avaient précédées. Il était si étroit que nous devions marcher l'une derrière l'autre, ce qui fit naître en moi le sentiment que c'était un objectif que je devais atteindre : une ascension littérale vers le sommet d'une montagne raide qui représentait ma vie jusqu'alors. Une fois que je me décidai à y aller, j'éprouvais autant d'enthousiasme que Jamie à l'idée de *faire* Bear Butte. Nous démarrâmes d'un bon pas et, au départ, ce fut assez facile ; il suffisait de poser un pied devant l'autre. Mais au fil du chemin, j'eus la sensation que le trajet était de plus en plus long et de plus en plus semé d'obstacles. Je commençais à me fatiguer et, lorsque je jetai un regard en arrière, j'eus l'impression que nous n'avions pas autant avancé que je ne le pensais et que nous avions encore beaucoup de chemin à faire. Plus je me concentrais sur le reste du chemin, plus je trébuchais sur les cailloux et les branches. Au bout de je ne sais combien de temps, je commençai à désespérer parce qu'il me semblait que nous étions encore au pied de la montagne. Il me fallut faire appel à toute ma force physique et mentale pour continuer à me motiver. Pas à pas, cette ascension se transforma en métaphore de ma vie ; j'étais déterminée à ne pas abandonner avant le moment voulu. Ce fut plus facile quand je cessai de regarder le chemin devant moi. Je me concentrai sur l'endroit où j'étais et pas sur ce qu'il restait à faire. Alors, je commençai à remarquer les arbustes et les fleurs, ce qui me fit penser à ma grand-mère et à quel point elle me manquait toujours malgré toutes les années.

Je continuai à marcher, la tête pleine de souvenirs. Si j'aurais préféré en oublier la plupart, je ne peux nier que, en grimpant, quelque chose se libérait en moi. Mes pensées allaient et venaient de mon enfance à mon adolescence, puis à mes vingt ans, et les scènes défilaient devant les yeux de mon esprit. Soudain, je me rappelai la visite de la mère de McDarby à Ardee, juste avant sa mort : elle avait déclaré d'un ton d'excuse à ma mère qu'elle savait que son fils était un « mauvais garçon ». Je me souvins de ce grand Indien qui m'avait dit de rentrer en Irlande, lorsque j'avais découvert que les enfants avaient été placés. Avait-il vraiment existé ? Souvenez-vous de ce qui s'est passé à mon retour. Dieu merci, je n'avais aucune idée de ce qui m'attendait lorsque je descendis de l'avion à l'aéroport de Dublin. Toutefois, tout n'était pas si noir. Je sentais la présence de Karl, mon âme sœur, qui marchait à côté de moi. Il était à la maison avec les enfants, mais je sentais son soutien en esprit. Je pouvais l'entendre me dire à quel point il était fier de moi. Je sentais aussi les enfants tout autour de moi, qui me disaient de persévérer. Sur cette montagne, je me sentis aimée d'une manière que je n'avais sans doute jamais appréciée auparavant.

Et je cheminais, juste derrière Jamie. La sueur coulait dans mon dos. Quelque temps avant, il y avait eu un incendie sur la montagne, et les souches carbonisées d'arbres autrefois magnifiques rythmaient le sentier. Je fus frappée par l'idée qu'ils reflétaient aussi mon être intérieur, car ils étaient encore là après avoir résisté à un massacre. Même si c'était dur, même si je me sentais mal, je ne pouvais nier que j'avais l'impression que ce que j'étais en train de faire était exactement ce qu'il fallait. Cette montagne cabossée du Dakota me donna l'impression d'être chez moi plus que n'importe quel autre endroit d'Ardee.

Nous nous arrêtions régulièrement pour boire de l'eau tirée du sac à dos de Jamie. Nous avions cessé depuis longtemps de parler pour nous concentrer sur notre route et nous laisser entraîner par les raisons qui nous poussaient à être ici. Nous étions deux femmes distinctes qui partageaient simplement le chemin de nos deux expériences individuelles.

En pensant à ma grand-mère, je réfléchis à la manière dont elle avait essayé de m'aider et au fait qu'elle m'avait transmis ses connaissances des plantes et des herbes. Pourquoi n'avais-je pas mieux écouté ? Au bout de deux heures et demie, j'avais l'impression d'être au fond du trou et je n'étais pas sûre de pouvoir continuer. Cependant, comme Jamie ne faisait pas mine de ralentir, je persévérai. Elle était loin devant moi et, de temps en temps, elle se retournait pour voir où j'en étais. J'avais besoin d'aide. Soudain, je sentis ma grand-mère qui m'enveloppait et j'entendis dans ma tête une voix douce qui me disait de mâcher de la sauge. J'avais repéré des plants de sauge un peu partout. J'en arrachai quelques feuilles et les glissai dans ma bouche. Cette plante miraculeuse est renommée pour ses vertus, notamment toniques pour les problèmes d'estomac, les maux de tête, les reins, le foie, les organes sexuels, etc. On peut l'employer en applications externes ou l'ingérer, et les Amérindiens avaient l'habitude de la malaxer avec de la graisse d'ours pour soigner les blessures.

Pendant encore un moment, je continuai en rêvant de tomber sur des toilettes afin que je puisse me laver et changer ma serviette périodique. Dans la chaleur, je flairais l'odeur sucrée de mon propre sang. Je me sentais sale et suante. Cela faisait un moment que Jamie ne s'était pas retournée, et la distance qui nous séparait avait augmenté. Comme je ne voulais pas lui crier d'arrêter, je me contentai de fixer son dos en la suppliant en silence de se retourner. Ce qu'elle fit, et qui me permit de lui annoncer que je pensais avoir atteint ma limite. À mon grand désespoir, elle tendit la main vers une crête assez éloignée et me fit signe qu'elle m'attendrait là-bas.

Il me fallut quinze minutes pour la rejoindre et, pendant ces quinze minutes, je préparai mon discours en argumentant qu'elle ne m'avait pas prévenue que j'allais devoir grimper sur une montagne et que je n'avais pas de chaussures de randonnée comme elle. Je saignais tellement que je me sentais au bord de l'évanouissement. Ma colère et mon sentiment d'injustice furent probablement ce qui me porta jusqu'à cette crête. Heureusement, lorsque j'ouvris la bouche pour exploser, rien ne se passa : j'étais trop épuisée.

Comme si elle ignorait tout du sermon qu'elle avait failli entendre, Jamie me tendit les mains en plongeant ses yeux dans les miens :

— Je t'aime, dit-elle. Tu as tellement d'importance pour moi. Je te garderai dans mon cœur pour toujours.

Elle me donna un lien de prière. Quant à moi, je me laissai aveugler par les larmes. Je savais qu'elle avait parlé sincèrement et j'avais l'impression qu'elle pouvait voir le vrai moi. Je ne lui avais pas raconté toute mon histoire, mais, à cet instant, j'eus la sensation qu'elle avait lu en moi et vu toute l'étendue de mon voyage jusqu'à cet endroit à cet instant. Nous pleurâmes ensemble. Pour la première fois de ma vie, j'imaginais ce que pouvait être une sœur. Jamie et moi étions en phase. Elle était capable de voir au-delà du masque que je présentais au monde, ce qui ne l'empêchait pas de m'aimer. Je me sentis submergée par une merveilleuse vague de paix et je sus alors que j'étais arrivée à l'endroit où j'allais trouver la branche qui était faite pour moi.

J'examinai les alentours et je repérai une branche sans vie. Une branche brûlée qui était morte, mais, en dépit de tout, elle demeurait là, témoin muet du feu et de tout ce que cet incendie avait abîmé au cours de sa vie, avec ses blessures roussies visibles. Je sus à l'instant que c'était ma branche, que c'était là que je placerais mes liens de prière. En l'atteignant, je me sentis renaître et, en confiant mes petits sachets de tabac à ses rameaux, je découvris à quel point cette branche était belle. Je remarquai aussi qu'elle retombait par-dessus le rebord rocheux sur lequel je m'étais assise avant de s'étendre plus loin, vers les plaines que je voyais en dessous de moi. Oui, c'était là que je laisserais mes douleurs les plus profondes et c'était là que je placerais mes prières et mes souhaits pour les êtres que j'aimais. Ce serait ma propre terre sacrée, pour mon obscurité et ma lumière.

Avec mes larmes, je savais que je me purifiais spirituellement. Je savais que j'avais fait pénitence et que je méritais d'être là, à ce point précis de Bear Butte. Je savais que tout cela participait aussi du pardon que je m'accordais. C'était la clé du bonheur pour la vie qu'il me restait à mener sur cette terre : il faudrait que je me pardonne.

Je sus aussi que je voulais continuer jusqu'au sommet de la montagne.

Jamie et moi, nous échangeâmes un regard sans parler et nous nous préparâmes à la suite du trajet. En chemin, nous croisâmes beaucoup de gens qui redescendaient. Je me demandais ce qu'étaient leurs vies et leurs raisons pour venir effectuer ce pèlerinage. Plus nous montions, plus le sentier devenait dangereux. Un seul faux pas et j'aurais pu dégringoler jusqu'en bas, mais cela faisait partie de l'expérience. Je tins bon et je continuai. Je sentais une nouvelle énergie envahir mon corps qui se faisait plus souple et plus léger. Je pensais à tout le monde : Karl, les enfants, mes parents, mes amis et mon beau-père. Je suppose que c'était une sorte de méditation, sans aucune distraction pour me détourner de mes pensées.

Presque cinq heures après que nous eûmes quitté la voiture, j'aperçus le sommet lorsque quelque chose attira mon attention. Avec une admiration mêlée de crainte, je vis un aigle tournoyer au-dessus de moi et du sommet de la montagne. Quelle vision ! C'était l'oiseau qui volait plus haut que les autres. Les Amérindiens pensent que l'aigle porte des prières sur ses ailes jusqu'au Créateur. Pour moi, ce fut un instant magique qui me disait que mes prières et mes vœux avaient été entendus. Je me reposai longuement en assimilant le changement qui avait eu lieu en moi. Je n'aurais pas pu mettre un mot sur cela, mais je me sentais différente. Je mis le feu à une branche de sauge, que je balançai autour de moi pour purifier mon énergie de toutes les ondes négatives qui auraient osé s'éterniser.

La brise se leva entre les arbres autour de moi, et je vis qu'il y avait des centaines, sinon des milliers de liens de prière qui se balançaient entre les feuilles. Je ne crois pas que je peux exprimer toute la mesure de mon sentiment de plénitude tandis que j'étais debout au sommet. Jamie s'était éloignée, et j'eus tout le temps d'absorber ce qui m'entourait et d'éprouver de la gratitude pour l'aide et l'amour que j'avais reçus et qui m'avaient conduite jusqu'ici. Enfin.

J'avais « fait » la montagne de Bear Butte, chacun des six kilomètres de l'ascension.

19

À mon retour à la maison, la santé de McDarby commença à se détériorer. Mon beau-père avait des trous noirs et des pertes de mémoire, et on finit par diagnostiquer qu'il souffrait de démence à corps de Lewy (DCL), qui se manifeste comme un croisement des symptômes de la maladie de Parkinson et de la maladie d'Alzheimer. Quand il était en crise, il se recroquevillait sur lui-même et était incapable de plier les muscles et les membres, mais il ne reconnaissait pas non plus son environnement. Je ne pus m'empêcher de penser que c'était sa punition pour la vie qu'il avait menée.

C'est James qui essayait de s'occuper de lui, et je savais que c'était difficile. Suite à un séjour de McDarby à l'hôpital, son médecin demanda à rencontrer toute la famille. Maman était ivre à Ardee, ce qui laissait James, Karl et moi décider d'une solution pour qu'on prenne soin de mon beau-père à plein temps. Comme je ne pouvais pas laisser James s'en occuper seul, nous décidâmes que Karl et moi, nous le ramènerions à Ardee et que nous irions tour à tour les aider. Nous quittâmes donc l'hôpital dans notre voiture, avec McDarby, et roulâmes jusqu'à Ardee. Lorsque nous arrivâmes à la maison, maman était totalement absente, et McDarby ne paraissait pas comprendre où il était. Nous le laissâmes debout, dans une confusion absolue, pendant que nous sortions pour discuter de la situation. Nous nous sentions tous les deux incapables de nous contenter de repartir.

Karl appela l'hôpital pour demander conseil. On nous répondit bien entendu que, puisqu'ils avaient libéré le patient, il n'était plus sous leur responsabilité. Ils nous recommandèrent cependant de trouver une structure pour lui, mais, Karl et moi, nous ignorions tout de ces établissements, et il était désormais trop tard dans la journée pour organiser quoi que ce soit. Karl me posa des questions sur les membres de la famille de McDarby, mais je n'avais pas leur numéro et je ne pensais d'ailleurs pas que mon beau-père ait eu beaucoup de contacts avec eux au cours des dernières années. Nous envisageâmes brièvement de le conduire à sa maison de Carlow, mais nous savions que le bâtiment tombait en ruine. Que devions-nous faire ?

Je n'arrive pas à me souvenir si c'est Karl ou moi qui eut le premier cette idée de le ramener chez nous. Comme nous étions tous deux dans des professions de soins, nous ne pouvions pas le laisser dans un tel état avec sa femme qui n'était guère mieux. Nous ne voulions pas de lui à la maison, mais nous étions entre le marteau et l'enclume. Croyez-moi, nous n'avions qu'une envie, c'était de nous éloigner, de monter dans notre voiture et de disparaître… Mais cela nous était impossible.

Karl me demanda si je pensais qu'il ne représentait aucun danger. Nous avions décidé qu'il était pédophile et il nous fallait penser à la sécurité de nos enfants. Nous dûmes cependant admettre qu'il était physiquement trop frêle et confus pour agresser qui que ce soit. Nous pourrions l'installer dans la cabane, ce qui nous éviterait d'avoir à le laisser entrer dans la maison. Nous lui apporterions ses repas, et son médecin pourrait venir lui rendre visite.

Ce fut une décision terrible, mais nous avions l'impression, en tant qu'êtres humains, de ne pas avoir le choix. Nous avions passé dehors une trentaine de minutes, mais, à notre retour, McDarby était exactement là où nous l'avions laissé, la tête inclinée et le dos rond. Maman comatait. Nous rassemblâmes quelques affaires et passâmes un coup de fil à la maison pour demander aux enfants s'ils étaient d'accord. Ils répondirent que nous devions faire ce que nous estimions le mieux. Je leur demandai de mettre le chauffage en route dans la cabane et de lui préparer un lit.

Le trajet du retour fut tranquille. Je suppose que Karl et moi étions plongés dans nos pensées. Je dus admettre que j'avais de la pitié pour cet homme sénile que j'arrivais alors à distinguer du monstre qui avait failli me détruire. À la maison, Karl déclara que ce serait lui et lui seul qui prendrait physiquement soin de lui (nous savions qu'il allait falloir lui changer ses protections, l'habiller, le nourrir et le laver). Je n'aurais pas pu m'y résoudre et, d'ailleurs, Karl était inflexible : il refusait que je m'approche de lui. Ainsi, au cours des semaines suivantes, Karl soigna mon beau-père, qui reprit des forces.

Nous n'espérions pas que les choses s'améliorent, mais cela fait partie de cette maladie. C'était une situation difficile et perturbante. Karl traitait McDarby comme un patient et lui apportait tous les soins nécessaires, ce qui rendit McDarby plus fort et… lui permit de redevenir le monstre qu'il était. Karl le haïssait et il haïssait être obligé de l'avoir à la maison. De mon côté, comme McDarby allait mieux, j'allais de moins en moins bien. C'était terrible de l'avoir dans les parages. J'étais inquiète pour les enfants et je me mis à me laisser déborder par les souvenirs les plus atroces. Lorsqu'il fut assez remis, il sortait de la cabane pour venir jusqu'à la maison – une chose que nous n'avions pas prévue. Karl était partagé entre la fierté d'avoir si bien soigné quelqu'un qui était aux portes de la mort et l'impression que la situation n'était plus sûre.

J'allai jusqu'à me demander si McDarby allait s'excuser pour ce qu'il m'avait fait. Essaierait-il d'exprimer ses regrets ? Je voulais aussi qu'il voie à quel point ma vie était réussie. Pouvait-il comprendre que j'étais une femme et une mère aimée ? Remarquait-il à quel point mes enfants étaient heureux et que notre foyer en était un lieu agréable ? Non, il restait aveugle à tout cela. Il ne remercia même pas Karl pour les semaines qu'il avait passées à prendre soin de lui et agissait comme si cela lui était dû. Karl, qui était en train de se consumer de rage contre cet homme, décida de l'affronter. Il demanda à McDarby pourquoi il m'avait traitée ainsi, ce à quoi mon beau-père répondit qu'il n'en savait rien, mais qu'il était surpris que j'aie survécu. Il dit qu'il était désolé..., comme si cela suffisait à effacer dix années d'abus et de viols systématiques. Puis, Karl lui demanda s'il pouvait lui faire confiance pour qu'il ne s'approche pas de nos filles. Sans réfléchir, McDarby répondit :

— C'est sûr que, de nos jours, ce serait moins facile. Les enfants sont trop intelligents maintenant et ils me dénonceraient. D'ailleurs, je ne toucherai jamais à la chair de ma chair.

Ce fut la seule assurance qu'il nous offrit qu'il ne toucherait pas les filles.

Moi, je voulais le tuer. Je me sentais malade jusqu'au tréfonds de mon âme, mais je parvins à ne pas me trahir. Karl gardait également son sang-froid, se contentant de demander à McDarby si sa femme lui manquait. Lorsqu'il répondit que oui, Karl lui dit de se préparer parce qu'il allait l'y conduire le lendemain. McDarby acquiesça, sans doute parce qu'il croyait que ce ne serait que pour une courte visite. À mi-chemin, il dut comprendre la vérité parce qu'il supplia Karl de ne pas le laisser à Ardee. Karl l'ignora. Ce matin-là, nous nous étions promis mutuellement que McDarby ne poserait jamais plus un pied chez nous. Une fois de plus, mon beau-père avait montré ce qu'il était vraiment. Il était inutile d'espérer qu'il changerait ou serait touché par la bonté. Il était mauvais des pieds à la tête et il le serait toujours tant qu'il se sentirait assez fort. J'avais appelé maman, ce qui faisait qu'elle l'attendait et qu'elle n'était pas tout à fait saoule lorsque Karl déposa son mari. Plus tard, dans la soirée, il appela Karl en le suppliant de venir le chercher, mais Karl lui expliqua que nous ne voulions plus de lui et qu'il devait rester à sa place : à Ardee, avec son épouse.

Il me fallut une semaine entière pour récupérer. Lorsque je fus prête, je fis brûler de la sauge à travers toute la maison pour en chasser la mauvaise énergie et nettoyer l'atmosphère. La sauge est comme l'encens : il suffit de l'allumer et de souffler sur la flamme pour que les branches se consument doucement. Pendant ce temps, Karl refit les peintures, et ce n'est qu'alors que nous eûmes la sensation que tout était redevenu normal. Nous nous sentions à nouveau chez nous, à l'endroit où nous nous sentions aimés et en paix.

20

Avec ma mère, je fis de mon mieux, sans succès. Son corps commençait à donner des signes de faiblesse à cause des années d'alcoolisme, et, émotionnellement et mentalement, elle était aussi en très mauvaise forme. Elle était incapable de communiquer clairement et, en général, nos rencontres se soldaient par l'argent que je lui donnais, sachant qu'elle s'en servirait probablement pour acheter à boire. Quand elle était ivre, je refusais de lui parler parce que cela se finissait souvent en dispute, d'autant que je n'arrivais pas à ne pas la critiquer pour son comportement.

À un moment, je lui racontai que j'assistais aux réunions des Alcooliques anonymes et la suppliai de m'y accompagner. Elle le fit une ou deux fois, mais partit chaque fois en claquant la porte parce qu'elle ne voulait pas écouter les autres parler de leur addiction ni évoquer la sienne avec qui que ce soit. Deux de mes amis des AA acceptèrent de lui rendre visite à Ardee. J'espérais qu'ils pourraient lui faire entendre des choses que, moi, je n'arrivais pas à lui faire entendre. Ils me racontèrent qu'elle était trop fière pour admettre qu'elle avait un problème, et ils pensaient qu'elle était allée trop loin et qu'elle ne cesserait jamais de boire.

Je parcourais ces cent cinquante kilomètres jusqu'à Ardee aussi souvent que je le pouvais pour vérifier qu'elle allait bien et la supplier de baisser sa consommation puisqu'elle ne pouvait pas arrêter. Je fis tout ce que je pus, entre le boulot, les études et ma propre famille, mais c'était si décourageant de rouler jusque-là pour la trouver trop saoule pour parler. Cela me dérangeait que les enfants n'aient aucune relation avec elle. Je les lui amenai deux ou trois fois, mais la visite se terminait toujours par ses pleurs devant les enfants et ses excuses à mon égard. Moi, je l'avais entendue trop de fois au cours des trente dernières années et je ne voyais ça que comme de l'apitoiement sur soi. Elle n'avait aucune idée de la manière dont son comportement affectait les gens qui l'entouraient, uniquement la manière dont cela l'affectait, elle.

L'hôpital appelait pour dire qu'elle était de retour, et Karl ou moi, nous allions lui apporter une chemise de nuit, du shampoing et un litre de 7 Up. Elle signait une décharge pour sortir dès que nous avions franchi la porte : les médecins n'arrivaient pas à la convaincre de rester. Mon Dieu, comme je détestais aller la voir dans sa chambre et sentir l'alcool sur elle. Lorsque son souffle était ainsi chargé, j'avais du mal à encaisser ses excuses larmoyantes.

Lorsqu'elle finit par être trop malade pour quitter l'hôpital, mon beau-père, dont la santé déclinait aussi, était dans un autre service. Mais comme elle s'inquiétait pour lui ! Karl lui avait un jour demandé qui était le grand amour de sa vie, papa ou McDarby, et elle n'avait pas une seconde hésité à répondre que c'était McDarby. Cela n'avait pas de sens.

À un moment, McDarby se mit à penser qu'il était en train de mourir. Karl et moi, nous allâmes le voir et, effectivement, il avait l'air d'être un homme sur le point de mourir.

Lorsqu'il parlait, cela n'avait aucun sens, et il était très affaibli. Karl se demanda s'il avait perdu la mémoire et laissé derrière lui toute sa méchanceté. D'un autre côté, peut-être qu'il se souvenait de tout et qu'il était prêt à se confesser. Grâce aux séjours fréquents de ma mère, nous avions fait la connaissance du prêtre qui officiait à l'hôpital. Karl l'aperçut dans les couloirs et, en se présentant comme son gendre, il prétendit se soucier de l'âme de McDarby dans l'au-delà et demanda au prêtre s'il acceptait d'entendre sa confession. Le prêtre acquiesça sans se faire prier, mais nous nous demandions ce que McDarby allait avouer.

Nous savions que la confession était protégée par le plus grand secret, mais il nous expliqua malgré tout que McDarby s'était effectivement confessé. Après un peu d'hésitation, Karl indiqua au prêtre que McDarby avait violé sa belle-fille pendant des années, sur quoi le prêtre l'interrompit pour préciser qu'il avait vu McDarby à deux reprises, qu'il savait ce qu'il avait fait à sa belle-fille et était aussi au courant pour les enfants. Il ajouta :

— Sans rompre mes vœux, je peux vous assurer que Sean a *tout* confessé.

Karl feignit de se montrer satisfait pour ne pas déplaire au prêtre qui avait été si obligeant, mais, au fond, il était furieux que McDarby puisse mourir l'âme en paix. De mon côté, je m'émerveillai de cette facilité que l'absolution de viol et d'abus n'exige que quelques minutes avec un prêtre. Quoi qu'il en soit, il ne mourut pas tout de suite. Qui sait, c'était peut-être sa punition. Dieu sait qu'il lui restait alors peu de raisons de vivre.

Quelques mois plus tard, Karl et moi étions en vacances avec les enfants lorsque l'infirmière m'appela pour me dire que maman allait vraiment mal. Nous écourtâmes nos vacances pour nous précipiter à son chevet, mais, à notre arrivée, elle avait récupéré. D'ailleurs, elle fut autorisée à sortir peu après, mais elle devait d'abord voir son médecin. Nous l'y accompagnâmes et il nous annonça que, si elle prenait soin d'elle, elle pouvait bien vivre encore quinze ou vingt ans, mais que si elle buvait ne serait-ce qu'un seul verre de vin, elle n'arriverait pas à la fin de l'année.

Après des discussions, Karl et moi tombâmes d'accord pour la prendre chez nous. Karl était si fiable pour cela ! Moi, tout en comprenant qu'il était trop tard pour avoir la mère que je voulais, je pensais que cela serait l'occasion idéale pour améliorer notre relation et sa santé. Karl fut assez généreux pour accueillir ma mère et mes espoirs. Maman accepta, et nous prîmes cette énorme décision assez vite. Nous dûmes la conduire à Ardee pour qu'elle prenne davantage de vêtements et tout ce dont elle avait besoin, mais, lorsque nous fûmes à la maison, elle se ravisa et insista pour rester à Ardee. À tort ou à raison, je me mis en colère en lui disant que nous faisions tout pour elle. Je savais bien qu'elle ne voulait pas venir chez nous parce que je ne la laisserais pas boire et qu'elle ne se sentait pas capable d'arrêter. J'avais espéré qu'elle voudrait se battre et que nous pourrions passer quelques bons moments ensemble, avec ses petits-enfants, mais tout ce qu'elle voulait, c'était boire. C'était aussi simple que ça.

Karl apporta sa valise dans la cuisine tandis qu'elle nous hurlait au visage. Elle alla prendre une bouteille de vodka dans sa chambre, ce qui signifiait qu'il était temps de partir. C'était très perturbant, mais nous étions totalement impuissants. Elle ne voulait pas s'arrêter, même pas essayer. Sur le chemin du retour, je repensai à l'époque où elle s'était retrouvée à l'hôpital Saint John of God. Rikki et moi n'étions que des enfants, et les médecins lui avaient dit directement qu'elle était alcoolique. Elle avait accepté le diagnostic sans broncher et l'avait transformé en excuse parfaite pour continuer à boire. Elle était alcoolique et, par conséquent, on ne pouvait rien faire pour elle. Bien sûr que ce n'était pas sa faute ! Elle était obligée de boire parce qu'elle était alcoolique et que c'est ce que font les alcooliques.

Les souvenirs m'étouffaient. Combien de fois Rikki et moi avons-nous dû la tenir pour l'empêcher de sauter hors de la voiture en marche ? Je me rappelai le triste jour de la communion de James qu'elle avait gâché, et la fois où elle l'avait laissé dans le centre commercial de Dundalk et qu'elle ne s'était rendu compte de rien jusqu'à ce que la police frappe à la porte. L'alcool dirigeait et gâchait sa vie, et la nôtre avec ça.

Au cours des mois suivants, nous fûmes obligés de reprendre le chemin de l'hôpital à de nombreuses reprises, chaque fois qu'elle ou McDarby y entrait pour ressortir et y retourner. Ce fut une année dure, et nous décidâmes de prendre de nouvelles vacances en famille. Quelques jours avant notre retour, nous reçûmes un nouveau coup de fil. Maman était de retour à l'hôpital, et je savais que, cette fois, c'était la fin. Je demandai aux anges de me donner la force de traverser cette dernière étape. Alors que je priais, une minuscule fleur rose tomba entre mes mains. Croyez-moi sur parole : il n'y avait pas d'arbres ni de fleurs dans les environs. En souriant, Karl déclara :

— Ce sont les anges qui t'envoient leur amour.

Je pris cela pour un signe que tout se passerait bien.

Dès que nous arrivâmes à la maison, nous vidâmes rapidement la voiture avant de nous rendre directement à l'hôpital. Maman était en très mauvaise forme et, deux jours plus tard, elle était admise en réanimation. L'infirmière m'appela pour demander à voir la famille. Rikki dit qu'il nous retrouverait là-bas. Karl et moi, nous passâmes prendre James et, lorsque nous arrivâmes à l'hôpital, nous découvrîmes mon beau-père assis devant sa chambre. Il était devenu tout à fait sénile et ne semblait pas savoir où il se trouvait. Il ne cessait de dire que maman avait mangé des cerises et qu'il avait dû lui dire d'arrêter. Elle avait des ulcères dans la bouche, ce qui lui faisait fréquemment vomir du sang et, dans son esprit embrouillé, il confondait ça avec des cerises.

Le médecin nous informa qu'ils n'avaient plus aucun espoir et qu'elle mourrait dans la demi-heure qui suivrait si on débranchait les machines. Elle était inconsciente.

Karl conduisit McDarby dans la chambre pour qu'il puisse tenir la main de sa femme quelques minutes, mais il était incapable de comprendre, et Karl le fit ressortir. James trouvait cela trop difficile de la regarder mourir et il demeura à l'extérieur avec son père, pendant que Karl et moi la veillâmes. Je lui tins la main et je vis tous les hématomes de diverses couleurs sur son bras qui révélaient toutes ses chutes. Je me dis qu'elle devait sentir que j'étais là et qu'elle avait dû m'attendre, même si elle n'ouvrit pas les yeux une seule fois. Les infirmières entrèrent pour me demander si j'étais prête à ce qu'elles éteignent les machines. Je hochai la tête, et elles nous demandèrent de quitter la chambre. Quelques minutes plus tard, j'y retournai. Ma mère avait l'air profondément endormie.

Cela me semblait juste que je sois la dernière à rester avec elle. Je lui dis que je lui pardonnais de ne pas avoir été la mère que je voulais et dont j'avais besoin, et qu'elle était libre de partir dès qu'elle serait prête. Je lui avouai aussi que je savais que la vie n'avait pas été tendre avec elle, et que j'espérais qu'elle allait dans un meilleur endroit où elle trouverait la paix qu'elle n'avait jamais connue sur terre. Je ne pouvais pas m'empêcher de penser au terrible gâchis qu'avait été sa vie. Je savais que son corps était parti, mais je sentais que son esprit restait encore un peu pour m'écouter. Je lui caressais les mains, je ne voulais pas la quitter avant d'être sûre qu'il était parti. Puis, je sortis dire aux autres que c'était fini. Mon frère avait l'air triste ; il ne l'avait jamais connue comme une véritable mère. McDarby avait l'air perdu et dérouté. Je me souviens d'avoir pensé que tout aurait pu être si différent. Karl fit en sorte que l'on nous apporte du thé et du café dans une chambre vide.

Ce fut la fin d'une période.

Le directeur des pompes funèbres me demanda de lui apporter des vêtements, car elle n'avait qu'une chemise de nuit d'hôpital. Karl me conduisit à la maison et se gara dans l'allée. L'endroit paraissait abandonné. Nous passâmes devant des voitures en train de rouiller et envahies par les plantes. La Jaguar de maman, couverte de rouille et les fenêtres brisées, semblait alimenter une petite jungle à elle. La portière arrière tombait en morceaux, une planche couvrait la fenêtre manquante. À l'intérieur, la cuisine était encore envahie par les moteurs et des vieilles pièces de voiture inconnues tandis que le sol était couvert d'huile. Il y avait tellement de choses partout que j'avais du mal à voir la table dans le coin. Les portes des placards lilas étaient ouvertes. Un temps, ces placards avaient contenu tout un service à vaisselle luxueux, mais il n'y avait plus que deux tasses. Les objets qui avaient fait de cette maison un foyer, avant l'arrivée de McDarby, avaient disparu depuis longtemps.

Je me dirigeai vers la chambre de maman en faisant de mon mieux pour ignorer la puanteur qui s'en dégageait. En ouvrant son dressing, je regardai ses différentes tenues et je me souvins brusquement combien elle était belle. Elle dépensait des fortunes sur son apparence et ne tolérait pas un seul cheveu de travers. Qu'était-il arrivé à cette femme ? Elle était certainement mieux où elle était à présent.

Karl s'occupa de tout. Lors de la veillée aux pompes funèbres, McDarby demeura assis dans un coin avec sa sœur. Personne ne s'approcha de lui, et je ne pus m'empêcher d'éprouver de la pitié pour lui. Les funérailles eurent lieu à Ardee, ce qui rendit tout plus difficile parce que c'était une petite ville et que tout le monde vint. Je luttai contre ma paranoïa qui me poussait à penser qu'ils étaient au courant et qu'ils étaient venus comme au spectacle. Certains des parents de la famille de ma mère vinrent me dire des trucs sur McDarby et sur moi quand j'étais petite, mais je ne pouvais pas les écouter. C'était trop peu, trop tard ; en outre, ce n'était pas vraiment le moment de ruminer de pareilles choses.

À l'église, McDarby et sa sœur s'installèrent au fond. Mes frères, Karl, les enfants et moi étions tous au premier rang. McDarby ne fut pas cité une seule fois pendant le service et, le lendemain, il ne vint pas à l'enterrement.

Karl nous avait acheté des roses blanches pour qu'elles soient déposées dans la tombe. Les proches de maman s'avancèrent, lui firent leurs adieux et jetèrent leur rose. Une des femmes me dit en passant à côté de moi :

— J'espère que McDarby ne sera pas enterré là parce que c'est la tombe de ma mère.

Je ne lui répondis rien, me demandant simplement pourquoi elle se souciait de lui seulement ce jour-là. Comme il était facile de parler, maintenant !

Ce fut un jour très triste.

Quelques semaines plus tard, ma mère me donnait le dernier coup. Rikki appela pour expliquer qu'elle ne parlait pas de moi dans son testament et qu'elle leur laissait tout, à lui et à James. James alla voir le notaire pour lui dire que son mari était toujours en vie et qu'il avait droit à quelque chose, lui aussi. Le testament fut amendé, et la propriété fut divisée entre eux trois. Une fois de plus, ma mère me montrait combien j'avais peu compté pour elle. L'homme qui m'avait violée allait recevoir sa part de la maison que mon père avait construite. Pour moi, cela anéantissait tout espoir que j'avais pu difficilement entretenir qu'elle m'eût aimée, ne serait-ce qu'un tout petit peu.

Au niveau spirituel, j'en étais venue à la conclusion que, depuis le début, McDarby était un homme malade. Pour infliger ce qu'il m'infligea pendant toutes ces années, il n'avait jamais été mentalement équilibré. Un jour, je vis un film au sujet d'une jeune fille dont on avait abusé. Elle était américaine et avait trouvé un centre qui se trouvait de l'autre côté du pays. Elle partit avec très peu d'argent et, au centre, on lui donna une chambre individuelle. Sa porte était branchée sur un système d'alarme, ce qui signifiait que personne ne pouvait s'y glisser sans qu'elle en soit consciente. Elle se sentait en parfaite sécurité. Elle ne pouvait pas parler à ses sauveurs et leur dire ce qu'elle avait enduré. La seule preuve tangible était le trajet qu'elle avait parcouru pour arriver à eux. Je m'identifiai totalement à elle et j'étais en larmes à la fin du film parce qu'il m'avait fallu si longtemps pour trouver un lieu sûr.

Je dus me faire retirer l'utérus. Cela faisait des années que j'avais ces hémorragies qui me privaient de toute énergie et qui jouaient sur ma santé. Dieu seul sait combien je dépensai en médecins. J'essayai d'innombrables traitements contre les saignements, mais rien ne marchait. La vérité, c'est que je m'étais négligée depuis des années. Ma relation à la nourriture continuait de poser problème et, Karl et moi, nous travaillions dessus. J'avais rarement faim, mais nous cultivions des pommes de terre et des légumes et, quand je me sentais déprimée, Karl préparait une soupe bien nutritive au potiron. Je souffrais aussi de migraines, mais je découvris que, lorsque je me mis à manger plus régulièrement, elles disparurent. Un frottis révéla la présence de cellules anormales qu'il fallait brûler.

Parce que j'avais enduré tant de souffrances, je réussis à ne pas tenir compte des saignements pendant environ quatre ans avant de me rendre au Coombe pour me faire enlever l'utérus. Je ne m'attendais pas à ce que cela me touche autant. Pendant des années, j'avais haï cette partie de mon corps, et on me l'enlevait juste au moment où j'avais appris à l'aimer et la choyer. Je comprenais que les pertes de sang avaient causé de l'anémie et fragilisé mon système immunitaire d'aussi loin que je me souvienne. Quand les enfants étaient plus jeunes, je n'ai jamais été malade, mais, au cours des dernières années, j'avais toujours la grippe, des infections pulmonaires et je n'étais jamais en pleine forme. Mon corps me disait qu'il en avait assez.

C'était comme si mon ventre pleurait du sang au lieu de larmes pour toutes ces années de viols et de violences. Ils ne retirèrent pas mes ovaires, et je n'eus pas à subir une ménopause instantanée par-dessus tout le reste. Mais l'opération fut difficile et, des mois plus tard, je souffrais encore. De plus, je n'avais pas le moral. Lorsque je retournai travailler six semaines plus tard, j'étais encore perturbée d'avoir perdu cette part de moi.

21

Environ huit mois après le testament, McDarby tomba à nouveau malade et alla à l'hôpital de Drogheda. Une fois de plus, la famille fut convoquée pour discuter de la situation. James me demanda de venir et, avec Karl, je me rendis à Drogheda. James avait également pris contact avec l'un des frères de McDarby. Avant la rencontre, Karl et moi allâmes voir mon beau-père dans sa chambre. Il était à peine conscient et j'eus l'impression qu'il était proche de la fin. Nous prîmes l'ascenseur jusqu'au bureau du médecin, où nous trouvâmes James et son oncle qui étaient déjà arrivés. Le frère de McDarby ne dit pas un mot. Le médecin nous expliqua la situation et nous demanda, à Karl et moi, si nous pouvions prendre à nouveau soin de lui. Avant que nous n'ayons le temps de répondre, le frère intervint :

— Pourquoi proposez-vous de le laisser chez eux alors que, la dernière fois, ils s'en sont débarrassés au bout d'une semaine ?

Karl bondit.

— Je vous demande pardon ?

Le frère s'empressa d'expliquer à tout le monde que Karl et moi avions « laissé tomber » son pauvre frère et qu'il avait dû se débrouiller tout seul.

Karl se tourna vers le médecin.

— Je l'ai laissé avec sa femme, dans sa propre maison, à Ardee !

Il regarda ensuite le frère avant d'ajouter :

— Si cela vous pose un problème, ce n'est certainement pas le moment d'en parler.

Normalement, j'aurais laissé Karl gérer les choses, mais je sentais en moi une nouvelle colère qui me permit de dire :

— Vous n'avez pas la moindre idée de ce qui s'est passé. Il a eu beaucoup de chance que nous nous en occupions pendant *plusieurs* semaines. Alors, à moins que vous ne vouliez que j'entre dans les détails devant le médecin, je vous suggère de la fermer. D'ailleurs, vous étiez où, vous, pendant toutes ces années ? Vous vous pointez à la fin et vous décidez de tout ? Allez-vous le prendre avec vous ?

Pour être honnête, je ne suis pas tout à fait sûre aujourd'hui d'avoir dit tout ça. Le frère se figea et ne dit plus rien. Il partit dès la fin du rendez-vous. Il fut décidé que McDarby resterait à l'hôpital jusqu'à ce qu'il soit un peu mieux. Ce n'est pas qu'on s'attendît à ce que son état s'améliore, mais, à ce moment-là, il serait transféré dans une maison à Louth. Son frère n'était pas là le jour où il fallut l'y conduire. C'est encore James, Karl et moi qui l'aidâmes à s'installer. Dans le centre, le personnel nous fit visiter les lieux, mais je n'étais pas intéressée. C'était plus que ce qu'il méritait. Je regardais les infirmières qui le traitaient gentiment et il fallait que je me dise qu'à leurs yeux, ce n'était qu'un vieil homme fragile en mauvaise santé. Quant à Karl, il dut se retenir pour ne pas leur raconter la vérité.

Quelques mois plus tard, éprouvant le sentiment de devoir faire la paix avec lui dans mon âme, je demandai à Karl et à James de m'accompagner. Je pensais que ce serait la dernière fois que je le verrais en vie. En approchant de sa chambre, j'entendis qu'il luttait pour respirer. J'espérais que cette visite aiderait également James dans la mesure où j'étais sûre qu'il avait besoin lui aussi de faire la paix avec lui. James ne resta que quelques minutes avant de me laisser seule avec lui. Je n'eus qu'à ouvrir la bouche, et les mots se mirent à jaillir. Je lui dis que ce n'était pas à moi de lui pardonner parce qu'il allait bientôt rencontrer son créateur et que c'est son pardon qu'il allait devoir mériter. Je lui rappelai qu'il avait laissé quatre enfants sans père sur leur extrait de naissance, sans parler du cinquième qui avait été enlevé pour être adopté. Je lui dis qu'il ne m'avait jamais laissé une seule chance et qu'il aurait dû aller en prison pour ce qu'il avait fait, mais qu'il était trop lâche pour affronter ses actes de destruction.

— C'est si facile de dominer les femmes et les enfants, de les tyranniser et de leur faire du mal. Eh bien, le mal coule dans tes veines, à présent !

Lorsque je m'arrêtai de parler, il ouvrit les yeux et me regarda en face. Je savais que son esprit avait tout entendu et j'éprouvais une vague de satisfaction. C'était une chose que je devais faire, un relâchement verbal après toutes ces années où on m'avait dit de me taire. En redressant la tête, je sortis de cette chambre sans un seul regard en arrière.

Aucun des enfants ne voulait le voir.

Quelque temps plus tard, je me réveillai soudain en pleine nuit, le cœur battant. Il était trois heures du matin, le 19 décembre 2009. J'avais l'impression que quelqu'un m'avait frappée. J'avais le souffle coupé et je sentais comme un poids sur ma poitrine. J'avais du mal à respirer et je frissonnais des pieds à la tête. Ensuite, j'eus une bouffée de chaleur, comme si on m'avait jeté de l'eau bouillante sur la tête, mais, avant que j'aie le temps d'essayer de comprendre, je vis des éclairs de couleur, du violet et du vert, au pied du lit. Je me demandai si j'étais dans une autre dimension. Je savais que j'étais réveillée, que j'étais dans mon lit et que Karl dormait profondément à côté de moi, mais je ne comprenais pas ce qui se passait. Puis, brusquement, je sus dans mon âme et dans mon cœur que c'était mon beau-père. Je voulais m'adresser à Karl, mais je n'arrivais pas à parler. Lorsque je tentai de le pousser pour le réveiller, je me rendis compte que j'étais paralysée.

La pièce se remplit d'une odeur amère, rance, qui me suffoquait. Alors que je restais parfaitement immobile, bien involontairement, je sentis l'esprit de McDarby pénétrer chacune de mes cellules, depuis le haut de ma tête en descendant comme si on plantait une aiguille dans un coussin pour tirer un fil. Dégoulinante de sueur, je passai du chaud bouillant au froid glacial. J'étais terrifiée, mais je savais que quelque chose d'important était en train de se passer. En fait, je savais exactement quoi. McDarby devait être en train de mourir et c'était le dernier acte de son esprit tordu, de percer chacune de mes cellules pour ressentir ce qu'il m'avait fait endurer, ce besoin de percevoir ma souffrance et mon traumatisme. Il allait rencontrer son créateur et il devait apporter tout ce qu'il avait fait durant sa vie afin d'être pardonné.

Une part de moi était terrifiée tandis qu'une autre part succombait au chagrin et à une épouvantable tristesse. Était-ce sa peine ou la mienne ? Peu à peu, je sentis qu'il prenait congé : les couleurs s'effaçaient, et ma température revenait à la normale. Une seule larme solitaire roula sur mon visage, et je sentis que l'esprit de McDarby s'éloignait.

Dès que je pus à nouveau parler et bouger, je réveillai Karl et je lui racontai ce qui venait de m'arriver, mais il était trop vaseux pour réagir et il se rendormit très vite. J'essayai de le réveiller à nouveau quand mon téléphone sonna. Avant même de répondre, je compris. C'était James.

— Mary, il est mort.

Le lendemain fut vraiment étrange. Karl était ravi, mais il fit de son mieux pour masquer son soulagement et son exaltation. Au fur et à mesure que les enfants se levèrent, nous leur annonçâmes la nouvelle. Chacun réagit différemment, et je fus heureuse qu'ils se sentent assez libres pour s'exprimer. C'était enfin terminé. James vint nous voir en nous proposant de nous aider pour organiser les funérailles. Karl téléphona aux pompes funèbres tandis que James s'occupait des aspects plus personnels, comme d'aller chercher des vêtements pour son père.

Il y avait encore une chose que j'avais besoin de faire. En pensant à la nuit précédente où j'avais eu la sensation que ma terreur et mon traumatisme avaient été absorbés par l'esprit de mon beau-père, je réalisai qu'il y avait un morceau de ces dix années d'obscurité qu'il n'avait pas emporté. Il avait de la chance d'avoir un cercueil et une famille pour organiser son enterrement alors qu'un de ses enfants avait été enseveli sans tambour ni trompette dans un champ de Carlow. Quand j'avais fait ma déposition, j'avais parlé de cet enfant. La police avait demandé à McDarby de leur montrer où il avait enterré le bébé, et je savais qu'il les avait délibérément amenés ailleurs parce qu'ils n'avaient pas retrouvé le corps ou le tissu dans lequel il l'avait enveloppé.

J'expliquai à Karl et à Iseult ce que j'avais l'intention de faire et je leur demandai s'ils se sentaient en mesure de m'accompagner jusqu'au champ. Ils acceptèrent tous les deux. En route, je laissai mon esprit battre la campagne, penser à toutes ces années, à cet enfant perdu, à Andrew et à tous mes enfants qui me soutenaient. Je pensais à la chance que j'avais désormais.

Comme Noël approchait, l'enterrement fut prévu rapidement, mais je n'aurais pour rien au monde laissé

McDarby se présenter seul face à son créateur. Ce minuscule innocent avait reposé dans ce champ pendant des années, dans le froid, sans prières et sans pierre tombale, mais je pouvais à présent faire en sorte que son père fasse ce qu'il fallait. McDarby devrait répondre de tout ce qu'il m'avait fait. Moi, contrairement aux autres, je n'allais pas le laisser s'en tirer aussi facilement.

Karl se gara et je sortis. Il faisait froid ce matin-là et, sous mes pieds, le sol était dur comme de la pierre. Je dus traverser plusieurs champs avant d'atteindre celui que je voulais. Des années plus tôt, il m'avait sommairement expliqué où se trouvait le corps, et j'eus l'impression que j'étais guidée jusqu'à l'endroit voulu. Je m'agenouillai et, avec la petite fourche que j'avais emportée, je me mis à creuser jusqu'à la terre meuble. Je sortis mon mouchoir, je le remplis d'une motte de la terre qui abritait le corps de mon bébé et je la bénis.

Plus tard dans la journée, Karl me conduisit jusqu'aux pompes funèbres, où McDarby gisait dans son cercueil. Nous dûmes attendre que la pièce soit vide, mais, dès que je le pus, j'ouvris la moitié inférieure du cercueil et glissai le mouchoir empli de terre dans sa poche : le dernier morceau de mon histoire, à ne jamais oublier.

Épilogue

Il est intéressant de noter les « coïncidences » de l'existence, la manière dont certains événements se produisent juste au bon moment. Ma fille Iseult vécut en Australie pendant trois ans et demi, et j'eus la chance d'aller la voir à deux reprises. Lorsque j'embarquai dans l'avion à l'aéroport de Dublin pour ma deuxième visite, en janvier 2014, deux choses importantes s'étaient produites. D'abord, j'étais devenue grand-mère, ce qui m'avait bouleversée, émotionnellement et mentalement. Je n'étais pas prête à la joie mêlée de jalousie qui m'envahit tout simplement parce que ma fille m'avait à ses côtés. Sans le vouloir, je me rappelai toutes ces grossesses que j'avais vécues seule, sans présence amicale, jusqu'à ce que Karl entre dans ma vie.

Ensuite, grâce à Rikki, j'avais retrouvé les coordonnées des parents de mon père qui avaient émigré en Australie dans les années 1960. Sauf tante Josie, j'avais perdu tout contact avec eux, mais je me souvenais d'un cousin qui était venu nous voir. Je n'avais que quatorze ans et j'avais eu un véritable choc en ouvrant la porte à quelqu'un qui ressemblait si fort à mon père. Je pris mon courage à deux mains pour les appeler, et ils organisèrent une rencontre pour que je puisse faire la connaissance des neveux et nièces de papa. De plus, je découvris que le frère de mon père était encore en vie et qu'il habitait en Nouvelle-Zélande.

Je compris alors que Josie avait fait allusion à ce qui se passait à ses sœurs et à son frère. Je leur expliquai plus précisément ce que j'avais subi, mais j'eus l'impression que je ne faisais que confirmer ce qu'ils savaient déjà. Nous ne nous éternisâmes pas sur le passé, d'autant que je ne voulais pas gâcher ma visite. C'était si merveilleux pour moi d'être entourée par cette famille aimante, comme si je rentrais à la maison. Ils confirmèrent aussi qu'ils avaient essayé de faire venir grand-mère après la mort de grand-père, mais elle refusait de nous quitter, Rikki et moi, et les billets d'avion ne furent jamais utilisés.

Vendredi dernier, je suis allée à la réunion des anciens élèves d'Ardee. Je demandai à Karl de m'y conduire parce que je savais que cela n'allait pas être facile. La fille qui organisait tout m'avait dit de lui envoyer un texto quand je serais devant le bar pour qu'elle puisse venir me chercher. Elle me dit que les autres étaient impatients de me revoir, ce qui me rendit encore plus nerveuse.

Karl me déposa et alla chez Rikki, où nous avions prévu de passer la nuit. J'envoyai le texto, et mon amie arriva aussitôt. Elle m'étreignit et me fit entrer. Je ne reconnus pas vraiment les autres et je luttai contre ma timidité et mon anxiété à propos de ce dont ils se souvenaient de moi et de ma famille. Je n'étais pas sûre de ce qu'ils savaient, mais je fis de mon mieux pour sourire et pour bavarder. Bien entendu, j'avais endossé mon « armure » de maquillage, de vêtements et de chaussures de designer.

À un moment, je me sentis tellement mal à l'aise que j'envoyai un texto à Karl pour lui demander de venir me rejoindre. Après, nous nous retrouvâmes à quelques-uns pendant une heure chez mon amie. Les autres burent du vin, mais je me contentai d'une tasse de thé. Lorsque je décidai de partir, mon amie me proposa de revenir le lendemain matin pour le brunch. Je ne m'endormis qu'à trois heures du matin, mais, quatre heures plus tard, j'étais pleinement réveillée. L'appartement était calme. Rikki et Karl dormaient encore comme des souches. Je me levai et me fis une tasse de thé. J'avais la tête bourrée de souvenirs et je trouvais étrange d'être de retour à Ardee. Lorsque Karl se leva, il comprit tout de suite que j'étais très vulnérable.

Nous retournâmes chez mon amie vers midi. Là, j'appris beaucoup de choses. Une des filles me dit :

— Ce dont je me souviens surtout, Mary, c'est que tu n'avais pas d'amis ; par contre, tu avais beaucoup d'argent et probablement personne d'autre ne savait que tu me donnais de l'argent, à moi et quelques autres, chaque fois que nous en avions besoin. Les gens parlaient de tes grossesses, mais ils ignoraient ta générosité. Je me souviens aussi que, lorsque nous revenions de l'école, je devais te laisser en bas de la rue parce que tu n'avais pas le droit d'être accompagnée. Quand on te croisait dans la rue et que ton beau-père était là, tu baissais la tête.

Elle fit une pause avant d'ajouter :

— Et je me souviens de ton pauvre grand-père qui se baladait devant chez vous avec son panneau qui disait que ses petits-enfants étaient maltraités.

Ce ne fut pas facile d'entendre tout cela, mais je savais que c'était aussi pour ça que j'avais accepté de venir à la réunion d'anciens élèves. D'ailleurs, c'était aussi une sorte de coïncidence parce que je venais de terminer la rédaction de ce livre. Il me semblait qu'avant de pouvoir mettre un point final à mon manuscrit, je devais retourner à Ardee. C'était une chose qui m'avait toujours tracassée : ce qu'on pensait de moi dans ma ville natale.

Lorsqu'elle m'expliqua qu'à ma deuxième grossesse sa mère lui avait interdit de s'approcher de moi, j'en eus l'estomac retourné. De l'avis général, j'avais éloigné

McDarby de ma mère. Une femme avait dit ça à sa mère, et sa mère le lui avait répété. Mon amie dit qu'elle avait vu la lumière disparaître de mes yeux.

J'avais la nausée et je m'excusai pour aller prendre l'air. J'étais aussi furieuse. Il m'avait enlevé mon enfance et il m'avait enlevé mon foyer. Et tout le monde avait cru que c'était moi qui avait mal fait, pas mon beau-père, ni ma mère. Lorsque je retournai à l'intérieur, une autre amie me dit qu'elle m'avait vue une fois à Dundalk avec tous mes enfants. Ce devait être quand je les avais récupérés. Je lui dis que je ne m'en souvenais pas et elle hocha la tête en disant que j'avais l'air totalement absente.

Après le brunch, nous retournâmes à l'appartement de Rikki pour récupérer nos affaires. Cela avait été pire que les montagnes russes, mais j'étais contente d'avoir repris contact avec mes camarades, et nous nous embrassâmes en nous disant que n'allions pas attendre aussi longtemps pour nous revoir.

À l'appartement, Rikki me tendit une feuille de papier sur laquelle il avait écrit : *Je suis désolé de ne pas avoir pu te protéger alors que j'entendais tes cris dans le vent et dans mes rêves*. C'est tout. J'allai dans la salle de bains et je m'effondrai. Mon frère me rejoignit et me serra dans ses bras pendant que tout mon corps était secoué de frissons et que je pleurais pour cette innocente jeune fille aux cheveux auburn, cette jeune fille que j'avais haïe, que j'avais accusée de tout ce qui m'était arrivé. Je lui avais tourné le dos il y a des années, mais, maintenant, aujourd'hui, je comprenais tout ce qu'elle avait traversé et je savais que ce n'était pas sa faute. Ce n'était pas sa faute.

Annexe

Santé publique
Dossier de Mary Manning

Santé publique
31 mai 1993

Le cas de Mary Manning et du bien-être de ses quatre enfants, Rory, Ashley, Iseult et Andrew, m'a été confié en août 1987 par X, responsable de secteur des services sociaux, et Y, assistante sociale.

Mary était partie aux États-Unis, et les quatre enfants résidaient avec leur grand-mère maternelle, Mme Mona McDarby, à Ardee, comté de Louth. En octobre 1987, j'ai placé Ashley, Iseult et Andrew en famille d'accueil.

En 1988, je suis intervenue auprès de la Société d'adoption de X pour le placement d'Andrew en famille d'adoption. Dans le cadre des dispositions légales, j'ai été assistée par X, assistante sociale, qui se charge des soins pour enfants en mon nom.

J'avais été informée par Mme McDarby et les services sociaux de X que Sean McDarby, beau-père par mariage de Mary Manning, entretenait une relation sexuelle durable avec elle et qu'il était le père de certains de ses enfants, voire de tous.

J'ai parlé à Mary Manning pour la première fois le 8 décembre 1987, par téléphone alors qu'elle séjournait aux États-Unis. Je lui ai conseillé de consulter un thérapeute au sujet de ses allégations d'abus sexuels. X lui a également parlé au téléphone le 7 décembre 1987 et le 28 janvier 1988 et lui a fait la même recommandation.

Mary Manning est rentrée en Irlande en avril 1988. Je l'ai rencontrée en personne le 22 avril 1988. Elle m'a dit qu'elle avait entretenu des relations sexuelles durables avec son beau-père pendant dix ans environ depuis l'âge de treize ans. Elle n'a pas donné davantage de détails. Elle a déclaré qu'elle réalisait à présent les abus de la relation et souhaitait y mettre un terme. Elle a déclaré qu'elle refusait de revoir Sean McDarby.

Par la suite, en octobre 1988, j'ai découvert que Mary Manning continuait de voir Sean McDarby de manière régulière. À une occasion au moins, lorsqu'elle est venue à Dundalk pour bénéficier de son droit de visite à Ashley et Iseult, elle prit des dispositions, sans en informer la famille d'accueil ni les services sociaux, pour que Sean McDarby la rejoigne avec les enfants pendant une partie de la visite.

Le 6 décembre 1988, suite à une visite à Ashley et Iseult, Mary Manning a eu un entretien détaillé avec X au sujet de sa relation avec Sean McDarby. Elle a déclaré que sa première expérience sexuelle avec lui a eu lieu dans la salle de bains de leur maison d'Ardee et que sa mère était ivre, dans une chambre. Elle a ajouté qu'elle ne pouvait pas se confier à sa mère en raison des graves problèmes de celle-ci avec l'alcool. Elle a également précisé que sa relation avec Sean McDarby avait continué jusqu'à ce qu'elle quitte sa maison de Mulhuddart en août 1987.

X et moi avons toutes deux recommandé expressément à Mary Manning d'entreprendre une thérapie et de demander conseil au centre SOS Viol. Elle était impatiente qu'Ashley et Iseult lui soient rendues. En 1989, Mary Manning entama un suivi psychologique intensif au centre SOS Viol. Après discussion avec X et Y, et conseil de notre juriste, j'ai pris la décision de rendre la garde d'Ashley et d'Iseult à Mary Manning en août 1989. Mary Manning avait accepté de poursuivre sa thérapie et de ne pas laisser Sean McDarby s'approcher des enfants.

Par la suite, nous avons découvert que Mary Manning avait autorisé Sean McDarby à demeurer dans sa maison de X de temps à autre et de voir les enfants de manière régulière.

X et moi-même avons rencontré Sean McDarby et Mary Manning à Dundalk le 29 mai 1990 et le 8 février 1991 pour évoquer une révocation de l'ordonnance de personne de confiance et des conditions auxquelles nous pourrions accepter ladite révocation.

Sean McDarby a reconnu entretenir une relation sexuelle avec Mary Manning, mais il a déclaré qu'il n'avait pas l'impression que ladite relation fût abusive.

X

Responsable des services sociaux de X

Remerciements

À mes deux frères, qui m'ont soutenue.
À Andrew, qui n'a pas quitté mes pensées.
Un grand merci aussi à : Ronan, Jill, Judith, Ann, Jamie, Norma, Ben, Clint, Stevie, Jimmy, Mick et Lima. Merci à Nicola pour son soutien, ses longs coups de téléphone et pour avoir rassemblé tout cela.
Dans ma démarche, il y a beaucoup de personnes qui ont éclairé mon chemin et qui m'ont tenu la main : Sean Moncrieff et toute l'équipe du The Sean Moncrieff Show de Newstalk, notamment Claire ; Michel O'Brien et tout le monde chez The O'Brien Press, avec un merci spécial à Helen.
Quel colossal voyage avons-nous accompli ensemble !
Enfin, à mon père et à ma grand-mère.

Chez le même éditeur

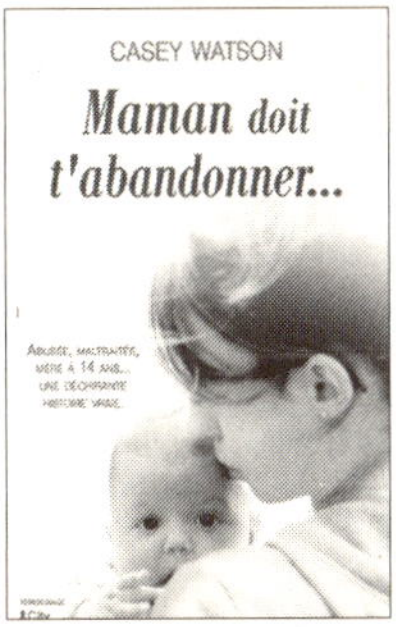

J'ai survécu à ma mère
Victoria Spry

Je n'étais qu'un objet...
Collette Elliott

Maman doit t'abandonner...
Casey Watson

Papa, pourquoi m'as-tu fais ça ?
Fiona Doyle

Ils ont volé notre innocence
Toni Maguire

J'étais leur petit jouet
Maria Landon

Ils ont brisé nos vies...
Terrie et Paul Duckett

Pourtant, je leur avais dit...
Cassie Hart

Non papa, non...
Stuart Howarth

Ils ont volé mon enfance
Marie R. avec Annick Pellerin

Si seulement j'en avais parlé...
Esther W.

Pourtant, maman savait...
Lisa James

Ma mère, mon cauchemar
Alexander Sinclair

L'enfant qui n'existait pas
Rosie Lewis

Nous étions ses petits prisonniers
Casey Watson

J'étais sa chose
Nabila Sharma

Pourquoi m'ont-ils fait ça ?
Anya Peters

J'étais leur petite esclave
Megan Stephens

Qui peut me sauver ?
Sophie Young

Ne m'appelle plus jamais maman !
Peter Kilby

Ne dis rien à personne
Marianne Marsh & Toni Maguire

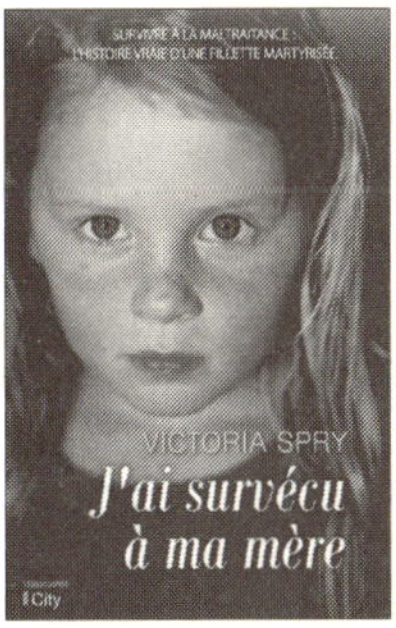

Des récits émouvants d'enfances volées, des histoires pleines d'espoir d'une lutte pour la vie.

www.city-editions.com